講談社文庫

カナダ金貨の謎

有栖川有栖

講談社

目次

船長が死んだ夜　5
エア・キャット　97
カナダ金貨の謎　123
あるトリックの蹉《さ》跌《てつ》　233
トロッコの行方　255
あとがき　366
文庫版あとがき　371
解説　越前敏弥　374

船長が死んだ夜

1

私にしては珍しく締切《しめきり》の数日前に短編の仕事を済ませ、ゆったりとした気分に浸《ひた》りながら、明日は映画でも観にいこうかと考えていたところに火村英生《ひむらひでお》から電話が入る。いつもよりいくらか低い声での「今、いいか？」という問いに、精神的にも余裕たっぷりであることを伝えた。

彼は警察の捜査に加わって犯人を追うことをフィールドワークとする異色にして異能の犯罪社会学者であり、十四年来の友人である私はその助手として行動をともにする機会がままある。だから、また事件現場へのお誘いかと思ったら、相手は暗いトーンで告げた。

「魔が差したんだ。やっちまった」

と言われたら、反射的に「何を？」と訊《き》くしかない。

「大学の教壇に立ち、警察の信頼を得て犯罪捜査に嚙《か》んでいる人間にあるまじきことをした。俺は、法を破った罪を国家に償《つぐな》わされる。言いにくいんだが、この窮地《きゅうち》で頼れるのはお前しかいない」

やけに剣呑《けんのん》な話になってきたので、ソファの上で座り直した。私を命綱《いのちづな》にしたいようだが、いったい何事だ？

「どんな罪を犯したっていうんや？　高飛びの手助けをしようにも、しがない一ミステリ作家の俺には伝手《つて》がないぞ」

「そんなに遠くに行きたいわけじゃない。兵庫県内に何ヵ所か訪ねたいところがあって、電車やバスで移動するのは無理が大きいんだ。今週の金曜と土曜、有栖川有栖《ありすがわありす》先生は空《あ》いてるか？　さっきの話からすると、時間はありそうだよな」

緊張感がみるみる引いていき、溜《た》め息《いき》が洩《も》れた。

「何人もの殺人犯を狩り立てて、警察が司直に送る手伝いをしてきた火村准教授。裁かれる身になった感想は？」

しおらしい反省の弁が聞けるかと思ったら――

「とても不便だ」

しつこい残暑もさすがに勢いをなくし、蜩《ひぐらし》が鳴く声も絶えた九月の第二金曜日。私は助手席に火村を乗せて、愛車を走らせた。運転手を務めさせられているわけだが、田園地帯をドライブするのは久しぶりのせいか、なかなか気持ちがいい。事前にプランを練った旅行ではなく、ことの成り行きで思わぬところへ遠出するのも楽しいものだ。

「お前が免停をくらうとはなぁ。院生時代に免許を取って以来、初めてやろ?」

「だから、魔が差したんだ。奈良まで調べものに行った帰り、早く寝床にもぐり込みたかったのでスピードを上げて……」

制限速度オーバーで黄色信号を通過しようとして、アウト。舌なめずりをしながら現《あら》われた——火村の表現——警察官に停車を命じられ、憐《あわ》れ、違反点数が累積で六点に達してしまったのである。反則金を科された上、三十日間の免許停止の措置《そち》が下った。

「捕まったのが京都府内に入ってからやったら、『私は英都《えいと》大学社会学部の〈臨床犯罪学者〉火村です。府警本部の偉い人を知っています。今回だけは見逃してください』とお願いできたんやないのか?」

「そんな卑劣《ミーン》な真似《まね》ができるかよ。恥と良心を捨てて言ったとしても通りっこない」

「六時間の講習を受けたら免停期間がぐっと短縮されるのに」

「来週、受講するつもりだったんだけど、間が悪いことにその前に用事ができちまった。無理をして会ってくれる人もいるから、先方の都合を優先するしかないだろ」

「その皺寄《しわよ》せが俺にきた、ということか。貸しやな」

などと言い合いながらの道中だ。火村の目的地は兵庫県丹波《たんば》市、朝来《あさご》市、養父《やぶ》市と広範囲にわたり、しかも鉄道の駅から離れた場所ばかりだったので、公共の交通機関だけを利用していたら効率が悪くて仕方がなかっただろう。訪問したのは、彼が三年前に関与した事件の関係者ばかりで、この二日間に固めて面会の約束を取りつけることができたのだという。そんなタイミングで運転免許が停止になったので泣きついてきたわけだ。

火村が犯罪現場で名探偵ぶりを発揮するところには何度も立ち会ってきた私も、事件関係者から話を聞いて回るのに同行したのは初めてだった。相手の許可をもらった上で助手として同席し、犯人の成育歴に関する話を様々な角度から聞きはしたものの、当該事件についての詳細な知識を欠いていたため、未読の物語の注釈に触れているかのようだったが、作家として幾許《いくばく》か得たものがある。

夕方六時前に初日の日程を消化できた。山間《やまあい》の寒村で晴耕《せいこう》雨読《どく》の暮らしを送る男性——犯人の中学時代の担任教諭だった——の家を辞した私たちが国道9号に出た頃、陽は大きく傾いて西の山並み近くまで下りてきていた。あとは宿に向かうだけ。もっと早い時間であれば温泉郷の城崎《きのさき》までひとっ走りするのも可能ではあったが、翌日の予定も考慮すると足を伸ばしすぎる。そこで今夜は、国際スキー場がある氷ノ山《ひょうのせん》近くの温泉付きロッジに投宿することにした。キャンプ客が去り、秋の行楽客で賑《にぎ》わう谷間のシーズンだから、ゆったりと寛《くつろ》げそうだ。

「えらい辺鄙《へんぴ》なところを回ったな。こんなん車なしではどうしようもないわ」

「本当に助かったよ」

犯罪学者の友人は、訪問先ではきっちりと締めていたネクタイをいつものようにルーズに緩《ゆる》めている。

「礼は、もうええ。俺も気分転換ができてるから。それにしても——」

山奥に点々と散った家を見ているうちに、つい不穏な想像をしてしまう。こんなに個々人の家が離れていたら、どこかでとんでもない事件が起きても誰にも知られることがないまま闇《やみ》に葬《ほうむ》られるのではないか、と。街育ちの人間にとっては、ありふれた感情だ。かのシャーロック・ホームズも、一八九〇年代に書かれた『橅屋敷《ぶなやしき》』で、田舎《いなか》に向かう列車の車窓から点在する農家を眺《なが》めて「ロンドンのいかがわしい裏町よりも恐ろしい犯罪の巣だ」と相棒のドクター・ワトソンに語っていた。

そんなことを火村に話してみると、彼は面白くもなさそうに鼻を鳴らす。

「一八九〇年代には新しい感覚だったんだろう。人間は、慣れていない環境に恐れを感じる動物っていうだけのことで、田舎から都会に出てきたら、場末《ばすえ》の汚れた雑居ビルを見ただけで妄想をふくらませてしまうのさ。この中の一室で何かものすごく凶悪なことや不道徳なことが行われているんじゃないか、なんて。どっちもファンタジーで、ミステリ作家が大事にしている恐怖の種だろ？」

「ふむ、そうやな。火村先生はどっちも恐ろしくはないのか。——お前が怖いものって何や？　長い付き合いやけど思い当たらん。俺が知る範囲では大学時代から女っ気がないけれど、女性恐怖症というのでもない」

それどころか、場面に応じた女性のあしらいのうまさに感心することがある。無愛《ぶあい》想《そう》なのに。

「俺なんて怖いものだらけだよ。預金通帳の残高とか」

三十四歳の私大准教授にそんなことを言われても、明日をも知れぬ作家稼業としては白《しら》けるしかない。もっとも、彼はフィールドワークのために惜《お》しみなく経費を使うので、優雅に暮らしているわけでもないだろう。

兵庫県の最高峰、氷ノ山が前方に見えてきた。穏《おだ》やかな山容は夕映えの中で紫色のシルエットと化している。標高は一五一〇メートルで、鳥取県八頭《やず》郡との県境に聳《そび》える秀峰だ。この国道9号は京都を起点としており、このまま進めば日本海側に出て山陰地方を縦貫し、山口県下関《しものせき》市にまで至る。律令《りつりょう》時代にできた旧山陰道にあたり、古来、都と山陰とを結ぶルートなのだ。

七時までに予約したロッジに着いてみると、ネットの写真で見たよりもいい宿で、ホテルと称した方がふさわしい。それぞれが二階の部屋で一服し、七時半に階下の食堂に下りたところで、この日初めてのアクシデント発生を知った。明日、火村が面会のアポを取っていた相手が急病で、今夕から入院したというのだ。

「さっき家族から電話が入った。そんなわけで、明日の予定はキャンセルだ。八十八歳の人で持病があると聞いていたから、こういうこともあり得ると覚悟はしていた。ゆっくりチェックアウトして、たらたら帰ろう」

火村は残念がる素振りもなく、すでに頭を切り替えていた。彼には申し訳ないが、少し喜んでいる自分がいる。ならば明日は完全に自由時間だ。

「たらたら帰る途中、この近くで寄りたいところがあるんやけどな」

どこだとも訊かずに、火村は承諾する。

「好きなところに行ってくれ。今日は丸一日世話になったんだから、小説の取材でも何でも付き合う」

2

その夜は、温泉に浸《つ》かった後で火村とロッジ内の小さなバーで飲んでから、私は部屋に戻るとすぐにベッドに入った。いつもより早起きをしたせいで眠くてたまらなくなったのだ。火村はというと、日中に聞き込んだことをノートパソコンでまとめていたというからご苦労なことである。

翌朝は七時前に目覚め、大浴場に行ってから八時に食堂へ。一分と違《たが》わずに火村も欠伸《あくび》をしながらやってきた。

「十時ぐらいの出発でもいいか？　お前はさっぱりした顔をしているけど、俺もチェックアウトする前にひと風呂浴びたい」

「どうぞどうぞ」

「で、どこに寄るんだ？」

ここから車で三十分ほどの関宮《せきのみや》にある山田風太郎《やまだふうたろう》記念館に行きたい旨を伝えた。私が敬愛するエンターテインメント小説の大家・山田風太郎については火村もよく知っていて、何冊か面白く読んだことがあるという。この近くの出身なのは初耳だったようだが。

「いいじゃないか。作家の案内で作家の記念館を訪ねるなんて貴重な機会だ」

「俺と山風《やまふう》を同列に扱わんといてくれ。畏《おそ》れ多い」

「そこまで尊敬しているのなら山風なんて気安く呼ぶなよ。山田風太郎先生だろ」

「ファンは山風でええんや」

こんなやりとりがあって、火村は食後に大浴場に向かう。私は部屋でしばし文庫本を読んでから荷物をまとめ、九時四十五分には階下のラウンジに下りてテレビを観ていた。何とものんびりできていたのは、その時までだ。

いつもは観ないモーニングショーの最中に挿入されるニュースが、私に不意の一撃をくれた。火村が姿を現わしたので、「おい！」と手招きをする。

兵庫県養父市で発生した殺人事件の報だった。笠取《かさとり》町という名前には聞き覚えがなかったが、くる道中でそんな町名を道路標識で見た。おそらくここから車で三十分以内のところだろう。

町はずれの一軒家に独《ひと》りで住んでいた男性が夜間のうちに何者かに刃物で刺殺されたという。発見されたのは今朝の七時半頃で、まだ情報は乏《とぼ》しい。

私の傍《かたわ》らで立ったままの火村の反応を窺《うかが》うと、若白髪交じりの髪を掻《か》き上げてテレビに観入っていた。次のニュースに切り替わるなり壁に貼《は》られた地図へと歩み寄り、

「近いな」とひと言。

「ちょっと寄り道してみるか？」

捜査に飛び入りするつもりなど毛頭《もうとう》なく、野次馬《やじうま》として様子を見にいくだけのつもりで尋《たず》ねてみた。

「記念館とは方向が違うけれど、大した距離ではないな。――俺はどっちでもかまわない。お前の車に乗って運ばれるだけだ」

彼もまんざら興味がないようでもなかったので、行ってみることにした。

荷物を車に積み込んで、カーナビを頼りに笠取町へと出発する。途中で小さな峠を一つ越え、走ること三十分。兵庫県警のパトカーが走っていたのでそれに続き、全国いたるところにある日本のふるさと的な里山へとたどり着いた。袋小路《ふくろこうじ》のようなどん詰まりの地区だ。なにわナンバーの車が進入してきたら否《いや》でも目立つはずで、野次馬としては具合がよろしくない。私一人だったら引き返したくなったかもしれないが、

犯罪学者と一緒なので車を進める。

「あそこだな」

山裾《やますそ》の少し高くなったあたり、まさに町はずれに切妻《きりづま》屋根の一軒家があり、そのまわりにパトカーを含む何台もの車が駐まっていた。紺色の制服を着た捜査員たちが出入りしている姿も見える。

その五十メートルほど手前の空き地で下車し、歩いて近づいてみることにした。緩い上り坂の道端《みちばた》で、住民らしい女性——私の祖母にあたる年代で、農作業でお馴染《なじ》みのフードハットをかぶっている——が二人、現場の方向を見上げながら立ち話をしているので、火村と私は自然と歩調を落として聞き耳を立てる。

「センチョウ、昨日までぴんぴんしとったのに、こんなことになるとはなぁ」

「嘘《うそ》みたいや」

「物盗《ものと》りのしわざでもないやろうし……」

「あんな小屋みたいな家にわざわざ強盗が押し入るわけもないわ。こら大変なことになったな」

センチョウと聞こえた。船乗りほどこんな山間部に似合わないものはないから、園長だか店長だかと聞き違えたのだろう。

彼らの前を通り過ぎた後、こんな会話も聞こえた。

「ひょっとしてシノブが関係しとるということは——」

「まさか」

ニュースによると被害者は男性だった。小耳に挟んだ噂話《うわさばなし》の信憑性《しんぴょう》は怪しいものだが、シノブという女性との痴話喧嘩《ちわげんか》が殺人に発展したという、ありふれた事件なのかもしれない。

さらに進んでいくと、制服警官の一人と目が合った。火村と私は事前に打ち合わせをしたわけでもないのに、散歩で通りかかったふうを装う。

「どちらへ？」

私たちを胡乱《うろん》に感じたのか、制帽を目深《まぶか》にかぶった中年の警官に尋ねられた。道は一軒家の先で右に曲がり、木立の陰《かげ》に消えている。どこへと続いているのやら。

「氷ノ山に行った帰りで、ぶらぶらしているだけです。事件があったんですか？」

火村が涼しい顔で言うと、警官は律儀に答えてくれる。

「殺人事件の捜査中です。お二人ともよそからきた人？　この先は山道になりますよ。下に引き返す枝道もありますけれど、ここでUターンした方がいいでしょう」

「ああ、そうですか。——こんな長閑《のどか》なところで殺人とは物騒《ぶっそう》ですね」

「ここらの者は、みんな家に鍵《かぎ》を掛けんような平和な土地なんですけどね。いや、もう恐ろしいことで」

口ぶりからして、警官は地元の巡査らしい。

〈小屋みたいな家〉とは、まさにそのとおりで、この大きさからすると玄関を入ったらいきなりダイニング・キッチン兼リビング、その奥が寝室といった間取りだろう。外壁は杉の板張り、屋根材は青っぽい金属瓦。ガラスの汚れたサッシ窓から、中で捜査員たちが動いているのが見えている。家の向《む》こう側《がわ》には、カーポートらしいポリカーボネートの屋根が覗《のぞ》いていた。

きょろきょろする私を警官が不審げに見るので、視線を別の方角に移した。立木に阻《はば》まれて見晴らしはよくない。

「殺されたのは、ここの住人ですね。どんな人なんですか？」

世間話の口調で火村が訊く。

「独り暮らしの男性で、まだ五十二歳やというのに隠居みたいな生活をしとりました。ちょっと変わり者です。見た目は渋《しぶ》めの俳優みたいで、いい男やったんですけど」

「五十二歳で隠居暮らしですか。それは優雅だな」

「この地区で生まれ育った人間なんですが、十代半《なか》ばで出奔《しゅっぽん》して船員になりました。昔は外国航路の貨物船に乗ったりもしていたそうですよ。色々と苦労も面白い経験もしたんでしょうな。瀬戸内《せとうち》を行ったり来たりする貨物船の船長を最後に陸《おか》に上がり、帰郷して、ここで侘《わ》び住まいをしておったんです」

「ああ」私は納得した。「それで綽名《あだな》が船長なんや」

「なんで知ってるんです？」

「地元の人が坂の下で話してるのを聞いたんです。その船長は、船員時代に稼いだお金で生活していたんですか？」

「基本的にはそうですけど、自然と便利屋みたいなことになっとりましたね。力持ちで手先が器用で、簡単な電気工事までできてしまうんで、『ちょっと助けて』と町の者から声がかかって、駄賃をもろうて引き受けるわけです。お年寄りがどこかへ行く際に自分の車で送り迎えをしてあげる、というようなこともあって、ああいう人が地域におったらまわりが重宝《ちょうほう》します。今はなんでもややこしなって、テレビの調子がおかしくなった時にきてくれる電器屋も近くにないから」

「親切な人だったんですね」

「無料では何もしませんでしたけれどね。まぁ、生活に不自由はしてなかったでしょう。そんなふうに小遣い稼ぎをしながら貯金を少しずつ取り崩して、質素にやってました。家の裏の小さな菜園で野菜を栽培したりしながら」

長々と無駄話をしていることに気づいたのか、警官は表情を引き締める。

「捜査に支障が出ますから、立ち去ってください。山歩きをするのでなかったら引き返した方がいいですよ」

現場のドアが開いて、私服の捜査員が出てきた。顔を上げた長身の彼は、私たちを見て驚く。

「火村先生と有栖川さん。……どうしてここにいるんですか？　捜査の協力は要請していませんけれど」

県警本部捜査一課の樺田《かばた》警部だった。彼ほどではないだろうが、タイミングがよすぎて私もびっくりする。ちょっと現場を覗きにきて、県警で最もよく知った人に出会えるとは。事件発生の通報が七時半頃だとしたら、ここに到着していても不思議はないか。

「いや、要請していたとしても臨場するのが早すぎる。魔術でも使ったんですか？　まさか、次にいつどこで殺人が起きるか予測する方法を編み出した、ということもないでしょう」

「真相は、いたって平凡なものですよ」

火村の説明を聞いた警部は「うーん」と唸《うな》る。かえって謎が深まった、と言うかのように。

ちょうどそこへ現場からのそりと出てきたのが、樺田の腹心の部下である野上《のがみ》巡査部長だ。今日も曇り空のように地味なスーツ姿で、眉間《みけん》に皺《しわ》を寄せている。私たちを見た瞬間、歌舞伎《かぶき》役者が見得《みえ》を切るがごとく両目をかっと見開いた。ちょっと面白い。

「ガミさん、びっくりしたやろう。先生方が魔法の絨毯《じゅうたん》でお着きや」

樺田が言うのを無視して、四十代とは思えぬ老《ふ》け顔の巡査部長は、まず私に詰問してくる。このオヤジさんは苦手だ。

「おかしいやないですか、有栖川さん。あなたは、これまで一度ならず殺人事件の現場に居合わせたことがある。偶然もこう重なると意味を持ってきそうですな。どういうことか説明してもらいたいもんです」

実は死神なんです、と告白したら信じかねないので、「今回も、たまたまです」と言うしかなかった。

火村と私がフィールドワークとして捜査に参加することを、以前から野上は快《こころよ》く思っていない。それを承知している樺田が、いつものように取りなしてくれる。

「お二人は過去の事件に関する調査で昨日は氷ノ山の近くに泊まって、今朝のテレビのニュースで事件のことを知り、帰り道に現場に寄っただけや。たまたま、な」ここで私たちに顔を向け「それで先生方、どうします？　お急ぎならば引き止められませんけど、もしそうでなければ――」

指差した先は、犯行現場だ。

「急いでいません」

私の意向を確かめもせず、火村は躊躇《ちゅうちょ》なく答えると、フィールドワークの場で愛用している黒い絹の手袋を嵌《は》めた。

3

ほぼ、予想したとおりの間取りである。

現場に入るなり十畳ばかりのフローリングの部屋だった。右手がキッチンで、奥にはトイレと浴室へ続いているらしいガラス窓付きのドアがある。左手を振り向くと細長いダイニング・テーブル――トップは分厚い杉の一枚板――があり、壁際に造り付けられたL字形のベンチシートがそれを二方向から囲む。卓上にシングル・モルト・ウィスキーのボトルとグラス、ピーナッツが入った小皿がのっているのは、独りで晩酌《ばんしゃく》をしていた跡か。壁掛けテレビの横にドアがもう一つあった。

鑑識課員たちによる指紋採取の真っ最中なので、邪魔にならないよう体を縮めて室内を見渡す。名前は知らないが何度か見掛けたことがある課員たちが、私たちを見て怪訝《けげん》そうな顔になったり黙礼したりした。

「この部屋は鑑識の作業が完了してからじっくり調べていただくとして、まず犯行現場をご覧ください。こちらです」

警部がドアを開けると、六畳ほどの寝室で、ベッドがスペースのほとんどを占領している。シーツとタオルケットが血痕《けっこん》で汚れているのが何とも無惨だ。遺体はすでに搬出されていた。

樺田は写真班の人間を呼んで、私たちに遺体の様子を見せてくれる。警部じきじきの説明に恐縮してしまう。

「被害者の小郡晴雄《おごおりはるお》は、このベッドに横たわっていたところを襲われた模様です。胸に凶器のナイフが刺さったままでした」

犯人は、タオルケットを腹のあたりまで掛けて仰臥《ぎょうが》した被害者が無防備にさらしていた胸をひと刺ししていた。ナイフの華奢《きやしや》な柄《え》がまっすぐ墓標のように突き立っている。

「凶器は果物ナイフで、この家のキッチンにあったものと見られます。実物は後ほど。心臓への見事なひと刺しで、即死だということです。被害者が眠ったままだったとしたら、自分の身に何が起きたかも判《わか》らないまま昇天したでしょう」

即死ということはショック死か。それがせめてもの救いに思えた。犯人が凶器のナイフを引き抜いていたら、出血はこんなものではすまなかっただろう。

「渋めの俳優みたいで、いい男」という評は、まんざら嘘ではない。苦悶《くもん》に顔を歪《ゆが》めたりしていないため、生前の男っぷりがよく窺えた。彫りの深い端整な顔立ちに、よく整えられた口髭《くちひげ》と顎鬚《あごひげ》が似合っている。この顔で話しぶりが軽薄だったり所作が不調法だったりしたとは考えにくいほどだ。

「うたた寝をしていたんでしょうか」火村が写真を見つめたまま言う。「寝巻《ねまき》に着替えていないし帽子をかぶったままだ。これはキャプテン・ハットみたいですね」

写真を見るなり、被害者が着帽したままであることを私も奇異に感じていた。

「地元の巡査によると、小郡は平素から船長帽をかぶっていて、脱いだところを見たことがないそうです。家の中でも取らなかったらしい。さすがにベッドに就く時は脱いだはずですから、先生がおっしゃるとおりうたた寝をしていたんでしょう。ほろ酔いでベッドに倒れ込んで」

ダイニングのテーブルにのっていたグラスは一つだけで、主《あるじ》がピーナッツをつまみながら独酌をしていたようにしか見えなかった。さっき外で制服警官から聞いた「ここらの者は、みんな家に鍵を掛けん」という話と突き合わせると、どのように犯行が為《な》されたのかイメージできる。

事前に訪問の約束があったのかなかったのか不明だが、犯人がこの家にやってきたら小郡晴雄がベッドで寝息を立てていたのだろう。かねてより小郡に強い敵意を抱いていた犯人は、これを好機とキッチンにあった果物ナイフを振り下ろした——というところか。決めつけるのは早すぎるが。

火村も同じようなことを考えていたようだ。

「口論の末にナイフを振り回したのではなく、無抵抗の相手を明らかな殺意をもって攻撃している。彼に恨みを抱いていた人物が、ひょっこりやってきて衝動的に犯行に及んだようにも思えます。そんな条件に該当する人物は、聞き込みをすれば容易に見つかるんじゃないですか？」

警部の答えは、「そう願いたいものです」だった。

「警察へ通報があったのは七時半頃だそうですが、遺体発見の経緯はどのようなものだったんですか？」

私は、気になっていたことを警部に尋ねる。

「発見者は近所の住人です。このあたりはみんな早起きなので、近くを通りかかったついでに『来週、養父市役所に行きたいので車で運んでもらいたい』という相談に寄ったんだそうです。玄関先から呼んでも返事がないので、『入るで』と断わりながら家に上がり、半開きのドアから寝室を覗いたら、恐ろしいことになっていた、と」

小郡晴雄が地域で完全に孤立した男だったら発見はもっと遅れていただろうし、死亡推定時刻を割り出すのもより難しくなったわけだ。

船長の心臓が停止したのは、昨夜の午後八時から十一時にかけての間というのが検死の結果だ。このあたりだと九時ともなれば人通りも絶え、真夜中のごとく静まり返っていただろう。

被害者は、その時間帯に誰かが訪ねてくるのを待っていたのかもしれない。客がくるまでにウィスキーをちびちび飲んでいたとも、あるいは客の来訪が遅れたので酒を飲みながら待っていて眠たくなったとも考えられる。もしそうだったとすると、小郡は殺意を胸に秘めた人物を不用意に自宅に招いたことになるが。

火村は身を屈《かが》め、ベッドの下の抽斗《ひきだし》を開けてみる。収納されていたのは時季はずれの衣類だ。無造作に突っ込んである。クロゼットや小さな丸テーブルの抽斗の中も検《あらた》めるが、さしたる発見はない。被害者の暮らしぶりを調べていたようで、手を動かしながらぶつぶつとコメントする。

「整頓《せいとん》が得意ではない中学生男子といったところですか。船に乗っていた時は規律が重んじられるから、こうではなかったのでしょうけれど、リタイアして箍《たが》がはずれたのかもしれません。ものが少ないのは簡素な生活を信条としていたからなんでしょう。そのおかげで、これぐらいの散らかり方で済んでいたんだ。海の男には洒落《しゃれ》者も多いんだろうけれど、こればかりの衣類しかないからおしゃれに興味があったふうでもない。いつもキャプテン・ハットをかぶっていたというだけあって、船乗り時代の想《おも》い出《で》をそれなりに大切にしていたみたいではありますね。細々とした品がクロゼットの奥の箱に詰め込まれています」

ここで警部が頷《うなず》いた。

「キッチンの食器棚の上に段ボールの箱がのっているんですが、その中には襟章・袖章がついた船長時代の制服やら双眼鏡やらが入っています。彼にとって大事な品だったんでしょう」

「それも後で拝見したいですね」火村は、さらに狭い寝室を見て回る。「丸テーブルの抽斗によく使い込まれたハーモニカがありました。それがかろうじて趣味に関するもので、現在の彼が何かに凝《こ》っていた様子は窺えません。ここには机というものがない。ダイニングのテーブルで間に合っていたわけだ。寝る時以外は、何でもあの部屋で済ませていたらしい。ベンチシートの隅《すみ》にはパソコンが置いてあった。——とてもコンパクトで、独り暮らしの家としては理想的かもな」

最後は私に同意を求めてきたが、それは蔵書というものを考慮しない場合のことだ。彼も私も、大量の本を抱《かか》え込んでいる。

火村は部屋の隅に目をやりながら、今度は樺田に言う。

「綿埃《わたぼこり》が溜《た》まっている。被害者が部屋の清浄にあまり頓着《とんちゃく》していなかったのは、捜査にとって好都合かもしれませんね。犯人が何かに触れていたらその痕跡《こんせき》が遺《のこ》っていそうだ」

「はい。まめに掃除をする男ではなかったようですね。風呂場にもうっすら黴《かび》が生《は》えかけているし、所持しているミニバンの手入れもよろしくありません。床に何かの食べ滓《かす》が落ちていたりして」

顔を顰《しか》めているところをみると、警部はそういう不潔さやだらしなさが嫌いなのだろう。生前の船長は、単に大雑把で豪放だっただけかもしれないが。

火村が見るべきものを見終えると、私たちは手前の広い部屋に移動した。なおも鑑識の作業は続いていたが、先ほどより人数が減っている。

警部は、指紋係の一人の肩を——相手が女性だからか——遠慮がちにぽんと叩《たた》き、テーブルのグラスを指して「どうやった？」と訊く。

「一種類の指紋しか出ませんでした。家中のいたるところに着いているのと同じですから、被害者のものかと思われます。ウィスキーのボトルも同様です」

「ああ、そう。やっぱりね。——遠藤《えんどう》、凶器を」

警部に呼ばれて、キッチンの流しのあたりに立っていた刑事がこちらにやってくる。ビニールの証拠品袋に入った果物ナイフを手にして。

「お久しぶりです、先生方」と挨拶《あいさつ》される。「お二人揃《そろ》っていらしているとガミさんから聞いて、びっくりしました。こんなこともあるんですね」

叩き上げの泥臭い野上は火村と私が捜査に首を突っ込むのをかねて疎《うと》ましがっているが、遠藤はいたって好意的だ。私も現場で彼に会うと、ほっとする。人のよいパパといった風貌《ふうぼう》も安心感を誘うのだ。

遠藤から袋を手渡された犯罪学者は、血のついた凶器を観賞するように見つめる。

「ステンレス刃で、刃長は十センチ、いや、十一センチというところか。こいつの遺留指紋は——」

先ほどの女性鑑識課員が、すかさず答える。

「ありませんでした。丁寧に拭《ふ》き取られています」

そちらに「どうも」と応《こた》えてから、火村は凶器を遠藤に返した。

「発作的に刺してしまったとしても、犯人は自分の指紋を消してから現場を去るぐらいの冷静さは保《たも》っていたようです。じたばたしてくれたら警察が助かるんですが」

「玄関や窓を破って押し入った形跡はないし、現場周辺は舗装されているから足跡もなさそうです。決定的な証拠を遺していくほどサービスのいい奴《やつ》ではありませんね」

私は見落としていたのだが、火村が指摘したとおりL字形のベンチシートの角あたりにノートパソコンが一台あった。テーブルに置いたり、あるいはシートで腹這《はらば》いになったりして使っていたのだろう。傍らにはスマートフォンもある。

「パソコンの中は、これから調べるんですね？」

私は警部に尋ねたつもりだが、遠藤が返事を引き取った。

「そうです。パスワードのロックが掛かっているので、ここですぐには見られません。スマホと一緒に所轄署に持ち込んでロックを解除します」

〈午後九時に訪ねていく〉といった犯人からのメールが遺っているなんてことはあるまい。それなら犯人がパソコンやスマホを放置して現場を立ち去るはずがない。

キッチンの流しには、洗いさしの皿やグラスがいくつか。ゴミ箱にはカップ麵《めん》の容器。冷蔵庫には自家栽培らしき茄子《なす》や里芋が収まっていた。

「船長時代の想い出の品々は、これに入っているんですね」

火村はそう言いながら両手を伸ばし、食器棚の上から段ボール箱を下ろした。床に置いて開けると、中身はクリーニングしたままビニール袋に入った夏用の制服、双眼鏡、一級海技士の免許、薄い写真アルバムなどだ。船乗り時代の日記や手帳といったものはない。どうしても捨てるに忍びなかった品だけを選んで手許《てもと》に残したようだ。

段ボール箱をもとに戻した火村は、爪先立《つまさきだ》ちになって左側に並べて置いてあるプラスチック製の収納ケースも下ろそうとする。半透明なので中が空なのが判るのに、と言いかけたが、底に平たいものが入っていた。何かと見れば、折り畳まれた使い古しの毛布の切《き》れ端《はし》である。油汚れが付いているので、車の整備などの際に使っていたのだろう。准教授は、つまらなそうに食器棚の上に投げて戻す。

洗面所の収納庫の下の段には、雑巾《ぞうきん》を突っ込んだバケツと掃除機、上の段には家庭用の工具箱やらトイレットペーパーやティッシュなど日用品のストックがあるだけだった。黒黴が生えかけの浴室を覗き、裏口を開けてみたら猫の額《ひたい》ほどの家庭菜園で、大根が収穫時期を迎えつつあった。小さな畑の横には錆《さび》の浮いたドラム缶が鎮座《ちんざ》していた。そこでゴミの焼却をしていたようで、覗き込むと燃え滓が溜まっている。

そのまま家の周囲を一周して回るのかと思ったら、火村は裏口からＬＤＫに戻り、食器棚の左側の壁を見やる。

「どうかしたか？　何もないやないか」

私が問うても、合板を張った木目の壁を向いたままだ。

「ああ、何もないな。がらんとしていて、このあたりが淋《さみ》しくないか？」

「すっきりしてて、これもええやないか。殺風景ではあるけどな」

とはいえ、私だったら部屋の余白にはせず、このスペースに許されるだけ大きな本棚を置いてしまうだろう。

「お前はすっきりがいいんだろうけど、船長は淋しかったみたいだぞ。画鋲《がびょう》が刺してある」

よく見れば画鋲が一つ二つ……三つ四つ。かなり大きなポスター類を貼ってあったようだ。

「Ｂサイズってやつだな。縦が百五十センチ弱、横が百センチ強。左上の画鋲に紙の切れ端がほんの少しだけ遺っている。乱暴な剝《は》がし方をしたもんだ」

「それがどうかしたか？」

「いや、特に何も。『どうかしたか？』と訊かれたので答えただけだ」

この男がどこかに視線を固定すると意味ありげに見えてしまうのだった。彼はテーブルに近づいて、今度はベンチシートの対面の二脚の椅子《いす》に目をやる。

「妙な組み合わせだな」

一つは直径三十センチくらいの丸太をそのまま椅子に利用したもの。もう一つは脚の短い籐《とう》椅子で、確かにおかしなセットだ。どちらも座り心地はあまりよくはないだろう。

「樺田さん、この籐椅子を動かしましたか？」

どうでもいいことだけれど、と言ったくせに、犯罪学者は何か気にしているらしい。

「鑑識の連中が触っているでしょうけれど、遺体発見時もその位置にあったはずですよ。写真で見てもそうなっていました。――それが何か？」

「籐椅子とテーブルが少し離れています。広々とした部屋ではないので、使っていない時は邪魔にならないようにテーブルに寄せておくものなのにな、と思っただけです」

　警部は聞き流さなかった。

「まるでここに誰か座っていたようだ、ということですか？　犯行時にお客が訪ねてきていた、と？」

「いいえ、それを示唆《しさ》するほどの状況ではありません。放念してください」

　来客の前に、主の小郡だけがウィスキーを飲んでいたと見られていたが、実は誰かと差し向かいだった可能性もある。酔った小郡がベッドで寝てしまったので、来客が殺人犯となったということもあり得るのだ。そして犯人は、自分が使ったグラスを流しで洗って逃げた、ということだってないわけではない。

「失礼しました。私は、よけいなことにばかり注意が飛んでいるようです」

「いやいや、火村先生の思いがけない着眼から事件が解決できたことが多々あります。現場で引っ掛かったことは何でもおっしゃってください」

　そこで警部は口調を改め、本件の捜査に協力してもらえるかどうかを質《ただ》してきた。半日で決着するとも思えないから、氷ノ山のロッジでもう一泊する必要がありそうだ。

　夏休み中で講義を休まずに済むことだし、火村はフィールドワークの機会を逃したくないだろうと察した私は、「俺はええぞ」と言ってやったのに、彼はさほど乗り気ではなさそうだ。

「もうしばらく留まって、捜査の様子を拝見します。何かできることがあればお手伝いするとして」

警部は「よろしく」と応えた。

4

カーポートで被害者の車を見た後、火村と私は現場の前の道を歩いてみた。右にカーブしながら三十メートルほど緩い坂を上ったあたりで、コンクリートの階段がついた道が左手に分かれる。

下ったところは小さな稲荷《いなり》社だった。朱塗《しゅぬ》りが剝げかけた祠《ほこら》の両脇《りょうわき》に、白い狐《きつね》の木像が一対。どちらの顔にも大きな亀裂《きれつ》が走っているのが痛々しいが、きれいなお神酒《みき》徳利《どっくり》が供えてあった。祠の近くに竹箒《たけぼうき》が置いてあるから、地区の有志が清掃しているようである。

ささやかな境内《けいだい》に丸太を半切りにしたベンチがあったので、腰掛けてひと休みする。フィールドワークの際は現場で立ちっぱなしなので、いつも足が疲れるのだ。

足許《あしもと》に吸殻が五つ落ちているのをちらりと見やってから、キャメルの箱と携帯灰皿を取り出した友人に、私はその心中を尋ねる。

「あんまり面白い事件でもない、と思うてるみたいやな。火村英生が腕まくりするようなものではない、か？」

自動販売機でお茶でも買いたいな、とあたりを見回したが、そんなものはない。

「面白いとか面白くないじゃなくて、狭い共同体で起きた事件だし、動機が怨恨《えんこん》だとしたら解決はそう難しくないだろうな。野上さんが苦虫を嚙み潰《つぶ》したような顔をしていたし、適当なところで切り上げてもいいか、とは思っている」

「今さら野上さんを煙《けむ》たがらんでもええやろ。あの人、ほんまはお前のことを憎からず思うてるぞ。職人気質のデカだけに、かえって名探偵の推理に目を洗われることがあるんやろう」

「有栖川先生の見立てだろ。怪しいもんだ」

私の人間観察眼を軽視することに抗議しかけたら、木立の向こうから誰かやってくる。「あら、まあ」と声を発したのは、さっき坂の下で立ち話をしていた女性の一人だった。キティちゃんをあしらったフードハットが可愛《かわい》らしく似合っている。

彼女は、ものの順序としてお稲荷さんにお詣《まい》りしてから、私たちに人懐《ひとなつ》っこく話しかけてくる。

「さっきもお会いしましたね。新聞社か何かの人？」

事件の取材にやってきたと勘違いしていたので、火村が素性を明かしながら大学の名刺を差し出す。先方の信頼を得て、何か聞き出そうという魂胆らしい。私は名刺を持っていなかったので、名前だけ名乗って火村の同僚ということにしておく。

「犯罪の研究をしている学者さんですか。旅行にいらした先の近くで殺人事件があったから駈《か》けつけたやなんて、うわぁ、大変ですね。何か知りたいことがあったら、教えますよ。何でも訊いて」

根がおしゃべり好きなのだろうが、准教授に興味を持ったらしい。名刺を出したことが安心感を誘ったのに加えて、火村の〈お婆《ばあ》ちゃんキラー〉ぶりが発動している。彼は女子学生たちにも人気があるのだけれど、高齢女性への接し方が最もマイルドで、教え子にはえてして素っ気《そけ》ない。

煙草《たばこ》を消した火村が座るように勧めると、彼女は私たちの間に「よいしょ」と腰を下ろし、問われるまま小郡の人となりから話しだした。これまで仕入れた事実に、いくつかの新情報がプラスされる。

「子供の頃から知っとるけど、両親との相性が悪かったようで、十六の時に高校も辞めてぷいと神戸《こうべ》へ出て行きよりました。一人っ子やったのに、両親は『あんな奴は知らん！』と怒るだけでしたわ。やんちゃな子やったからどうなるやろう、とみんな心配してたら、根性があったんやな。それと、港湾関係のアルバイトをしとるうちにいい人に出会えたらしい。勉強して資格を取って、船員になった。外国に行くような船で航海士を務めて、瀬戸内海を行ったり来たりする貨物船の船長までいったそうな。それが、五十歳の時に引退してここへ舞い戻ってきたんです。二年前のことですよ。ちょっとした事故で荷物を傷めた責任をかぶせられたから、腹を立てて辞めたんやとか。『長年の無理で体が悲鳴を上げてたから、いい潮時だった』とか言うてました。『もともと山里育ちなので、海に飽きて陸が恋しくなった』んやそうで。それらしいことを言いながら、いっつも船長さんの帽子をかぶってたんやから、海の男だったことを誇ってたんやろな」

船長帽をかぶって闊歩《かっぽ》していたのなら相当な貫禄《かんろく》だったに違いない。海から遠く隔《へだ》たった地では、場違いすぎて道化《どうけ》的に映った可能性もあるが。

船長を辞めて戻った故郷。不仲だった両親は他界していた。「独りで住むには広すぎる」と生家を処分した彼は、地区のはずれの小さな家を買い取って改築し、ねぐらとする。船員生活であの狭さが体に馴染《なじ》むようになっていたのだろう。

どうやって生計を立てていたかは、およそのところをすでに聞いている。知りたかったのは、小郡の周辺に敵がいたかどうかだ。そこに質問が及ぶと、彼女はにわかに声を低くした。目はうれしそうに笑っている。

「あんまり人付き合いのいい方ではなかったし、いっつも船長の帽子をかぶってるのが気障《きざ》やという者もおったけど、たいていの者はあの人のことをよく思うてました。色んな土地を見てきとるから話題が豊富やし、困った時に役に立ってくれるし、子供に上手なハーモニカを吹いて喜ばせたりもしてたから。ただ、一つだけ難があった。——女」

ここでこの人に会ったのは僥倖《ぎょうこう》だった。掘ればどんどん水が噴《ふ》き出す井戸か。

「あの人が悪いとも言い切れんのやけど、男前で垢抜《あかぬ》けしてて背が高うて、何でもできて頼もしいから女の心を惹《ひ》くんです」

「それが今回の事件につながった、とお考えなんですか？」

食いついたのは私だ。

「無責任なことは言えんけど……そっちの方面が原因かもなぁ。そうやとしたら、いい男に生まれるのも考えもんやな。先生も気をつけてくださいよ」

火村にだけ忠告して私を無視するのはまずいと思ったのか、一拍遅れてこちらにも「ねっ」と顔を振り向けてくれる。

「船長は魅力があって、自然とファンができてしまう人やった。子供の間では男の子に好かれて、大人やと女によう好かれたなぁ。男の子は、あの帽子をかぶって畦道《あぜみち》をすたすた歩くのを見たり外国の話を聞かせてもろうたりして憧《あこが》れた。大人の女は娘から婆さんまで男っぷりのよさに」

小郡が次々に女性を誘惑したわけではないし、ほとんどの船長ファンは「カッコいい」と好意を感じただけだったが、二人だけ本気になり、彼の気持ちを引き寄せようとしていた。船長はその状態を迷惑がるどころか、このお婆さんによると「楽しんでいた」と言うのだ。女二人はお互いが恋敵《こいがたき》であることを意識していたはずで、周囲はこっそり好奇の目を注いでいたらしい。

「一人は、船長を子供の頃から知ってる者。三つ年下で、やんちゃ坊主《ぼうず》やった頃の船長のことも好いとったんやな。それがよそへ出て、思いがけない半生を経《へ》て、いい男になって帰ってきたんで惚《ほ》れ直した、というとこですか。船長に家の電球を替えてもろうたのが親しいなったきっかけらしいです」

シノブという名前がここで出てくるかと思ったら違った。その女性の名を尋ねると、槌井須美代《つちいすみよ》。土地持ちの娘だったのでその収入だけで生活できている、と聞くと恵まれているようだが、二十歳《はたち》の頃から老いた両親の看護や介護に追われて結婚どころではなく、独身で過ごしてきた。病床にあった母親を看取《みと》り、三十年近い介護から解放されたところで小郡が帰ってきたのだ。

「船長が須美代さんに靡《なび》いたらええな、というのが私の本音でしたわ。あの人、毎日朝夕ここのお稲荷さんに手を合わせにくる人。もう一人は亭主持ちやから、いかんでしょう」

そちらは橘《たちばな》ミシオといい、三十八歳。

「美しい潮と書いて美潮。きれいな名前で、それに負けん美人や。六年前に豊岡《とよおか》から嫁《とつ》いできたんです。旦那《だんな》のシノブさんは、養蜂《ようほう》やら何やら手広くやっとる食品加工会社に勤めてます」

ここでシノブが出てきた。表記は「忍」でも「しのぶ」でもなく、「信武」。

「美潮さんは、人目を忍んで船長の家に出入りしてたみたいやな。隠れてこそこそやっても、こんな狭い地区やから完全に隠せやしません。誰かに見つかったとしても、何かの修理を頼んでた、とか口実を用意してたようやけど、人がたくさんいるところでもわれ知らずにか船長に流し目を送ってたから、もう見てるだけで危ない。私なんか、はらはらしました。船長がどこまで受け容《い》れてたのかは知りませんよ。ちょいちょい遊びでつまみ食いしとったんか、お話し相手止まりのガールフレンドと思うてたんか」

「旦那さんは、そのことを承知していたんですか？」

火村が、ひと押しする。

「知らぬは亭主ばかりなり、ということも多いけど、信武さんは気がついとりましたよ。それでも女房を叱《しか》り飛ばしたりはせん。名前に武の字が入ってるくせにいたって気が弱い人やし、拝み倒して美潮さんに結婚してもろた弱みもあってか何もよう言わんのです。歯痒《はがゆ》いわぁ。美潮さんというのは、信武さんと対照的に積極的で気が強いタイプやから、夫婦喧嘩にもならんのかな。女房と船長の仲がどこまでいっとるのか、やきもきしながら耐えてたんでしょう。美潮さんの熱が冷めるのを待ちながら」

どこまで正確な証言なのか保証の限りではないが、これまでのしっかりとした話しぶりからして、このお婆さんの洞察は信用できそうだ。

それにしても、橘信武の境遇には同情を禁じ得ない。小さな共同体の中で、美潮のふるまいが噂話として面白おかしく語られていることだけでも苦痛だろうし、自分に軽侮の目が投げかけられているのを感じてもいたに違いない。

「こんなことになると、信武さんを疑う人も現われそうですね」

火村が難しげな表情を作ると、彼女もそれに呼応する。

「はい。さっきも近所の者と話しとったら、そんなことを言うとりました。迂闊《うかつ》なことを口にしたらいかん、と私は止めたんですけどね」

「賢明です」おだててから、また押す。「しかし、そういう事情があったのなら、すぐに警察の耳に届くでしょう。橘信武さんのところに話を聞きに行きそうです」

「……信武さんは、アリバイとかを調べられますか？　テレビの刑事ドラマみたいに」

「念のために訊かれるでしょうね。それは避けられないと思います。犯行は夜間でしたから、家にいらしたんじゃないのかな」

「それなら心配ないか。いや、残業で帰りが遅い日もちょくちょくあるから、どうじゃろか」

昨夜、夫の帰宅が遅かったのであれば、妻のアリバイも成立しなくなりそうだ。独り暮らしの槌井須美代は、もともとアリバイの立証については不利か。

小郡晴雄を巡って、槌井須美代と橘美潮が静かな争いをしており、美潮の夫である信武が嫉妬《しっと》や怒りを堪《こら》えていた。船長が煮え切らない態度を取ったことに、あるいは恋敵になびきそうだったから逆上した二人の女のいずれかがナイフを振り下ろした、とも考えられる。この三人に船長殺しの動機がある。私たちがベンチで休憩しているうちにあっさり容疑者を絞れたのだから、警察の捜査もとんとん拍子《びょうし》で進みそうだ。

お婆さんは、火村と私が独身であることを確認してから、教えを授けてくれる。

「あのな、女は気立てが一番。顔がきれいやとかスタイルがいいとか、そんなんに惑《まど》わされんことです。よその男に色目を使うような尻《しり》が軽いのはもっての外《ほか》。思いやりにあふれた優しい人をお選びなさい」

明らかに橘美潮を当てこすってのアドバイスだ。

「槌井須美代さんという人は、そっちのタイプなんですか？」

私が訊くと、返事をためらう。

「まぁ……美潮さんよりは近いかな。両親を介護してる姿は甲斐甲斐《かいがい》しかったけど、苦労をしすぎたせいか、暗い感じになってなぁ。子供の頃から陽性ではなかったんやが。にこにことよう笑う人がええよ。しっかり探してください」

そこでお婆さんは視線を落とし、地面に散らばった吸殻をにらむ。火村が携帯灰皿を使っているところを見ているし、「またこんなこと」と呟《つぶや》いたので、准教授の無作法ではないことは判っているのだろう。

「さて」

腰を浮かせたのでもう行くのかと思ったら、彼女はさらに私たちの捜査を助けてくれる。

「これから用事があって本橋《もとはし》さんとこに寄るんですけど、ついてきますか？　今朝、船長が死んでるのを見つけた人です」

いい人に出会えたものだ。

5

大蒜《にんにく》や白葱《しろねぎ》を栽培する本橋ファームまで、お婆さんについて五分ほど歩いた。「本橋さんよぉ！」の声に「はーい」と応えて出てきたのは、農作業でよく日焼けした六十代半ばと思《おぼ》しい男性。事務をしていたそうだが、首からタオルを下げている。

「パソコンの前に座ってると暑うて。あれ、熱を出すから」

眼鏡《めがね》の奥で人のよさそうな目を細め、お婆さんから私たちを紹介される。

「――という先生方なんや。今朝のこと、ちょっと話してあげてもらえるかいな。あ、それからこの前もろうた大蒜チップスな、大阪の孫らに大好評やったからまたひと箱もらうわ」

栽培するだけではなく、大蒜の加工も行《おこ》なっているのだ。事務室の前の土間に積み上げられた段ボール箱には、〈笠取町の本橋眞介《しんすけ》が心をこめて作りました〉という顔写真入りラベルが貼ってある。

用事はそれで済んだらしいが、お婆さんは立ち去らず、私たちの聞き込みに立ち会う。

「いや、もう、魂消《たまげ》ました。雑用を頼みに小郡さんのところに寄ったら、いくら呼んでも返事がない。あの人は七時半頃には朝飯すませてコーヒー飲んどるのが常やのに、珍しいことにまだ寝とるんかな、体の具合でも悪いんやないじゃろな、と思うて覗いてみたら電気も点《つ》いてて、寝室の戸が半分ほど開いとる。『船長、おるか？』と言いながら、ひょいと中を見たら……。ああ、恐ろしい」

街の感覚からすると、返事がないから家に入り込んで寝室まで覗くことに違和感があったが、それにはいささかの事情があった。

「返事がないからというて、寝室まで覗くもんかねぇ」

お婆さんに突っ込まれて、本橋は弁解を始める。

「わしは、前の晩にもあの人のところへ行ったんじゃ。その時もテーブルの上に酒を飲んだ跡があって。寝室の戸が半開き。電気も前の晩のまんまやったから、どうかしたんかな、と気になってな」

「そのことを警察に話しましたか？」

火村は、本橋に言葉をかぶせるように訊く。

「いや、話しとりません。刑事さんは今朝のことだけ訊きなさったから、今朝のことだけ答えました」

運がよいだけなのだが、自分たちが名刑事のような気がしてきた。火村は歯切れよく質問する。

「前の晩は、何時にどんな用事で小郡さんの家に行ったんですか？」

「九時過ぎ……十分ぐらいやったかな。椅子を持っていきました」

「籐の椅子ですね？」

「はい。軽いので片手に提げて」

「そんな時間に、どうして椅子を？」

「二、三日前に小郡さんに言われたんです。『秋らしくなってきたね。家の前で風に当たったり日向《ひなた》ぼっこしたりするのにいい椅子はないかな？』と。あの人、そんなふうに人に聞くことが多いんです。テレビやなんかも、もらい物でした。『豪華客船の甲板《かんぱん》にあるようなデッキチェアや揺り椅子はないけど、籐椅子なら余ってる』と言うと、『ぜひ欲しい』ということやったんで、ついでの時に持っていくことにしてました。九時過ぎてたから、遅いかな、とも思うたんですけど、さすがに床に就く時間でもないし、思い出した時に持っていこうというわけで」

ところが、行ってみると小郡に会えなかったので、籐椅子をテーブルの前に無造作に置いて帰ったのだとか。であるから、椅子とテーブルが少し離れていたのだ。

「宵の口からアルコールが回ってベッドに行ったんかな、とも思いました。それで、半開きの戸に『置いていくよ』とひと声かけたんですけど、返事はありませんでした」

そこで本橋の顔色が変わる。

「今、気がついたんですけど、もしかして……あの時、もう船長は殺されてたんでしょうか？」

火村は、落ち着いた声で答える。

「現時点では判りません。もし、すでに小郡さんが殺害されていたとしても、本橋さんには気づきようがなかったでしょう。——思い返して、何か引っ掛かることはありませんでしたか？　家の中の様子がいつもと違っている、とか」

「いや、ないな。寝てるんやったら起こしてしまうと悪いんで、さっさと出ましたから。……まだ生きてたんやないかなぁ。寝言が聞こえたような気もするんじゃが」

「どんな？」

「英語で号令をかけとったような……いや、これは自信がない。警察にはよう言いません」

とてもではないが、この証言には証拠能力がない。

「あの家で何かに触ったりしましたか？」

「指一本触れてません。椅子を置いて、すぐに帰りました。雑用を頼む件はまた明日にして」

「九時十分頃という時間は確かですか？」

「はい。うちを出る時に時計を見て、『九時になったけど、よかろう』と思うた記憶があります。船長の家までゆっくり歩いて十分ですから」

「つまらないことを伺います。小郡さんに市役所へ車で送ってもらおうとしたり、椅子を手に提げて運んだりなさっていますが、本橋さんはお仕事柄も自動車をお持ちなのでは？」

「もちろん。都会の真ん中に住んでるわけでなし、車は必需品です。女房も運転しますが、腰痛で今はハンドルが握れません。お恥ずかしいことに、わしは今月いっぱい免停なんですわ」

一瞬、火村は口をへの字に曲げた。

「よくあることですね。――小郡さんは、女性に人気があったそうですが」

話題が転換すると、本橋は苦笑いする。

「そのせいで、こんなことになったのかもしれません。もてるのも厄介……というより、どっちにも気を持たせながらの二股《ふたまた》というのはいけません。しかも。相手の一人は亭主持ちというのはいかん」

被害者自身にも責任の一端はある、と言いたげだが、私たちには何ともコメントできない。船長のふるまいに問題があったにせよ、殺されたのは理不尽だ。

「ああ」

傍らに立っていたお婆さんが、向こうからやってきた車に反応する。それは本橋ファームの前で停車して、黒い髪を緩くひっ詰めた小柄《こがら》な女性が降りてきた。年齢は五十歳前後。ほんのり下ぶくれの顔は輪郭《りんかく》こそ福々しいが、表情は暗くて、やつれた感じだ。もともとの撫《な》で肩《がた》が、さらにすとんと落ちたかのよう。

「ちょっとよろしいですか？　昨日のお代を持ってきたんですけれど」

私たちに気を遣いながら、遠慮がちに言った。

「わざわざすまんことで。いつでもよかったのに、急いできてくれたんやな。それも、こんな時に」

野菜の代金らしいものを受け取りながら、本橋は何故《なぜ》かしんみりとした声になっていた。「ショックやったね。大丈夫？」

お婆さんも労《いた》わる。何となく見当をつけたとおり、この女性こそ槌井須美代だった。話を聞きたい相手が数珠つなぎで私たちの前に現われる。さながら関係者のリレーで、しかも火村と私が何者であるかを本橋が紹介してくれるので手間が省けてありがたい。

「犯罪学の先生ということは……テレビでコメンテーターでもなさっているんですか？」

警戒の色を見せながら訊かれて、火村はきっぱりと否定する。

「そういう者ではありません。マスコミの依頼で取材に飛んできたのではなく、研究調査の帰りに行き合わせただけです。現場を見にきた際によく知っている県警の捜査員と顔を合わせたので、少しばかり手伝いをしています」

説明としては明瞭《めいりょう》さを欠いているのに、落ち着いた口調と物腰で相手に一定の安心感を与えてしまう。丁寧に差し出した大学准教授の名刺の力もあるのだろうが。

「亡くなった小郡さんについて、お話を伺ってもかまいませんか？」

ためらってから、「はい」と応じてくれた。しかし、さすがに第三者の面前では抵抗があるようで、場所を変えたがる。私たちはお婆さん——名前を聞かずじまいだった——と本橋に礼を述べ、そのあたりを歩きながら話すことにした。

小郡晴雄とどれぐらい親密だったのか、ということから質問を始めると、彼女は言《い》い渋《しぶ》ることなく滑《なめ》らかに答えてくれる。

「子供時代に遠くから憧れているだけだった初恋の人が、三十何年も経《た》ってから思いがけず帰ってきた。しかも、昔の面影《おもかげ》を残しながら、堂々として頼もしげな男性になって。夢かと思いました。おずおずとご挨拶に行ってみると、彼が私のことを覚えていてくれたことに感激して、道で出会ったら立ち話をするようになったんです。女には手に余る作業をお願いすると、気持ちよく引き受けてくれました。恋心が再燃した？　はい、そういうことですね」

「そんな槌井さんに対して、小郡さんはどのように接してくれましたか？」

火村の問い方は乾いていて、さながらドクターの問診だ。

「心安い隣人の一人でしょう。幼馴染みというほどの間柄でもないし」

「そんな彼の態度を、もの足りなく思いましたか？」

「いいえ。仮に不満があったとしても、私がどうこうできることではありません」

淋しい気持ちがあった、と胸中を告白したのに等しい。

「小郡さんを慕《した》っていて、どちらも独り身とあれば、ぐっと距離を縮めたくなるのが自然に思います」

「私は、そういうのにまったく不慣れなんです。若い頃から親の介護や何やらで家に縛られて、男性とお付き合いした経験もろくにありませんから」

拗《す》ねたように言ってしまったことを即座に悔《く》いたのか、猫が照れ隠しのグルーミングをするように乱れてもいない髪を手で梳《す》く。

「ここは狭い地区ですから、私が何度か小郡さんのお宅に出入りしただけで、変な勘《かん》繰《ぐ》りをされたりします。あの人が殺されているのが見つかった後、すぐに『槌井という女が怪しい。船長と揉《も》めたんだろう』と警察にご注進した人がいるようですね。さっき刑事さんがうちにきて色々と訊かれたし、先生にも詮索《せんさく》されているところをみると」

「もう刑事の訪問を受けていたんですか。それは早いな」

「まっしぐらに私のところにきたんでしょう。漫画みたいに刑事臭い人に、あれこれ尋ねられました。『男女の仲ではなかったんですか？』なんて、単刀直入に。『そういう関係ではありません』と宣誓するように答えてあげました。真実なんですけれど、証明する方法がないし、信じてもらえなかったら仕方がありませんね」

「無実なら疑いはすぐに晴れますよ。小郡さんは女性の気を惹くタイプだったそうなので、同じように不愉快な質問をされている人が他にもいそうだ。――そうではありませんか？」

彼女は、きっと火村を見据えた。

「本橋さんから何か聞いたんですか？」

「誰から聞いたかは明かせませんが、橘美潮さんのことを少し」

「あの人は、小郡さんに言い寄っていたようですね。旦那さんが気の毒だ、とみんな陰で言っていました。夜分に小郡さんの家からこそこそ出てくるのを見た人が何人かいます。旦那さん、残業で帰りが十一時ぐらいになることもあるんです。そういえば、昨日もちょっと遅かったみたい」

彼女の家と橘夫妻宅は、あまり離れていないらしい。

「美潮さんが小郡さんとそういう関係でいることは、槌井さんにとっても不愉快なことでしたか？」

「私にとってどうこうではなく、優しい旦那さんを蔑《ないがし》ろにするのがひどい、と感じていました」

「小郡さんは、美潮さんが夜分にやってくるのを拒《こば》んでいなかったわけですね」

「さぁ、知りません。そうだとしたら、よその奥さんを遊び相手にする彼もよくないですね。——美潮さんのところにも刑事さんが行っているんですか？　そうでないと不公平なんですけれど」

「捜査の過程で、お話を聞かずにはいられないでしょう。ご主人の信武さんについても」

「信武さんが人を殺すとは思えません。体格が小郡さんとまるで違うから、襲う気もしないでしょうし」

「無防備に寝ていたら、ナイフで刺したくならないとも限りません」

愛した男がナイフで刺される情景を思い浮かべてしまったのか、彼女はつらそうな顔になった。火村はわずかな間を措《お》いて、さらに尋ねる。

「昨夜の行動について、漫画のように刑事臭い刑事から訊かれましたか？」

「はい。ご興味がおありのようなので先生にもお話ししましょうか。私の家は、小郡さんの家から二百メートルほど東です。夕方六時過ぎに、隣町のスーパーに買い物に行って帰った後、独りで夕食を作って食べて、十時にお隣でお風呂を借りました。二日前に給湯器が故障して修理に時間がかかっているので、残り湯を使わせてもらっているんです。お風呂から上がったら、そこのご夫婦が『息子が珍しいビールを送ってきた。明日は休みだし、飲もう』とおっしゃるので、三十分ほどお付き合いを」

すぐにバレる嘘はついていないだろう。証言どおりだとしても、死亡推定時刻は八時から十一時だから彼女のアリバイは不完全だ。

「私のアリバイは成立するんですか？　刑事さんは教えてくれませんでした」

火村が「残念ながら」と申し訳なさそうな顔を作ると、彼女は「そんな気がしていました」と硬い声で言った。

歩いていく前方に、黒っぽい紐《ひも》が落ちている。何だろうと思ったら、車に轢《ひ》かれた蛇の死骸《しがい》だと判り、私は「うひゃっ」と奇声を発してしまった。槌井須美代は、初めて歯を覗かせて笑う。

「お化けでも何でもありませんよ」

堪えていた激しい感情を抜くためか、不躾《ぶしつけ》な探偵たちを怯《ひる》ませて面白がるためか、彼女はそれを素手で拾い上げ、脇の叢《くさむら》にぽいと投げ捨てて見せる。

「毒のない青大将で、しかも死んで動かないのに、怖がることはありません」

怖がったのは私だけだから、そこが彼女としては当てはずれだったであろう。私は言い返す。

「蛇を怖がる人は大勢いますよ。情けない声を出してしまいましたけれど、槌井さんにも苦手なものがおありのはずです」

「それは、まぁ」

彼女は、頭上に目をやる。コウノトリ但馬《たじま》空港に向かう飛行機が陽光を反射して輝いていた。

そこで私たちは踵《きびす》を返《かえ》して本橋ファームまで引き返し、彼女は車に乗って行ってしまう。火村が事務所に入ると、いつも心をこめて大蒜作りに勤《いそ》しんでいる本橋眞介はデスクワークの手を止めた。

「先生、どうでした？」

「槌井さんから色々なお話が聞けましたよ。蛇の死骸を素手で摑《つか》んで、怖いもの知らずなところも見せてもらいました」

「体はちんまりとしてるけど、ああ見えて肝が据わってるからな。とはいえ、怖いもの知らずというんでもない。高いところがからっきしで、飛行機に乗れんどころか、二階に上がっただけで窓の外を見んようにしとる。からかわれたら『私は地べたがお似合いなんです』」

火村は、雑談をするために本橋の仕事の邪魔をしたわけではない。

「しつこくて、すみません。一つお訊きするのを忘れていました」

「はい、何ですか？」

「昨夜、小郡さんのお宅に変わった様子はなかったと伺いましたが、今朝はどうでしょう。前の夜と違った点がありませんでしたか？」

「ああ、言われてみたら……」

彼は尋ねられたことには答えるが、それ以外に気がついたことがあっても自分からは話してくれない証人なのだ。

「やっぱり。それは、どういったことですか？」

6

その頃、漫画のように刑事臭い野上刑事は、所轄の若い捜査員とともに橘夫妻宅で聞き込みの最中だった。立ち入ったことまで訊かなくてはならないので、夫婦同時にというわけにはいかず、美潮、信武の順で個別に。

黙ってお茶を出した美潮は、そのまま野上たちの前の椅子に掛けた。ダイニングのテーブルでの面談だが、生活感が皆無なほどよく片づいていて、こぢんまりしたレストランにきているようだ、と野上は感心する。よその男にうつつを抜かしながら、家事には手を抜いていないらしい。根っから几帳面《きちょうめん》で整頓好きなのか、レースのカーテンやクロスなど自分の趣味で染め上げた家のカラーを守りたいのか。

「小郡晴雄さんについてお話を聞かせてください。親しくお付き合いしていたそうですが」

美潮は、艶《つや》のあるロングヘアを掻《か》き分《わ》けて、気怠《けだる》そうに首筋をゆっくり擦《さす》る。ふた重瞼《えまぶた》のぱっちりとした目をしていて美人の部類に属するだろうが、上目遣いになることが多いため三白眼《さんぱくがん》になってしまう。

「私のところへ早々に刑事さんがいらっしゃるとは。あの人の肉親でも何でもないので、詳しいことは話せませんよ」

その声は大学生のように若々しく、口調は突き放すようだ。私は機嫌が悪いのよ、と宣言しているのだろう。愛する男が不幸な死を遂《と》げたことに混乱して、感情の乱気流に揉まれているせいかもしれない。

「捜査のために聞いた内容は、よそに洩らしません。ご主人の耳に入れたくないことも隠さず話してもらいたい」

「私と小郡さんがどんな関係だったかなんて、捜査の役には立ちませんよ。わざわざプライバシーを明かしたくありません」

「ご想像にお任せします、というやつですか。そんな返事をすること自体、深い仲だったと言うてるも同然やないですかね」

「鋭い突っ込みのつもりですか?」

むくれる美潮だったが、拒むのも面倒になってきたのか、だんだん態度が軟化していき、小郡との不倫の間柄を認めた。この半年のうちに三度ばかり彼の家に忍んで行ったことがあったという。

「彼にとっては遊びでした。深い仲っていうのとも違うでしょう」

「奥さんにとっては遊びではなかったんですか?」

「うまく答えにくいですね。離婚して彼と一緒になりたかったわけでもないから、遊びだったんでしょう。よくないことをする刺激そのものを楽しんでいたところもあるし……」

いくつかの言葉を引き出していくうちに、いわゆる〈忘れていたときめき〉を取り戻せたことを楽しんでいたのだな、と野上は理解した。その一方で彼女は、夫に抱いているであろう不満を口にするのは慎重に避けている。野上が推察するに、夫婦関係が破綻《はたん》の危機に瀕《ひん》しているのではなさそうだ。小郡の死によって二人はやり直せるかもしれない。両人が犯人ではなかったら、の話だが。

「小郡さんと喧嘩や諍《いさか》い？　そんなものはありませんでした。本当です」

これだけは信じてもらいたい、とばかりに彼女は言い切る。野上は絡んでみた。

「小郡さんは、あなた以外の女性とも仲がよかったんやないですか？　それが原因で喧嘩の一つぐらいはあってもおかしくない」

「あの人は私が独占している恋人でもなかったんです。他の女性といちゃついていたとしても、そんなことで怒るほど子供じゃありません」

「子供でなくても怒るでしょう。世間ではそれがもとになった事件がたくさん起きている」

「だから何です？　私はちゃんと答えたので、同じ返事は繰り返しません」

昨夜の午後八時から十一時の行動について訊かれた時は、臆《おく》せずにこう返してくる。

「ずっと家に。夫の帰りが遅くなるのを聞いていたから、独りで夕食を摂《と》った後、テレビを観ながら洗濯物にアイロンかけなど家事をしていました」

信武が帰宅したのは十時半だった。

「誰かと電話で話したとか、近所の人と顔を合わせたとか、何かありませんか？」

「なしです。私が家を出て、小郡さんの家に行っていたんじゃないかと疑うのなら、証拠か証人を探してみてください。いるわけありませんから。小郡さんの家の手前、坂道と分かれる角に防犯カメラが一つだけありますよ」

そのことは警察も承知していて、遠藤がビデオを調べている。もし彼女の姿が映っていないとしても、カメラの存在を知っていたから避けて通ることはできた。

「小郡さんのことを恨んでいる人やら彼と対立していた人はいませんでしたか？」

「思い当たりません。あの人は他人と浅くしか交わらないので。嫌う人がいないかわりに、友だちと言える人もいませんでした」

「昔の知り合いが訪ねてきた、といった話を小郡さんから聞いたことは？」

「ないし、そんなことがあったら『船長のとこに客がきとった』と噂になったはずです」

「残業から帰ったご主人にいつもと違ったところはありませんでしたか？」

「えっ、その質問の意味が判りません。夫が小郡さんを殺してから素知らぬ顔で帰宅した、とでも？　変わった点はなかったし、彼にそんな大胆な真似《まね》はできませんよ。

羽虫も殺さず庭に追って出す人だから。それに、小郡さんはナイフで刺されていたそうですけれど、夫は刃物を見るだけで体が顫《ふる》える先端恐怖症です。犯人ではあり得ません」

どうだ参ったか、と言うように、顔に垂れてくる長い髪を美潮はバサリと払った。

「妻を奪われかけた夫が嫉妬のあまりやった、とお考えなんでしょうか？　私はそんなに短絡的でも粗暴でもありません。疑われるだけで不名誉です」

信武は、さして広くもない肩をそびやかして遺憾《いかん》の意を表す。不快感しかない状況への精一杯の抵抗という感じだった。いつも興奮した時にそうなるのか、小鼻がひくひくと動いている。彼がこんなところを人に見せるのは、めったにないことなのだろう。隠しようもないほど生真面目《きまじめ》で気が弱そうだが、そういう男が自制心を喪失し、大きな罪を犯すこともさほど珍しくないのを野上は知っている。

「今日は四十歳の誕生日だというのに……とんだ厄日《やくび》です」

年相応の外見だ。小郡ほどではないとしても、目許がすっきりとしていて顔立ちはいいのだが、小柄な体つきに比して顔が大きい。

ぼやくのを無視して、野上は陰気にくぐもった声で質問を続ける。妻と小郡の関係をどこまで把握《はあく》していたのか、そのことについてどんな感情を持っていたのか。

「大人の恋愛とかをテーマにしたドラマや小説に感化されて、火遊びの真似事をしていたようですね。あくまでも真似事で、渋みがかったいい男と恋愛したらどうなるか、という想像を楽しんでいたんでしょう。妻に悩みがない証拠とも言えます」

最後のひと言に、わずかな皮肉を込めたらしい。惚れた弱みと、勝ち気さに怯んで妻の前では言えないのだろうが。

「ご主人は冷静で、広い心をお持ちですね」野上は軽くおだてる。「そういう考えから、様子を見ていたわけですか」

「ええ、そんなところです」

「しかし、正直なところ小郡さんを責める気持ちはありませんでしたか？」

「ゼロではないかな。何かと経験が豊富なせいか、口が達者な人だな、とは思っていました。うちのがうれしそうに言っていましたよ。『美潮という名前が素晴らしい。船乗りにとっては眩《まぶ》しいぐらいです』なんて言われたのだとか。よく素面《しらふ》で言えたものです」

ちくちくと小郡を腐《くさ》し、「そんな底の浅い男に――」と妻の不行状《ふぎょうじょう》についてもぼやく。

「うちのは小学生の頃に川で溺《おぼ》れて死にかけたそうで、極度の水嫌いなんです。海水浴なんてもってのほかだし、プールにも入らない。温泉の大浴場さえ怖がりかねないんですよ。そんなのが船長に心惹かれるなんて、まるで悪い冗談だ」

野上は、このタイミングで尋ねる。

「橘さん。あなたは水ではなく、尖《とが》ったものが嫌いだそうですね。さっき奥さんから伺いました」

「ああ……はい、そうです。恐怖症の域に達していますね。鋭利な刃物はもちろん、削りたての鉛筆も嫌。妻がアイライナーを使っているのを見るのも怖くて嫌。針みたいに先が尖った建造物を見るのも好きではありません」

「果物ナイフで林檎《りんご》の皮を剝《む》くなんていうことは――」

「想像しただけで鳥肌が立ちます」

その事実が自分にとって有利であることに、本人も気づく。

「そんな私が、ナイフで人を刺せるわけがないんです。私の先端恐怖症は学生時代の友人たちもよく知っています。まさか遠い未来にしでかす事件に備えて、その頃から先端恐怖症のふりをしていたわけはないでしょう」

先端恐怖症が事実かどうか調べてみる必要があるが、「同僚もよく知っています」

ということなので、嘘ではなさそうだ。ただ、その症状がどれほどのものなのかは当人にしか判らず、ふだんから何倍も大袈裟《おおげさ》に吹聴《ふいちょう》していただけで、いざとなればナイフで人を刺すこともできたのかもしれない。

「有益な情報をいただきました。削りたての鉛筆が怖い人に、ナイフで人を刺せるはずがありませんね」

相手を安心させたところで「調書に書かなくてはいけないので」と事件当夜のアリバイについて質すと、表情を和らげてさらさらと話してくれた。

「うちの会社、人件費の圧縮とかいって人を減らしすぎたせいで、社員にえらい皺寄せがきているんです。ろくに手当も出ないのに残業が常態になってしまって、閉口します。昨日も遅くなるのがあらかじめ判っていたので、朝、うちのには『何時まで仕事か判らないけれど、夕食は会社の近所で済ませる』と言って家を出ています」

「車での通勤でしたね。ここまで何分ほどかかります？」

「通常は二十分です」

「昨日、お帰りになったのは十時半だそうですから、会社を出たのは十時十分頃？」

「いえ……もっと早くて、八時半でした。思っていたより仕事がてきぱき片づいたものので」

これは追及せねばならない。

「退社後、同僚と飲みにでも行ったんですか？」

「いえ、独りで晩飯を食べました」

「一時間半以上かけてフランス料理のフルコースでも？」

「味噌汁《みそしる》つきの焼き魚定食です」

「それにしては帰宅時間が遅い。まっすぐ帰らなかったんですか？」

訊かれたくなかったことらしく、信武は少し言いにくそうにする。

「この地区のはずれにある笠取神社にお詣りしていました。昔から私の願い事をよくかなえてくれるんです。何を願ったかは、刑事さんのご想像どおりですよ」

妻と小郡の縁が切れること以外にない。

「柏手《かしわで》を打って願い事をするだけで、一時間近くもかからんでしょう」

「ベンチに掛けて、自動販売機の缶コーヒーを飲んだからです。色々と考えながら」

残業している間に妻が何をしているのかと疑惑に苛《さいな》まれつつ、悶々《もんもん》としていたのかもしれない。自分が信武の立場だったら家に飛んで帰るがな、と野上は思った。

「実のところ」信武は言いにくそうに語る。「まっすぐ帰ったら、妻が誤解しそうな気がして時間潰しをしたんです。『残業なんて言っておいて早く帰ってきたのは、私を試しているんじゃない？』とか怒られそうで……」

野上にはない発想で、嘆息するしかなかった。

聞くべきことが尽きたところであることを思い出したので、信武に美潮を呼んできてもらって尋ねる。

「小郡さんの家に入った正面の壁に、何か貼ってあった跡があるんです。奥さん、何かご存じないですか？」

美潮は訝《いぶか》しげな顔になった。

「大きな帆船のポスターが貼ってありましたけど、それがないんですか？」

「どんなポスターだったのか、詳しく教えてください。あなたがそれを最後に見たのがいつかも」

これまでメモを取るのは同行した所轄の刑事に任せていたが、野上は自分の手帳を開いてボールペンをかまえた。

7

稲荷社から階段を上がり、現場に戻った私たちを待っていたのは、野上が橘夫妻から聞き込んだ情報である。仏頂面のままではあったが、彼はベンチシートにどっかと腰掛け、得たものを余すところなく吐き出してくれた。壁の空白が帆船のポスターを剝がした跡だということは、火村も本橋から聞き出していたが。

「大海原を行く立派な帆船の写真で、特に変わったところはない、ということでしたが……」職人気質の刑事は壁を見やって「なんで消えたんや？」

野上と火村は同じことをしていた。どんなポスターだったか、構図やら構成要素を詳細に聴き取って絵にしていたのだ。互いの手帳を突き合わせたら、当然ではあるが、ぴたりと一致している。構図の半分強を占めるのは白い帆を誇らしげに張った帆船で、舳先《へさき》が左斜め上にピンと向く。背後には抜けるような蒼天《そうてん》。下の二割ほどは群青《ぐんじょう》色の海で、船首が立てる波が白く跳ねていた。文字はいっさいなし。

元船長が壁に飾っていても何の不思議もないものだが、それが事件を境になくなっているのは意味深だ。

「どういうことなんや？」

丸太の椅子に座った火村に、籐椅子の私が尋ねる。椅子の高さが異なるので、私が彼をわずかに見上げる恰好《かっこう》だ。

「そう焦るな。まだ判らない」

野上が、くすんと鼻を鳴らした。

「言うのが遅れました。裏のドラム缶にあった燃え滓を調べさせたところ、当該ポスターのようです。ポスター類らしき紙質で、海がちょろっと写っていました」

野上が上着のポケットに突っ込んでいたペットボトルを出してお茶を呷《あお》ったので、私は本橋ファームで買った大蒜チップスを「よろしければ」と勧めた。

「こんなもん食べたら、よけい喉《のど》が渇くやないですか」と言いつつ、火村が袋を破るとひと切れつまむという謎のコンビネーションのよさが発揮される。三人でチップスを食べながらの捜査会議となった。

私が気になるのは、やはりポスターの謎だ。

「酔って寝てた船長が、本橋さんが帰った直後にむっくり起き上がって燃やしたとは思えん。本橋さんがきた時には殺されてた可能性すらある。ポスターは犯人が剥がして燃やしたんやろう。そんなことをした理由はさっぱり判らんけど」

犯行現場が寝室ではなくこの部屋だったら、空想を働かせる余地がある。たとえば、被害者が危険を察した時点でこっそり犯人の名前をポスターに書いたり、犯人が負傷してポスターに血が飛んだりしたので、犯人がそれを処分する必要が生じた、とか。

火村は「ポスター自体は、この家にきたことがある人間はみんな目にしていたから、秘密でも何でもなく、もとよりただの帆船の写真にすぎない」

野上は「蒐集家《しゅうしゅう》にとって値打ちがある珍しいポスターやったんで、行きがけの駄賃に盗ったわけでもない。裏のドラム缶で燃やしてるんやから」

「行き詰まりを打破すべく、私は仮説をぶち上げてみる。

「ポスターの表ではなく、裏に秘密があったんやないかな。そこに何か書いてあったのかも」

ただちに火村が言う。

「何かって、何だよ？」

「小郡が誰かの弱みを握って、恐喝めいたことをしてたとする。そのネタがポスターの裏に書かれてる、もしくは貼りつけられてることを犯人が知って、奪っていったということは？」

野上から反論がきた。

「小郡が誰かを強請《ゆす》ってたというのは憶測にしても根拠がないし、恐喝者やったとしてもそのネタをポスターの裏に書いたり貼ったりはせんでしょう。わざわざそんなことをするとは思えません。その事実を犯人がどうやって知ったのかも説明が欲しい」

「あきませんか。そしたら、ポスター自体に用があったわけではなく、壁をさらすことが目的やったんでは？」

今度は火村からの砲撃。

「板壁を剝き出しにしたら、どんなすごいトリックができるんだ？」

「朝日が差し込むと、陽の光が壁に反射して……。考えとくわ」

仮説なら、まだあるから凹《へこ》まない。

「仕切り直させてくれ。ポスター自体に用があったわけではなく――」

「またそのパターンかよ」と火村。

「黙って聞けや。――ポスターをドラム缶で燃やすことが犯人の真の目的やった、というのはどうでしょうか？　煙で誰かに合図を送ったわけです」

野上に向けて言ってみたら、今度は私を責めなかった。そうする気力も湧《わ》かなかったのかもしれない。

「どうですかねぇ。犯行時刻を絞る参考にしようと、昨日の夜、この家の裏から上がる煙を目撃した者はいないかと聞き込みをかけたんですけれど、付近にはおりません」

「いなくて当たり前です。地区の住人すべてに訊いても、事件に関わってたら正直に答えませんよ」

火村はというと、モナ・リザよりも繊細な微笑を口許にたたえている。

「人工知能の研究が急速に進んでいる時代に狼煙《のろし》とはな。時と場合によっては現代でも有効な通信手段かもしれないけれど、ポスター一枚を燃やしてどれだけの煙が出るって言うんだ？　狼煙を上げたかったのなら、犯人はドラム缶にもっと盛大に可燃物を投下しただろう。――お前がどんなふうに発想してミステリを書いているのか、少し判った気がするよ」

会議が創造的なものであるよう仮説の提供を愚直に続けたのがよくなかったらしいので、問う側に回ってやろうではないか。

「なるほど、ポスターを一枚だけで狼煙はおかしいか。では、火村先生の見解を聞かせてもらうとしよか。何で燃やしてん？」

遠藤がやってきたのは、この時だった。大きな発見があったらしいのは、にやついた顔を見ただけで知れる。

「ガミさん、ここにおったんですか。早《はよ》う報告しようと捜しましたよ」

「どこ捜してたんや。ここがベースに決まってるやろ。勘が鈍《にぶ》いな」

遠藤は野上の隣に座り、タブレット端末をテーブルの上に置く。

「ここにネタが入っています。養父署の捜査本部に入った樺田さんには連絡しました。まぁ、これを見てください。防犯カメラが現場から立ち去る犯人を捉《とら》えてるんです。あんな淋しい三叉路《さんさろ》にカメラを設置した人間に感謝です」

「犯人が映ってるって……そしたら解決やないか」

「いやいや、そこまで甘くはない」

「どういうことや?」

百聞は一見に如《し》かずとばかり、遠藤はタブレットで問題の映像を呼び出した。防犯カメラの性能がよくないらしく、かなり粒子が粗《あら》い。この家から下った三叉路全体を撮影したものである。

「昨夜の映像です。時刻の表示を見ていてください。今、午後九時四十五分」

遠藤に促《うなが》されずとも、画面右下の数字にも注目していた。カウンターが四十六分になる前に、坂の上から何か青っぽい塊《かたまり》が下りてくる。正体不明のものの出現に、火村が「んっ?」と顔を突き出した。

それは十秒もしないうちに道路を横切り、南の方角に去って行く。遠藤が言ったことの意味が呑《の》み込めた。

「昨日の夕方以降十一時までの間に坂の上に向かった者は一人もなく、下ってきたのがこいつだけ。今のが犯人なんですよ。ただし、顔も体つきもまったく判りません」

そいつはブルーシートをすっぽりと頭からかぶり、身を屈めて速足で歩いていた。シートの裾《すそ》をずるずると引きずりながら。防犯カメラに映る範囲を知っており、姿をさらしたくなかったのだ。三叉路の南の方へ消えて行ったが、もちろんその方角に犯人が住んでいるとは限らず、むしろ自宅とは別の方へ逃げるふりをしたと思える。

「これが犯人と断定はできんが……時間からしても怪しいな」

慎重な野上に、遠藤が説明を加える。

「断定できるんですよ。犯人は、何時何分かは不明ですがこの家の西側の稲荷社に続く階段を通ってここまでやってきて、ビデオに録画されたとおり東側の坂を下って逃走したんです。西からきたと断定できるのは、三叉路のある東からきていないから」

「ほな、なんで西へ帰れへんねん？　そっちへ逃げたらビデオに映らんで済むのに」

「犯人が通った後、稲荷社に居座った者がいたためです。近隣の二十歳の男二人で、バンドを組んでいます。二人やからユニットとか言うんかな。九時半ぐらいにきて境内のベンチに座り、ギターを弾《ひ》いたり歌ったり練習をしていたんやそうです。今後の音楽的方向性について話し合ったりも」

「一人前に何が音楽的方向性や。――何時までそこにおった？」

「彼らなりに真剣なんですよ。来年、笠取町が生んだスターになってるかもしれんでしょう」遠藤は優しい。「とかいうのは措いといて、彼らは十一時過ぎまで境内に留まってました。いつもではなく時たま、そんなふうに練習やミーティングをしてるんやとか」

ビデオに録画された謎の人物と稲荷社の境内にいた男性ユニットの証言。この二つが捜査に寄与するところは甚大だ。後者のおかげで前者が犯人だということが確定するのだ。犯行が九時四十五分には完了していたことも。おそらく船長が襲われたのは九時半頃と推測できる。

だが、それをもってしても犯人の正体まではたどり着けない。槌井須美代、橘美潮、橘信武が有力な容疑者として捜査線上に浮上しているが、三人とも九時半から九時四十五分にかけての時間帯のアリバイがない。

大蒜チップスを一枚食した遠藤が「これ、いけますね」と評したところで誰かのスマートフォンが震えた。遠藤が迷わずに出たかと思うと、「そうか、よし」とだけ応答して切る。

「犯人がかぶっていたブルーシートが見つかりました。用水路の暗渠《あんきょ》に突っ込まれていたそうです。捜せばすぐに発見できると思っていました。水に浸かっていたようですし、犯人もアホではないでしょうから、指紋は期待できんかな」

遠藤と野上の掛け合いは続く。

「用済みになったブルーシートを犯人が捨てたんは判るが……。おかしい」

「何がです？」

「おかしいやないか。犯人は、未来のスター候補がギターを抱えてやってきたから、西側の道を通れんようになって、やむなく防犯カメラがある道から逃げることになったんやろ。なんでブルーシートが事前に用意できたんや？」

「犯人にとって不測の事態やったわけですから、準備してたはずはない。現場近辺にあったから利用しただけですよ」

「近辺のどこに？　ここらでは工事なんかしてへんぞ」

唇《くちびる》をそっとなぞっていた火村の人差し指が一閃《いっせん》して、食器棚の上をぴたりと指した。

「あの整理用ボックスに入っていたんですよ」

この場にいる全員の視線が、それに注がれる。四人の顔の動きが完全に同調していたせいで、劇的な瞬間に思えた。

「ぺらぺらの毛布の切れ端が入ってるだけの、あのボックスですか」遠藤が言う。

とには……」
「そら、ブルーシートを詰めるぐらいのスペースはありますけど、確かめてみないこ

火村から私に指令が飛んだ。

「アリス。本橋さんに電話で確認してみてくれ」

スマートフォンを取り出したはいいが、電話番号を知らない。本橋ファームの看板に書いてあったものを火村が周到に控《ひか》えているのかと思って「番号は?」と訊いたら、私の手許のチップスの袋を指差す。

「そこに書いてあるだろう」

「ああ、了解」

本橋はすぐに電話に出て、私の問いにこのように答えた。

「ブルーシートなぁ。あれも、わしがあげたもんです。『あったら役に立つこともあるから欲しい』と言うて。使うことがあったかどうか知らんけど、プラスチックのボックスに入れて食器棚の上にありましたね。半透明の箱やから見えてました」

籐椅子を持って行った時にもあったかを尋ねてみると――

「そんなことは覚えてませんよ。ポスターに加えてブルーシートもなくなってるんですか?」

言葉を濁《にご》し、大蒜チップスが美味であったことだけ伝えて通話を終えた。火村は、よしよしと言いたげだ。

「たとえ初めてこの家にきた者が犯人だったとしても、半透明の整理ボックスにブルーシートが入っていることは見れば判った。とっさの機転で、そいつをかぶって防犯カメラの下を突破することにしたんだな。機転というより苦肉の策か」

野上は、飢えた犬のように唸っている。

「あの映像のブルーシートを引き剝がしてやりたいが、画の中には入れんな。コンピュータで解析しても顔や体型が判りそうもない」

「もどかしいですね」

腕組みをした遠藤も残念そうだ。犯人がかぶっていたのがシーツやタオルケットなら体型の見当がついただろうが、それさえ割り出せないようにブルーシートを選んだのは間違いない。

私は、小声で火村に話しかける。

「フィールドワーク中はいつものことやけど、お前、また昼飯のことを忘れてるやろ。二時を過ぎてるぞ。それと、今晩も宿を取るんやったらぼちぼち決めといた方がええんやないか？」

友人は淀《よど》みなく答える。

「十分ほど戻ったあたりに赤い屋根のレストランがあった。あそこでランチにしよう。宿は昨日と同じロッジでいい。犯人を突き止めたからといって、事後処理もせず俺たちだけさっさと帰るわけにもいかないだろう。それを済ませたとしても、明日の午後には山田風太郎記念館に寄れるさ」

「まるで、今日中に犯人が指摘できると決めつけてるみたいやな」

「もう見えた」

彼はそう言いながら首を捻《ひね》り、背後の壁に目をやった。

8

実験に先立ち、火村英生は語った。

「事件当夜、あの家で何があったのか。われわれは概要をすでに把握しています。犯人は、九時四十五分までに稲荷社横の階段を通って船長宅へ行き、酔って寝ていた彼の胸を果物ナイフで刺して殺害。きた道を戻ろうとしたところ、具合の悪いことに二人のミュージシャンが居座っていた。事情が許したなら彼らが去るのを待っていればよかったのですが、三人の容疑者たちにそんな余裕はありませんでした。槌井須美代は十時に隣家の残り湯を借りることになっていたし、橘信武と美潮の場合は配偶者の不審を招いてしまうから、誰が犯人だったとしても早く家に戻りたかったはずです。そうしなかったら、事件発覚後に『あの夜のあの人の行動は怪しい』となることは必定」

野上は、ここで軽く頷いた。

「犯人は、やむなく東の下り坂を通るしかなくなった。しかし、その坂を下って行くと防犯カメラに映されてしまうのが難点です。さて、どうしようと思ったら、食器棚の上にいいものがある。あのブルーシートを頭からかぶり、背中を丸めて歩けば顔も体型もバレるおそれがない。犯人はそれを実行し、誰にも怪しまれないタイミングで家に帰ることができた。――ここまで異議はありませんね？」

遠藤が「はい」と答えた。

「今、火村先生がおっしゃった以外の解釈のしようがない状況です。問題は、それを実行したのは誰か、ということです。これまで集めた情報からすると、先端恐怖症の橘信武は果物ナイフで人を刺せなかったのではないか、と考えられますが、その症状がどれほどのものだったのかは本人にしか判らないことで、激しい憎しみの力を借りたら可能だったのかもしれません」

「ええ、彼の先端恐怖症という心理的要因をどう判断するかは、難しいところですね。ここは慎重を期し、できたかもしれない、と仮定して話を進めましょう」

誰からも異議は出ない。

「三人のうちの誰がやったのか、と問うても正解にはたどり着けません。できなかったのは誰か、と考えましょう。——おっと、何か言いたそうだな？」

私はそんな顔をしていたらしい。

「できなかったのは誰かって、誰でもできたやろ。アリバイは三人とも不成立や。時間的には誰にでもできた。物理的、心理的な条件を考えても、決め手になるものはない。眠り込んだ無防備な男の胸に、現場にあった果物ナイフを衝動的に突き立てた、というだけの事件なんやから」

「そこまでは全員に可能だよな。特殊な知識や技能は何も必要としないし、肉体的にも心理的にも犯人に要求される特段の条件はない。だけど、その後はどうだ？」

「は？　その後はというたら。ブルーシートをかぶって逃げただけやないか」

「諦《あきら》めがよすぎる。茶漬けみたいにあっさりしてるな。さっきはポスター消失の謎にあれだけ果敢にチャレンジしたのに。あの情熱を呼び起こせ」

あまりに大袈裟でクサい表現だったので野上はむすっと唇を結び、遠藤は笑うのをこらえている。

「えらい言われようやな。——ポスターの謎はずっと気になってる。あれだけは合点《がてん》がいかんから」

「俺もそうだった」

過去形かよ。

「あの帆船のポスターについてはっきりしているのは、それに金銭的な価値がほとんどなかったことぐらいです。本橋眞介氏の話したところによると、船長自身が格別に大事にしていた想い出の品でもないらしい。何故、犯人はそれを壁から剝いで焼却したのでしょうか？　私にも謎だったのですが、あれこそ犯人がやむなく行なったことで、事件を解く鍵でした」

「鍵と言われて火村先生からぽんと手渡されても、どう使ったらいいのか判りません」

遠藤は、刑事の面構えに戻っている。

「どこのものとも知れない鍵だけ手に入っても困りますね。しかし、鍵孔《かぎあな》が見つかればもう大丈夫。扉は開きます。鍵を鍵孔に差して、捻るだけ」

自分の言葉に合わせて解錠する仕草《しぐさ》。

「鍵孔って、どれや？」

私が答えを急《せ》かすと、おどけて大阪弁で「あれや」と火村が指差したのは、またしても整理ボックス。

「犯人は、あのボックスに入っていたブルーシートを取り出して使っている。な？ポスターを燃やすしかなかったじゃないか」

わざと間を抜かすな。


明日の成功を夢見ながら二人の若者が歌い、ギターを奏《かな》でた稲荷社の境内。火村と私、二人の刑事は木立の陰に身を潜《ひそ》ませて、ある人物がやってくるのを待った。本物の刑事が二人交っているので、張り込みの醍醐味《だいごみ》がたっぷり味わえる。

待つこと十五分。その人物が予想どおりの方角から現われると、私たちは身じろぎするのもやめ、気配を消して観察に集中した。ごく単純な実験なのだが、餌《えさ》に食いついてくれるかどうかだけが気掛かりだ。

その人物の足取りは重く、一歩ずつ引きずるように運んでいる。警察にしつこく事情聴取されたせいなのか、犯した罪のせいなのかは窺い知れない。

ゆっくりと境内に入ってしばらく進んだところで、その足がぴたりと止まった。ベンチのすぐ後方の木立にある異物を発見したのだ。異物とは、否でも視線が行く方向を計算して私たちが仕掛けた餌。よく目立つ黄色い封筒を、木の幹にガムテープで貼りつけておいた。その表には極太の油性ペンで〈これを警察に届けてください・小郡晴雄の件〉と記してある。

そんなものを境内で見つけたら気味が悪いから無視するのも自然な反応だが、発見者が小郡殺害の犯人ならばどうか？　封筒に何が入っているのかが気になって看過するのは難しいだろう。ましてや表書きに〈これを警察に届けてください〉とあるのだから、手に取ったところを誰かに見られたとしても言い逃れが容易だ。警察に届けようとしました、で済む。

被験者が躊躇したのは、ものの五、六秒だった。決然とした足取りで境内の奥へと向かい、竹箒を手にして戻る。その人物が箒で封筒を叩き落としにかかる頃、私の緊張は頂点に達していた。ちょうどそこへ羽音とともに一匹の蜂《はち》が飛んできて、私の顔の前でホバリングを開始する。火村の方へでも行け、とばかりに右手で払おうとしたら顔めがけて突進してきたので大きくのけ反《ぞ》り、その拍子に足許に落ちていた枝を踏み折ってしまった。バキリという音の派手だったこと。

「お約束どおり、やっちまったな」

火村に言われてしまったが、彼も刑事らも非難がましい目をしていないのは、すでに望んでいた実験の結果が得られたからだ。

槌井須美代がこちらを振り返った時、貼りつけてあった封筒が剝がれてベンチの裏に落ちた。竹箒を両手で握りしめたまま、彼女は大きな声を出す。

「誰ですか!?」

こうなっては隠れてもいられず、まず野上が、続いて火村が姿をさらした。遠藤と私も。

「人気《ひとけ》がない木陰《こかげ》で密談をしていたところです。びっくりさせて失礼しました」

野上が堂々と真顔でとぼける。

「張り込み中だったんですか？　それなら私こそ失礼しました」

咳払《せきばら》いを一つして、刑事は喜劇的なやりとりを打ち切る。その眼光の鋭さに気がついたのか、竹箒を手にした女は自分がただならぬ事態に陥《おちい》ったことを感じたようだ。

「……もしかして、張り込みの対象は私だったんですか？　何もおかしなことはしていませんよ。お稲荷様に手を合わせるのは毎日、朝夕の日課です」

「ええ、知っています」火村が言った。「今日は特別な日で、午後からマスコミ関係者がこの地区にたくさん入ってきているので、彼らにつきまとわれるのを嫌ってお詣りにこないかもしれない、と思っていましたが、いらっしゃいましたね」

彼女は落ちた封筒を拾い上げて、表書きをこちらに向ける。

「私がくると知っていたから、こんなものを目立つところに貼りつけていたみたいですね。どういうことでしょうか？〈これを警察に届けてください〉と書いたものを、警察の方が私に回収させることの意味が判りません」

「とりあえず、それをいただきましょうか」

遠藤が歩み出て、封筒を受け取った。気を利かせて、こんなことを言う。

「何が入っているのか気になるでしょうね。大したものではありません」

嘘ではないことを示すため、中身が今日の朝刊であることを見せた。そんなことをされたら、彼女はますます混乱する。

「まさか……警察は私をからかっているんですか？　お稲荷様の境内ですが、狐につままれた気分です」

「抜き打ちの実験やったんです。もう終わりました」

野上がそんなふうに真相を明かした。適当なことを言ってごまかす必要もない、と考えたのだろう。当然ながら、いったい何の実験だったのかを彼女は尋ねる。二人の刑事は、この実験の提案者である火村に説明役を任せた。

「包み隠さず、すべてをお話ししましょう。そうすれば、あなたは反論することもできますからね」

槌井須美代の顔には光と影の斑《まだら》模様が描かれている。太陽が山《やま》の端《は》に近づきつつあるので、木漏れ日も昼間のように白くはなく黄金色をしていた。

日暮れが近づく境内で、火村は事件のあらましから語った。犯人でしかありえない人物がブルーシートをかぶって逃走したことを聞いても、彼女は怪訝そうにしている。しかし、それは内心の動揺を懸命に抑えているからではないのか？　私は、彼女の表情の微《かす》かな変化も見逃すまいと注視する。

「ビデオに犯人が映っているのに、警察はその映像から何も摑めないということですか。だとしたら捜査が進んだとは言えませんね、先生」

「であるかに思われましたが、そうでもない。現場にあったポスターがドラム缶で燃やされたことと突き合わせると、犯人を特定できそうです」ここでは相手に質問する間を与えない。「燃やすために壁から剝がしたとは考えられない。狼煙にもならず、無意味だから。ポスターを何かに使った後、そこに遺った痕跡などが警察の目に触れないようにするため、焼却処分をしたと見るしかないのですが、具体的にポスターを何に使ったのか？　寝室で小郡さんを殺害した犯人がなすべきことは、ただちに現場を離れることだけなのに。――いや、逃げる前に一つだけしなくてはならなかった」

「何ですか？」という問いに火村は答えず、別の質問を返す。

「槌井さん。あなたは小郡さんの家にいらしたことがあるから、ブルーシートがあったのをご存じでしょう？」

「さぁ。見たような気もしますけれど……」

「食器棚の上ですよ。プラスチック製で半透明の整理ボックスに入っていました。その存在を知らなかったとしても、あの部屋を見回せばすぐ目に留まります」

「誰でも見つけられたのなら、犯人は絞り込めませんね」

火村は、立てた人差し指を振る。

「ところが、そうじゃない。ブルーシートを使うにはそれを食器棚の上から下ろさなくてはなりません。そう、『逃げる前に一つだけしなくてはならなかったこと』とは、長身の小郡さんによって食器棚の上に置かれたボックスからブルーシートを取り出すこと。誰にでもできるようで、上背のない人にはこれが困難です。女性としても小柄な槌井さんには無理だと思われます」

彼女はそう言われて安堵《あんど》するどころか、さらに警戒を強めていた。竹箒を握った両手に力がこもるのが見ていても判る。

「だが、もしも小柄な人間が犯人だと仮定すると、初めて理解できることがあります。ポスターの使い途《みち》ですよ。『一つだけしなくてはならなかったこと』を可能にしてくれるものが、あの部屋に一つだけあり、それがポスター。壁から剝がしてきつく筒状に丸めれば、こん棒とまではいかずともそれなりの強度を具《そな》えた棒になる。犯人は、それを使って食器棚の上のボックスを動かし、棚から落としたわけです。目的のブルーシートを取り出した後、軽くなったボックスは投げ上げればいい。何とか載ったら、またポスターで作った棒を用いて位置を調整できました。ポスターを筒状に丸めた痕跡はごまかしようがないため、ドラム缶で焼却した」

彼女は、かろうじて反論を試みる。

「だから背の低い人間が犯人だ、と言うんですか？　おかしな理屈です。家の中やまわりをよく探せば棒のようなものがあったかもしれないし、なかったとしても背が低い人間が犯人だとは限らないでしょう」

「棒がね、どの部屋にもないんですよ。そのへんの木の枝を折るなどすることも可能ではありますが、犯人はポスターを丸める方が手っ取り早いと判断したわけです。背の低い人間だからポスターを剝がしたんだ」

目を伏せる彼女に、犯罪学者は追い打ちをかける。

「黙ってしまうのは変だな。あなたは、私の推理をこのように否定できるのに。『ポスターを剝いで丸めるなんてことはせず、椅子に乗ればよかったではないか』と。そう言わないのは、ご自身が答えを知っているからだ。さっきの実験の意味もちゃんとお判りなんでしょう？　犯人は何故か椅子に乗ってボックスを下ろそうとしなかった。重たくて安定が悪そうな丸太の椅子はおろか、本橋さんが持ち込んだ籐椅子にも乗らず、ポスターを棒にすることを選んでいる。木に貼られた封筒を取る際、その前にあるベンチに乗らずにわざわざ離れた場所にある竹箒を取ってきて叩き落としたのと同じだ。船長の家では軽い籐椅子を持ち上げて背もたれや短い脚でボックスを落とそうと試みたかもしれませんが、それはうまくいかなかったらしい。あなたは、二階の窓辺にも寄れないほどの高所恐怖症だと聞きました。怖いのは二階の窓辺どころじゃない。転倒して床に倒れるのが怖くて、椅子にも乗れない人なんだ。そして、船長が死んだ夜、あの部屋のポスターを剝がしたのはそんな人間です。つまり、あなた」

こんな展開は野上や遠藤の予想外だろう。今この場で自供が得られずとも、彼女に的《まと》を絞って調べれば証拠は見つかる、と火村は確信しているかのようだ。

「私が馬鹿《ばか》な思い違いをしているのでなければ、そこのベンチの上に立ってみてください。極度の高所恐怖症でなければ簡単なことです」

槌井須美代は身じろぎもせず、立ち尽くしたままだ。

私たち五人が落とす影は、火村が話し始めた時よりだいぶ長くなっていた。野上が何か言おうとしたところで、彼女は口を開く。

「また電球が切れてしまって、彼に頼みに行きました。私は、怖くて脚立の三段目にも立てないから付け替えができないんです。『もしよければ、ちょっときてくれませんか』とお願いするために。訪ねて行ったのは、本橋さんと入れ違いだったようですね。呼びかけても返事がないので、そっと寝室を覗いてみたら、あの人は船長帽をかぶったまま、すやすや眠っていました。初めて寝顔を見たので、そのまましばらくベッドの横で眺めていたんです。そうしたら……」

船長が、もごもごと寝言を呟く。彼の秘密に触れる気がして、どんな夢を見ているのかしら、と耳を澄ましました。

——美潮……美潮。

二度、言った。

「それを聞いた瞬間、私は頭に全身の血が上って、悔《くや》しくて、憎くて、彼を殺したくなりました。キッチンから果物ナイフを取ってきて、振りかぶったところまで覚えています。そのまま刺したんですね。刺す真似だけでもよかったのに。言い訳になりますが……その後は、警察に捕まるのは嫌だ、という思いに支配されて体が勝手に動くようでした。きた道を戻ったら人がいて通れない。防犯カメラがある道を通らなくてはならなくなったので、ブルーシートを頭からかぶるしかなくて……」

あとは火村の推理をなぞるだけだった。

彼女は、過《あやま》ちのひと言で片づけられない大きな罪を犯してしまったが、何かが少し違っていればこんなことは起きなかった。彼女がそばにいる時に船長が「美潮」などという寝言を洩らさなかったら、彼女が寝室に入ろうとしなかったら、電球を替えてもらうのを翌日にしていたら、船長が彼女の心を奪うほど魅力的でなかったら、美潮がもっと貞淑であったら、船長が故郷に帰ってこなかったら……。

無数の「たら」が考えられる。私たち人間の航海は、かくも危ういのか。

「訊かれたことには何でも答えます。警察署に行く前に、一つだけお願いです。お稲荷様にお詣りさせてください」

彼女の頼みに野上が無言で頷く。

火村は、無表情のまま煙草をくわえた。

9

その事件から半年ばかり経ったある日。

私は部屋でソファに寝そべり、頭を休めるため仕事にまったく関係のない本を読んでいた。パニック小説風のサイファイ《SF》で、その冒頭、インド洋を航行していたギリシヤ船籍の商船が巨大な未確認生物《UMA》と遭遇する。船長は衝突を回避すべく、航海士へ次々に指令を飛ばした。

——ハードアスターボード（面舵《おもかじ》いっぱい）！

——ステディ（そのまま）！

——ミジョップ（舵中央）！

事件の記憶は薄らいでいたのに、私の無意識は〈船長〉に反応していたのだろう。

そのせいか、かけ離れた二つの言葉が瞬時に重なり、一つの疑問が浮かぶ。

酔ってベッドで眠り込んだ小郡晴雄は、「美潮」ではなく「ミジョップ」と夢の中で呟いたのではないか、と。普通であれば取り違えないだろうが、恋する槌井須美代の心は大きく波打っていた。

九時十分頃に船長宅へ籐椅子を運んだ本橋の不確かな証言がある。

――英語で号令をかけとったような……。

もしそうなら、彼女はあまりにも悲劇的な聞き間違いをしたことになる。

「たら」が、また増えた。もし、美潮の名が美潮でなかったら、小郡は死なずにすんだのだろうか？

「ほんまのところは、どうなんやろうな」

思わず声に出していたが、ここに火村がいたとしても正解を知るはずもない。

エア・キャット

サインペンを差し出しながら、カウンター越しにマスターが言う。

「どうぞ、これで」

頭髪をぴったりと撫《な》でつけた彼は口許に穏やかな笑みをたたえ、その物腰はあくまでも軟らかい。

「何を書いてもええんやね？」

朝井小夜子《あさいさよこ》がハスキー・ヴォイスで念を押し、左手で手許を隠しつつ先ほど選んだカード——ハートのA——の余白に自分の名前をサインした。それからペン先を左に移して、さらに何やら描く。漫画的なトラ猫の顔だった。

右隣の席の私がしっかり見たのを目顔で確かめた後、彼女は背後から覗き込んでいる他の客たちにもカードを見てもらってから、カウンターに伏せて置く。彼女が何を書いたのか、体を真横にして視線を壁に投げていたマスターの目には決して触れなかったはずだ。

「もうよろしいですか？」

こちらに向き直った彼は、朝井が伏せたカードを他のカードの山に差し入れて、鮮やかな手つきでシャッフルした上、私にも切るように促す。心行くまで切ってから返した。

有名なマジックなので、これから何が起きるかおよその見当はついている。朝井がマーキングしたハートのAはカードの山の中から消えて、思いがけない場所から出現するのだ。その場所がどこかは、マスターのみぞ知る。

「お客様がお選びになったカードは……これですね？」

ねっとりとした口調で言って、マスターが示したのはダイヤの8だ。当然、朝井は「いいえ」と首を振る。

「おや、しくじりましたか。お恥ずかしい」

マスターは頭を掻《か》いて失態を詫《わ》びる。すべて予定どおりのくせに。

「おかしいなぁ。手引書どおりにやったのに。勉強し直す必要がありそうだ。――ちょっと失礼します」

彼の背後の棚には洋酒のボトルがずらりと並んでいたが、片隅にはマジックに関する分厚い本が何冊かあった。そのうち箱入りの洋書を取り出してくる。どこで手順を間違ったのか確かめよう、という小芝居だ。

「もしかして、そこからさっきのカードが出てくるの？」

私の後ろから若い女性の声が飛んだ。無粋《ぶすい》なひと言だったが、それしきは慣れっこなのかマスターは動じない。

「おお、そうだったら驚いてくださるのですね？　しかし、私は今までこの本に触るどころか近づいてもいません。あのカードがここから出てくるなんてことは……」

ゆっくりと箱から本を抜いていく途中で手を止めた彼は、表情を引き締めて言った。

「私がカードを本に仕込むとしたら、チャンスは今しかないとお思いでしょう。小細《こざい》工《く》をするか否か、しっかりと皆様で見張っていてください。よろしいですね？」

そこまで挑発するということは、すでにカードは仕込まれているのか？　できたはずがない。目を皿のようにしてマスターの手付きを注視していたが、不審な動きはまったくなかった。

「出てくれば名誉挽回《ばんかい》ができるのですが、さてどうでしょう」

マスターが本をカウンターに置いてぺらぺらとめくっていくと——はたして中ほどにカードが挟まっている。まぎれもなく朝井が選んだハートのA。彼女の手によるサインと猫の落書きがあるこの世で一枚だけのカードだ。「わあ！」という歓声と拍手が狭い店内に満ちた。

「お粗末《そまつ》さまでした」とマスターが言って、マジックは一段落となる。他の客たちが飲み物のオーダーを始めたのをきっかけに、朝井と私は席を立ち、勘定《かんじょう》を頼んだ。

外へ出てみると木屋町《きやまち》の宵は賑わいの中で、外国人観光客の英語やら中国語やらも飛び交っている。コーヒーが飲みたくなったので、「喫茶店にでもどうですか？」と私から誘うと、先輩ミステリ作家——三十四歳の私より二つ上——は「時間、ええの？」と訊いてきた。

「まだ十時過ぎやないですか。京阪《けいはん》の駅はすぐそこやし、もうちょっと話しましょう」

高瀬《たかせ》川《がわ》沿いの店に入って、鑑賞したばかりのマジックの感想を述べ合う。彼女は、マスターに記念品としてもらったカードを取り出し、くりくりのパーマが掛かった髪をいじりつつ眺めていた。

「私のサインと絵に間違いない。あのマジックって珍しいもんやないけど、目の前でやられたらほんまに不思議やね。どんなトリックか、有栖川有栖先生は見当つく？」

「朝井先生に解けない謎が解けるわけないやないですか。〈ル・ポールの財布〉というネタらしいですけどね」

ミステリ作家二人が揃ってお手上げである。先輩はスマートフォンを取り出して、何やら検索を始める。〈ル・ポールの財布〉を調べたらしい。

「あ、マジックショップで売ってるわ。一万円ちょっと出したら手に入るやん。テクニックが必要で誰でも簡単にできるネタやないらしいけど、どんなトリックか知るために買おかな」

気持ちは判るが――

「それだけのために一万円ですか。アイディア料ということでしょうけど、謎と答えがセットになっているミステリはマジックに比べてお買い得ですね」

「トリックというても、私らは読者の前で密室トリックやら偽装アリバイやら実演せんでええんやから気楽やないの。……けど、一万円かぁ。これを買う前に、火村先生に訊いてみよかな。『あの手品はどうなっているんですか？』って。同じ京都にいてるんやから、今日きてもろたらよかった。――警察の捜査に協力する臨床犯罪学者・火村英生准教授をそのために引っ張り出すのは、さすがに気が引けるか」

私が京都国立博物館の企画展を観にくるついでに「ちょっと会いませんか？」と太秦《うずまさ》在住の彼女に声を掛けたのだ。「ほな、晩ご飯でも」となった次第で、火村を誘うことは思いつかなかった。何度も三人で会食しているのだが。

「このカードの猫、火村先生が飼《こ》うてる子のつもりで描いたんやけど、似てる？　小《こ》次郎《じろう》とかいう名前やったかな」

小次郎は白黒柄だ。彼女は火村の住まいを訪ねたことがなく、猫については話に聞いているだけで見ていないのだ。

「柄が違います。これは茶トラの瓜太郎《うりたろう》かな。サバ白の桃《もも》とも違う」

「桃ちゃんっていうのは桃の節句に火村先生が拾うてきた子やね。あの名探偵、犯罪者には厳しいけど猫には甘いんやろ？　どんな顔して接してるのかいっぺん見てみたいわ」

この場にいない男の噂話になる。

「猫好きの名探偵、最近はどうしてはるの？　警察に頼まれて難しい事件を追うてる？」

「しばらく連絡を取ってないので知りませんけど……」

「なんで黙るん？」

三ヵ月前に体験した出来事を思い出した。

「さっきのマジックとつながる話があります。発端は『京都市北区《きた》で密室殺人発生』

の報《しら》せでした」

「密室殺人やなんてニュースで聞いてへんで」

「いや、実は密室やなかったんです。おかしなことは他にあって――」

「先生がすごい推理を見せたんやったら聞かせて」

「大して推理せずにすごい手掛かりをつかんだんですけど、その後でおかしなことがあったんです」

私がちらちらとテーブルの上のカードに目をやるのを見て、彼女は何か察したらしい。

「もしかして、その事件に猫が関係してる？」

「関係しているような、いないような。被害者は夏目漱石《なつめそうせき》の『吾輩《わがはい》は猫である』を愛読書にしていて、空気猫を飼っていました」

「空気猫って、何やの？」

「エア・キャット。つまり、実際は何も飼うてないのに、猫を飼ってるふりをしてたんです。六十代の男性で、昔可愛がってた猫がまだ生きてるかのように」

「淋しい話に聞こえるけど……。それはええとして、どんな事件やったん？」

順に話すことにした。

その事件の一報が京都府警本部に入った時、火村と私はたまたま捜査一課で南波《なんば》警部補と話していた。私たちが捜査に関わったある殺人事件の公判を一週間後に控えて、細かな点について確認を求められていたのである。

用件が片づいて雑談モードになっていたところに「北区内で密室殺人発生」との報せが飛び込んできたのだから、南波は興奮した。「これはぜひ先生方に臨場していただかなくては」と。捜査車両に乗せられ、私たちは犯行現場に向かうことになった。

ところが、郊外の犯行現場に着いてみると「密室殺人」というのは大間違いで、玄関はしっかり施錠されていたのだが、裏口からは出入りが自由な状態になっていた。拍子抜けしてしまったが、では失礼します、と乗ってきた車でそのまま送り帰してもらうわけにもいかない。火村は現場でいつものように絹の黒手袋を嵌め、澄ました顔で家に上がった。彼のフィールドワークの助手たる私も従うしかない。

六畳間に倒れていたのは、この家に独居していた金子《かねこ》泰志《たいし》、六十六歳。口髭をたくわえた小柄な男だ。隣町に住む姉が近くを通りかかったついでに立ち寄って、遺体の発見者となったのである。

その姉の証言によると、弟は結婚はせずにずっと独り暮らし。勤めていた機械部品メーカーを定年退職した後は、何かの趣味に打ち込むでもなく、のんびりと過ごしていたらしい。趣味は読書と愛車を乗り回すぐらい。人付き合いは希薄で、誰かの恨みを買うような人間ではなかった、と強調する。

かといって現場から金品が持ち去られた様子もなく、押し込み強盗に襲われたとは考えにくい。凶器は室内にあった置物のブロンズ像で、被害者の頭部に二ヵ所の殴打《おうだ》痕《こん》があった。知人を部屋に招き入れて話しているうちに諍いとなり、激高した相手がブロンズ像を振り下ろしたように見受けられる。検視官の見立てによると、死亡推定時刻は前日の午後三時から六時とのこと。

遺体が搬出された現場で、私は率直な所感を南波に洩らす。

「周到に準備した上での犯行ではなさそうです。近くの防犯カメラを調べたら、ここを訪問した人物が映ってるんやないですか」

そんなことは南波も考えていないはずがなかった。

「どこかで落ち合って被害者の車でやってきたのかもしれませんが、そうやとしたら立ち去る時は徒歩です。その姿がビデオに記録されていたらありがたい」

現場が郊外のことでもあり、最も近い防犯カメラまで二百メートルは離れているそうだから、犯人が現場に出入りしている場面は記録されていない。ビデオを観るなり

「こいつが怪しい」とアタリをつけるのは難しいとしても、犯人が被害者の顔見知りであれば割り出せるのではないか。

隣家への聞き込みによると、金子泰志は昨日の午後早くに車で外出したが、いつ頃帰ってきたかは知らないという。殺害される前の彼の動きをたどる必要があった。

捜査への協力を求められた姉は、「それはもちろん」と言ってから、残念そうに付け加える。

「弟の顔見知りと言われても、ほとんど存じておりません。お役に立てるかどうか……」

親しい友人の名前を一人も挙げられないというから、確かに心許《こころもと》ない。被害者の携帯電話を調べたところ、ここ一ヵ月以内は知人・友人との通話記録はなし。それでも二十人ばかりの電話番号が登録されていたから、順に当たっていけば交友範囲が浮かび上がってくるだろう。

「弟さんは、人付き合いを疎ましがっていたんですか？」

白いジャケットを着た火村の問いに、姉は眩しそうな目で答える。

「孤独を愛するタイプと申しますか、子供の頃から独りでいるのが好きでした。本を読んでいる姿ばかり思い出します」

「読書家だったんですね。どんなものをお読みになっていたんでしょう？」

「奥の書庫をご覧いただければ判りますが、もっぱら小説です。文学作品が中心で、夏目漱石や森鷗外《もりおうがい》を愛読していました」

「ほぉ、書庫が」

南波が言うと、彼女はすぐに反応する。

「書庫なんて言うと大袈裟ですね。大したものではありません。四畳半に本棚が四つほどあって、そこに収まるぐらいの蔵書量です。ほとんどが文庫本。気に入った本を何度も繰り返し読んでいましたし、本棚からあふれそうになったら古本屋さんに売って処分していたようです」

「猫を飼っていたんですか？」

火村の質問は唐突に思えたのだが、現場の六畳間に猫を遊ばせるおもちゃがあったのを私が見落としていたらしい。この家のどこにも猫はいないので、外猫として飼っているのかと思ったら――

「五年ほど前まで三毛猫がいたんですが、老衰《ろうすい》で死んでしまいました。弟は、その猫が今でも生きているようにして暮らしていたようです」

「どういうことですか？」

「ミケという名前だったんですが、『見えなくなっただけでミケはいるんだ』とか申して、膝《ひざ》にのせる真似をしたり、猫じゃらしを振ったりしておりました。『馬鹿みたいだからよしなさいよ』と言ってもやめないので、新しい猫をもらってきたらと勧めたら、『ミケ以外の猫を飼うつもりはないね』と。ああやって淋しさを紛《まぎ》らわせていたんでしょうかね」

そんな被害者の座右の書は『吾輩は猫である』だったという。「何回読み返しても発見がある。あんな面白い本は他にない」のだとか。退職してから口髭を生やすようになったそうだが、「吾輩」の飼い主・苦沙弥《くしゃみ》先生に倣《なら》ったのかもしれない。

現場の検証を済ませた後、私たちは書庫とやらも見せてもらうことにした。三方の壁をふさいだ四つの本棚には、なるほど文庫本がぎっしりと詰まっている。漱石も鷗外も全集ではなく文庫で揃えていた。どれもよく読み込んだ跡があり、わけても『吾輩は猫である』は傷みが激しい。

文豪や大家と呼ばれる作家のものが目立ったが、現代作家の著書も多い。私が専門のミステリの類は皆無で、愛猫家らしく猫に関するエッセイ集が書架の一角を占めていた。

死に別れた猫の幻と暮らしていた男、金子泰志。〈カネコタイシ〉という名前を入れ替えると、〈猫飼いたし〉になることに気がついたが、犯罪捜査の現場で発表することとは思えなかったので自分の胸に留めた。

被害者の蔵書を眺めていても仕方がない。切り上げて書庫を出ようとした時、火村の右手が伸びて、一冊の文庫本を抜き出した。

「どうかしたか？」

彼が取ったのは漱石の『三四郎』だ。手袋をしたままページをめくっていた彼は、中ほどに挟まっていたレシートをつまみ出す。

「アリス、日付をよく見ろよ。昨日の午後四時三分だ」

「えっ」と声が出た。被害者が殺される直前に買った本のようだ。レシートには、右京《う》区《きょう》内の書店の名前がきれいに印字されており、これは重要な手掛かりになる。

「被害者の事件前の行動がたどれます。先生、ええもんを見つけていただきました」

南波は、ただちにレシートを発行した店に捜査員を差し向ける手配をした。

それはいいが、まるでマジックだ。何故、被害者の愛読書『吾輩は猫である』ではなく『三四郎』を選び出したのかが理解できず、私は火村に説明を求めた。犯罪学者は本をいったん棚に戻し、黙って指差す。漱石の文庫の中で、『三四郎』だけが目立って新しい。

「ぼろぼろになったんで買い直したんやろうか？」

それなら、かなり傷んだ『猫』を買い替えてもよさそうなものだが。

「本の貸し借りをする親しい人間が身近にいたのなら、それが返ってこないので買い直した、とも考えられるけれど、その可能性は低そうだ。何かで汚してしまったのか、外出先に持って出てどこかで失《な》くしたのか、そのへんの事情は当人に訊けないから判らないな。漱石の本の中でこれだけが新しいので目を引いたから、ちょっと手に取ってみただけさ。こういうこともあるのか、と俺自身が驚いている」

南波は、感に堪えない、というふうに唸った。

「さすがは火村先生です。常人にない直感が働いたんでしょう。密室殺人という誤報で振り回してしまいましたけれど、現場を踏んだからには手掛かりを見逃しませんねえ。畏《おそ》れ入りました」

「直感どころか、瓢簞《ひょうたん》から駒《こま》にすぎません。お役に立てたのならいいんですが。――このへんで失礼してもかまいませんか？」

「お忙しいところ、ありがとうございました」

車で送るというのを辞し、私たちは最寄り駅まで歩くことにした。

「まだ早いな」火村は腕時計を見て「婆ちゃんに顔を見せにくるか？　お茶でも飲ん

で行けよ」

そんなやりとりがあって、大阪への帰路の途中にある彼の下宿に立ち寄ることになった。大家である婆ちゃんこと篠宮時絵《しのみやときえ》さんに手土産のお菓子を買い、北白川《きたしらかわ》へ。三人でティータイムを楽しんでいるところへ、南波から火村に電話がかかってきた。金子泰志が買い物をした書店に設置された防犯カメラには、彼が同年輩の男と一緒にいるところがはっきりと映っていたという。

「相手の男から話し掛けていて、久しぶりに会った、という感じなんです。その後、被害者が『うちに寄って行くか?』と誘ったのかもしれません。大当たりですよ、先生」

電話を終えてから「何があったんですか?」と尋ねる婆ちゃんに私が顚末《てんまつ》を語ると、「へえ、すごいわぁ!」だ。ますます株が上がった火村は、かえって居心地が悪そうだった。

「ラッキーパンチとはいえお手柄《てがら》やないか。胸を張れよ」

私が言っても渋面のままだ。

「俺があのレシートを見つけなくても、警察はNシステムで被害者の車が移動したコースを調べ上げただろう。無駄なところで運を使っちまった」

などと話しているうちに夕刻となり、私は腰を上げる。「夕食を食べていきなはれ」と婆ちゃんが言ってくれたが、急ぎの仕事を思い出したので「残念やけど」と遠慮した。

帰る前に、資料に使うため『犯罪社会学会』機関誌を貸してもらおうとしたら、捜している号数を失念していた。「部屋まで見にこい」と言われて二階に上がる。彼が寝起きしているのは六畳ひと間だが、他に下宿人がいないのをいいことに、婆ちゃんの許可を得て他の部屋もわがものとしていた。

「雑誌はこの部屋だ。そっちの棚にまとめてある。勝手に漁《あさ》ってくれ」

さほど古いものではなかったはず。ここ二年ほどのバックナンバーの目次をチェックしていくことにした。座卓があったので、棚から抜き出した十冊ばかりをその上に置いて、順に見ていこうとしたら——

机の下に紙切れが落ちていたので、拾い上げた。火村の筆跡で、こうメモしてある。

三四郎。

「おい」

隣の部屋に行きかけていた男を呼び止めた。

「これはどういうことや？　三四郎って書いてあるやないか」

友人は、つまらなそうな顔をしている。

「ああ、それか」

「『ああ、それか』やないやろ。このメモをいつ書いたんや？」

「昨日だったかな」

「なんでこんなものを？　まるで『三四郎』が手掛かりになる事件と遭遇することを、あらかじめ知ってたみたいやないか」

「虫が知らせたんだろう」

冗談ではない。そんなことがあったら奇跡だ。

「説明せえ」

追及しても、彼は微かに笑うだけで答えなかった。

私が話し終えると、朝井は「ふぅ」と溜め息をつく。

「……で、その事件の犯人は捕まったん？」

最初の質問はそれだった。

「はい。名前は忘れましたけれど、金子泰志の元同僚でした。犯人やから仮名をホシとしておきます。二人は同期入社で、独身時代は互いの家を訪ね合う仲だったこともあるそうです。書店でホシとばったり会い、『久しぶりだな。近況を聞かせてくれ』と被害者から家に招いたのが悲劇の始まり」

「人付き合いが悪かったそうやのに、わざわざ家に連れて行ったん？　そのへんの喫茶店にでも入ったらよさそうなもんやけど」

「運命の分かれ目です。そうしておけばよかったんでしょうねぇ」

ホシは、かつて社内で起きた盗難事件の容疑を掛けられ、居たたまれずに依願退職していた。突然のことだったため、金子はホシから借りた本を返却できず、手許に置いたままにしていたのだ。

「それを返したいから、自宅に取りにきてもらうことにしたんです。妙に律儀やったんですね」

ホシの住所を聞いて後日に郵送する手もあったのに、そうはしなかった。

午後五時前に二人は北区の金子宅へ着き、しばらくは雑談に花を咲かせる。そのうち被害者が口を滑《すべ》らせ、あの盗難事件の真犯人が彼であることが露見した。

ホシにすれば、済んでしまったことと水に流せる過去ではなかった。会社を辞めざるを得なくなった後、彼は坂を転げ落ちるような不幸の連続で、妻には逃げられ転職にもことごとく失敗し、現在もひどい困窮の中にあった。

すべては金子のせい。そう思ったホシは激情に駆られ、「まぁ、赦《ゆる》せ」とあっさり言う男の頭に、ブロンズ像を振り下ろした。一度、二度と。殺意などなく肉体的な痛みで借りを返してもらいたかっただけ、ということだが、結果はあまりにも重大だった。

金子が絶命してしまったことを知ると、ホシは慌てて裏口から立ち去り、びくびくと怯《おび》えていたそうだ。刑事の訪問を受けた時は、泣き笑いの表情で迎えたという。

「あったね、そんな事件。ニュースで見たわ。あれも火村先生が関わってたんか」

朝井は、ひとまずそれについて感心してから、「それにしても」と口調を改める。

「火村先生がメモに書いた『三四郎』はマジックやね。〈ル・ポールの財布〉に匹敵《ひってき》するやないの」

「不思議でしょう？」

カップが空になったので、私たちはそれぞれコーヒーのお替りを注文した。

「あの先生らしからぬ悪戯《いたずら》？　気ぃつかんうちに、こっそり書いたメモを座卓の下に落としといた、とか」

「不可能。あいつは部屋に一歩も踏み込んでないんです」

「あんたが本棚から雑誌を出してる時、ひょいと投げ込んだんやないの？」

「絶対に無理。そんなことをしたら必ず視野に入ったから。婆ちゃんを交えたティータイム中に彼だけが二階に上がる機会もありませんでした」

「殺人事件はあっさり解決したけど、そっちが謎か。名探偵は色んな形で知的刺激を与えてくれるもんやね」

先輩作家が頬杖《ほおづえ》を突いて考えだしたので、私はしばらく黙っていた。

「……あ」

「閃《ひらめ》きました？」

「何でもない」と言いかけた彼女だが、思いついたことを吐き出す。

「私が小説に書くとしたら、こうやね。事件の背後に火村英生が潜んでて、すべてを操っていた。ホシが書店で金子と再会したのも火村英生のシナリオどおりで、殺人事件になるのを見越してた。その事件を一瞬で解いてみせるのが目的。……あかんね」

「あいつが黒幕やったとして、メモを残しておいた理由は何です？　俺をびっくりさせるため、というのは不自然すぎます」

「それ以前に不自然と無理がいっぱいやないの。――『三四郎』が事件を解く鍵になることを事前に知る方法って、それしかないんやけど」

私の口許が緩むのを見たのだろう。彼女の目が、すっと細くなる。

「『不思議でしょう？』とか言うてたけど、あんたは答えを知ってるんやね。火村先生から聞いた？」

「いいえ、煙に巻かれたままです。せやけど、さっき思いついたことがあります」

「さっきって、いつ？」

「火村を話のタネにしながら、これを見ていた時です」

朝井小夜子のサインと猫の落書きがあるカードを指した。

「トランプがどうかした？　いや、猫か」

彼女は眉根《まゆね》を寄せて、口許をもぞもぞと触る。ふだんミステリの構想を練る時にも、こんな表情になるのかもしれない。

「さては、あんたの話全体が問題編だったんやね？　そう考えたら引っ掛かることがあるわ」

姉貴、その調子だ。

「どこですか？」

「被害者が可愛がってた猫を亡くした後、エア・キャットを飼うてたということやら、『吾輩は猫である』を愛読していたやら、本筋に何の関係もなかったやないの。

省いてもよかった」

「偶然、〈カネコタイシ〉が〈ネコカイタシ〉のアナグラムになってたから猫についてのエピソードを添えたんですよ」

「いいや、それだけやない。ほら、今も目が笑《わろ》うてるもん。『三四郎』のメモの謎も猫に関係が……」

言葉が途切れた。小さく唇を噛んでから、彼女は言う。

「火村先生の飼うてる猫の写真、持ってる?」

「あるんやなぁ、それが」

私はスマートフォンを取り出し、猫たちの画像を呼び出した。いつか火村の下宿を訪ねた際、三匹が思い思いのポーズで寛いでいる様が面白くて、戯《たわむ》れに撮ったものだ。スマホを朝井に渡して、猫たちの名前とプロフィールを解説する。

「毛づくろいを中断してカメラ目線になっている茶トラが瓜太郎。婆ちゃんが拾った子です。話しかけられるのが好きで、火村に言わせると『感情の豊かさが人間っぽい』そうです。真ん中で香箱《こうばこ》を作って蹲《うずくま》っている白黒は火村が拾った小次郎。香箱を作るって判ります? 両前脚を体の下に折り込んだこういう座り方です。おっとりした子ですけどスキンシップが大事で、お腹が空いたアピールが強烈。左側が桃で、六ヵ月ぐらいまで野良猫生活をしていた名残《なご》りから紅一点なのにワイルドで、俺も不用意に撫でようとして咬《か》まれました。けど、それでいて新参者の自覚があるのか遠慮深いのがいじらしい、と飼い主はコメントしてます。桃だけは婆ちゃんの命名です」

「桃ちゃんを拾うたんも火村先生やね？」

「雨の日に路地で鳴いていたので放っておけなかった、とかで」

「先生、同じことがあったらまた拾うんやろうね。どこまで猫好きやの。今からその準備をしてる」

「みたいです」

彼は存在しないエア・キャットを飼っている。金子泰志と違うのは、それが亡くした猫ではなくこれから迎え入れる猫であること。

「瓜太郎、小次郎は火村先生が命名したんやね。その流れからして、またオス猫を飼うことになったら先生が名前をつけることになりそう。太郎、次郎ときたら次は三郎《さぶろう》やろうけど、ひとひねりして三四郎はどうか、と候補を考えながら心覚えにメモをしてた」

というより、半ば無意識にペンを動かしていたのだろう。

「どんな顔で書いたんでしょうね、あいつ」

「決まってるやないの。難事件の手掛かりを摑んだように、にやり」

「逆にものすごく真剣な表情やったかもしれませんよ」

　事件の前日に書いたというのはできすぎだから、実際はもっと前に書いたメモだったのであろう。被害者の蔵書の『三四郎』だけが新しいことに目敏《めざと》く気づいたのも、頭の中にその言葉があったからではないか。

　火村のマジックは解き明かされた。けれど、バーで見た一つのマジックは謎のままだ。

カナダ金貨の謎

1

からからに渇いた喉を潤《うるお》すため、冷蔵庫から取り出したコーラを飲みかけたところでスマートフォンに着信があった。芳原彩音《よしはらあやね》からだ。

今日から友人と温泉に浸かりに行くと聞いていた。旅先から俺にかけてくる理由なんかなさそうなのに妙だな、と思いながら出た。長話をしている暇はないから、どんな用件にせよ通話は手短に済ませなくてはならない。

「太刀川《たちかわ》君？」

彼女の声は、何故か顫《ふる》えていた。

「はい。彩音さん、どうしたんですか？　何か急用でも——」

俺の言葉は遮られる。

「大変なことになって……どうしたらええか判《わか》らへん。すぐにきて」

「えっ。今、三朝《みささ》温泉ですよね？」

「違う。わけがあって私だけさっき帰ってきてん」

心臓が跳ねた。

「……どこからかけてるんですか？」

「家。五分ぐらい前に帰ってきたら……丹次《たんじ》が倒れてて……。なんで？　頭の中が真っ白やわ」

想定外のことが起きてしまったようで、俺の頭の中もホワイトアウトしかける。楓《かえで》丹次の身に何があったかは重々承知しているけれど、微塵《みじん》も知らないふりをしなくてはならない。

「楓さんがどうかしたんですか？　倒れてるって、病気か怪我？」

ふだんから突発事態に弱い彩音は完全にパニック状態らしく、まともに答えられない。「こっちにきて。お願い」と訴えるばかりだった。

「すぐ飛んで行きますから待っててください。なんかさっぱり判らんけど」

急いで着替えながら、俺は頭脳を高速で回転させた。考えなくても計画していたことが跡形もなく崩壊したのは明らかで、この先の展開がまったく読めなくなった。ヨットで大海原へ冒険の旅に出発しようとしたら、いきなり港の防波堤にぶつかったようで情けなくなる。

ああ、腹が立つ！　どうして俺はいつもこうなのか。

すべての計画は破棄しよう。なけなしの知恵を絞って立てたのだが、迷いなく捨て去るしかない。残念だという想いはあまりなかった。それどころか、ほっとしている自分がいる。

危ない橋を渡らなくてもよくなった、と考えたらいいのではないか。下手な小細工はする必要がなかったのだ。躓《つまず》いたおかげで、よけいな危険を避けられたのかもしれない。

いったん前向きになると気持ちが軽くなり、これから為すべきことが見えてきた。すでに一歩踏み出している足を、素早く一歩引っ込めればよい。

俺は、原付バイクに跨《また が》って楓と彩音の家に向かう。急げば十分ほどの道程で、ついさっき走ったばかりのルートだ。倉庫街を抜けるせいもあって人通りは少なく、途中にはコンビニの一軒すらない。

目指す家が見えてきたので、ラストスパートとばかりに速度を上げかけた俺は、とんでもない事実を目の当《ま》たりにした。家の前にパトカーを含む何台もの車が駐まっているではないか。

彩音が「どうしたらええか判らへん」などと言うから、放心して立ち尽くしているだけかと早とちりをしてしまったが、警察にはちゃんと通報していたのだ。なんで俺は、と再び自分を罵《のの》りたくなる。運が悪いだけではなく、あまりにも迂闊だ。

どうしよう、と悩んでいる間すらない。向こうからさらに一台の車がやってきて、パトカーの後ろで停止した。下りてきた私服刑事らしい男と目が合ってしまったから、不審な行動は一切取れなくなる。

——お前なら大丈夫や。役者なんやから。

これまで姿を隠していたもう一人の自分が、俺を鼓舞《こぶ》した。俺と俺が、頭の中で言い合う。

——役者っていうても、高校の演劇部や吹けば飛ぶような小劇団で素人芝居にうつつを抜かしてただけやないか。演技なんか無理や。

——卑下《ひげ》するなって。それだけの経験でもあるとないとでは大違いや。お前の演技力はなかなかのもんやぞ。舞台から離れたのは才能がなかったからやのうて、本気で芝居の世界に進む気概《きがい》がなかったからやろ。ここは自信を持って、どんと行け。

——俺を買いかぶるな。

――いや、ほんまのことや。お前は誰よりもうまかったやないか。去年の夏の名演技を覚えてるで。

――言うな。思い出させるな。あんなこと、自慢にもならん。

――確かにきつい場面であることは判ってる。台本なしのアドリブ芝居やし、相手は警察やから恐ろしいわな。せやけど、どうにかなる。あかんと思うたら最後なんやから、気合を入れていけ。

――お前はほんまに無責任な奴やな。

――俺を腐《くさ》すのは、天に向かって唾を吐くのと同じやぞ。

そんなやりとりが三秒ほどの間に交わされたところで、家の前に着いてしまった。玄関から出てきた刑事らしい男が「あなたは？」と短く訊いてくる。

「太刀川公司《こうじ》といいます」

とりあえず名乗り、次の質問を待った。

「この家に用事があってきたんですか？」

「いいえ。ここに住んでいる芳原彩音さんから電話があって、すぐきて欲しいと言われたので。……パトカーがきていますけれど、何かあったんですか？」

表情と口調で不安をたっぷりと表現したが、演技なのか素なのか自分でも判らない。相手に気づかれない程度に、俺の膝は小さく顫えていた。

刑事——と断定していいだろう——は、こちらの問いに答えない。

「芳原彩音さんのお知り合いなんですね。楓丹次さんとは？」

「楓さんとは古い付き合いです。彩音さんよりずっと前からの」

警察がきている理由を重ねて訊かなくてはならない。俺は事情を何も知らないはずなのだから。

「楓さんは亡くなりました。はっきりしたことはまだ判りませんけれど、何者かに殺害された模様です」

刑事は抜かりなくこちらの反応を窺っているはずだ。俺は、すかさず〈ぽかんとした顔〉を作ってから、ぎこちなく尋ねた。

「殺害された？　え、えっ、どういうことですか？」

「同居している芳原さんが帰宅したら、首を絞められて殺されていたんです。遺体はリビングで倒れていました」

「……信じられへん」

遺体と対面を求める場面ではないだろう。希望したところで、現場検証だか検視だかの最中だから断られるに決まっている。

「彩音さんは？」

「寝室で休んでもらっています。かなり動転していましたけれど、女性警察官が付き添っていますのでご安心を。あなたを電話で呼んだんですね？　でしたら、彼女のところにご案内します。落ち着かせてあげてください」そして付け足す。「亡くなった楓さんについて、後ほどお話を伺います」

彩音だけでなく自分も事情聴取とやらを受けるらしいが、殺人事件の捜査なのだから当然だろう。同居していた彩音に次いで楓丹次と関係の深い人間なのだし。

刑事は、俺の背中を軽く押すようにして寝室に導く。向こうに他意はないのかもしれないが、ぴったりとマークされているようで面白くない。面白くないだけではなく、とても都合が悪い。

「ああ、太刀川君。ごめんね、急に電話で呼びつけて」

制服姿の女性警官と並んでベッドに腰掛けていた彩音が、すがるような目で詫びてきた。旅行用の青っぽいワンピースがオリーブ色の髪と似合っていて、こんな時だが素敵だ。性格がさばさばしていて飾り気がないのはいいとして、わがままな一面があるので俺が惚れるタイプではないけれど。

「怖いし、心細うて、誰かにそばにいてもらいたかってん。太刀川君の他に思いつく人がいてなかった」

　そこまで頼りにされていたとは意外だ。楓丹次と腐れ縁でつながっている学生時代の後輩という以上でも以下でもない、と思っていそうだったのに。家が近いので呼びつけやすかっただけではないようだ。

　彩音は、楓と同じく二十六歳。俺より一つ年上だが、ピンチになるとすぐに助けを求めたがる癖があった。天衣無縫《てんいむほう》で喜怒哀楽がはっきりとしていて、感情を隠すのも不得手《ふえて》だ。「お嬢様育ちのせいや」と楓は笑っていたが、これまでお嬢様と縁がなかった俺にはよく判らない。

「あんまり役に立たない男ですけど、彩音さんのそばにいるぐらいはお安い御用です。それより……なんでこんなことに？」

　口に出してすぐ、白々《しらじら》しさに自己嫌悪を覚えかけた。

「さっぱり判らへん。帰ったら丹次が死んでてん。顔は天井を向いてた。首に電気コードが巻きついてたから茫然《ぼうぜん》となって……。誰かに助けにきて欲しかったから、とっさに太刀川君に電話をかけてしもうたんや。ほんまにごめん」

「もう謝らんといてください。──強盗にでも入られたんですか？」

「さぁ。部屋が荒らされてるふうでもなかったし、丹次の財布がテーブルの上にのったままやったわ。そこからお金を盗られてるのかもしれへんけど」

物盗りの犯行であるように見せるため現金を抜くつもりだったが、まだやっていない。部屋をそれらしく荒らさなかったのも、まだやっていなかったにすぎない。

「こんなん、ひどすぎるわ」

項垂《うなだ》れる彼女の背中を擦《さす》りたかったが、楓の後輩としては馴れ馴れしすぎるので自重した。

この場面で、俺は何をどこまで尋ねるのがナチュラルなのだろうか？　迷った挙げ句、彩音を気遣いながらおろおろするだけの男を演じることにした。

「少しは落ち着きましたか？」と刑事が声を掛ける。

彩音が「はい」とはっきり答えると、女性警官は刑事と目顔で頷き合ってから、静かに部屋を出た。何者か不明だがひとまずこの男に任せよう、ということだろう。

ドアがわずかに開いた状態にして刑事も出て行ったところで、俺はどうしても知りたいことを彩音に訊いた。

「温泉に行くの、なんで中止にしたんですか？」

「出発したんやけど、咲弥《さや》と派手に喧嘩してしもうてん」

咲弥とは、一緒に三朝温泉に行くことになっていた友だちだ。失恋の憂《う》さ晴《ば》らしの旅に付き合ってあげるのだ、と彩音は話していたのに、行く道中で喧嘩とは。

「咲弥さんの車で出掛けたんでしょ？」

「うん、あの子のアクセラで。中国自動車道を走りながら、別れた男の悪口やら職場の愚痴やらを聞いてあげてた」

聞き役に徹していれば何事も起きなかったのだろうが、咲弥の物言いに釈然としない点があったため、問《と》い質《ただ》したのがよくなかった。友人にすれば、今回は自分が彩音にひたすら慰められ、名湯《めいとう》に癒され、旅館のご馳走を味わうだけの旅であるべきと思っていたのだろう。それなのに「相手の男の人の言うこともちょっと判るけどな」などと言われた日には、憤慨《ふんがい》するのは容易に予想できるのに、彩音はしくじってしまった。

「『もう我慢できへんから下りてちょうだい！』って、佐用町《さようちょう》のインターチェンジで放り出されたんよ。ひどいでしょう。まぁ、私が『もう行かへん。下ろして！』って怒鳴ったからやけど」

狭い車の中で延々と口喧嘩をしていたら事故につながりかねないから、下りたのは賢明だったのかもしれない。

「どうやって帰ってきたんですか？」

「インターチェンジの人に訊いたら、『歩いて三十分ぐらいのところにJRの駅があるけど列車の本数が少ないので、京都まで行くのなら長距離バスがいいですよ』と言うんで、バスで帰ってきた。そっちも本数が限られてたから、二時間近く待ったわ」

岡山県の津山《つやま》駅発で佐用町インターチェンジを経由する京都駅行きの最終バスに乗ったのが六時前。京都駅に到着したのが八時半頃だという。

「大変でしたね。家に帰ってきたのは、俺に電話をかけた五分前とか言うてましたけれど――」

だとすると、帰宅時間は九時四十五分ぐらいだったことになるが、京都駅からまっすぐ帰ったにしては遅い。引っ掛かったが、その点について今は質さないことにした。

「うん。丹次が『どないしたんや』って、びっくりするやろうなぁ、と思いながら戻ってきた」

「旅行を急遽中止したことを、帰る前に楓さんに連絡はせえへんかったんですね。驚かせるつもりやったんですか？」

「別にそういうわけやないよ。なんていうか……咲弥とどんなふうに喧嘩したとか、どこからどうやって帰るとか、説明するのがすごく邪魔臭かっただけ。もう、バスの中でぐったりなってたもん、私」

前触れもなく帰宅したら楓が慌てるとか不機嫌になるとかは考えもしなかったわけで、二人の間には信頼関係があったのだ。そんな彼と彼女の関係を、俺は破壊した。

――やっちまったな。

もう一人の自分が囁く。

やっちまったが後悔はしていない。時間が巻き戻せても同じことをする、と断言はしかねるが、済んでしまったことを今さら悔やんでも非生産的だ。

彩音は突然に楓を奪われて悲しんでいるのだろうが――でも、泣き叫ぶほどのものではないはず――、長い目で見ればこれは幸いなのだ。楓丹次は、いずれ必ず彼女を不幸にしただろう。しばらくの間、どうか耐えてもらいたい。

リビングの方から何人もの人間が動き回る気配がしていて、カメラの閃光《せんこう》がドアの隙間から洩れてくる。刑事ドラマでお馴染みの鑑識作業とかいうのが続いているのだ。

――何か見つかったら、どうする？　大丈夫やろか？

もう一人の自分が今度は怖《お》じ気《け》づいている。さっきのは空元気《からげんき》か。

自分のことを優秀な人間だと思うことはないが、今回は過ちを犯していないと信じている。凶器に使った電気コードはリビングにあったものだし、気になる場所に付けた指紋は拭い取った。この家に何度もきているから、どうでもよいところに付いた指紋はあえて遺してある。現場に出入りするのを近隣の住人に目撃されてもいないし、防犯カメラのない道を走った。

そう、過ちは犯さなかった。犯行後にやろうとしていたことには失敗のリスクがあったが——計画を練っている時は冷静さを欠いてそれを過少に見積もっていた——、彩音が電話をかけてきたおかげで、そちらは結局やらずに終わったことを喜ぼう。

そのせいで一つ特大の爆弾を抱え込んでしまいはしたものの、爆発することはないだろう。罷《まか》り間違っても、この場で刑事が俺に身体検査を迫るとは思えない。

——ほんまにそうかぁ？

——ああ。どんな状況になったらここで『おい、君』と身体検査を命じられるのか見当もつかんわ。

「失礼。もう少ししたら、順にお話を聞いてもいいですか？」

ドアが開いて、さっきの刑事が顔を覗かせた。もちろん了承する。

「家の中から何かなくなってないか、とか訊かれるんやろうね。どこまで正確に答えられるか心配やわ」と彩音。

「できる範囲で答えるしかありませんよ」

質問に答えるのに精神的な負担を感じるのは無理もないにせよ、彼女は過剰に怯えているように見える。

「私、警察に疑われるかもしれへん」

「どうして？」

「時々、人前で丹次と喧嘩をすることがあったから。昨日もスーパーに買い物に行った時に、店先でやってしもうた。刑事さんが近所で聞き込みをしたら、証言する人がいてるわ」

二人とも口論を避けずに思ったことはすぐ口にする性格なのは知っている。どうせ特売品を買い溜めしておくかどうかで言い争ったぐらいのことだろう。何が原因で揉めたのかを訊いてみたら、やはりその類のつまらないことだった。

「そんな些細なことで疑われたりしませんよ。彩音さんと楓さんの仲が円満だったことは俺がちゃんと話します」

彼女は思いつめたような顔で俺を見上げた。

「太刀川君は、私を信じてくれるね？」

「当たり前やないですか」

信じるも何も——俺は、彼女が無実であることを知っている世界中でただ一人の人間だ。

2

軽めの昼食を済ませてから伏見《ふしみ》署に入ると、南波警部補が待っていてくれた。武道に長《た》けた猛者《もさ》タイプの刑事だが、人当たりは柔らかい。

「火村先生も有栖川さんもご苦労さまです。いつもこちらから捜査協力のお願いをしているのに、今回は異例ですね。先生方から事件に飛び込んでこられるとは。ともかく、ありがたい」

迷惑がられてはおらず、むしろ歓迎されていた。難しい殺人事件の解決に何度も貢献してきた〈臨床犯罪学者〉火村英生の実績のおかげに他ならない。助手の私、有栖川有栖にも南波は温かい目を向けてくれる。

「先生は芳原彩音と面識があるんですか？」

問われて火村は「いいえ」と答える。

「会ったことも話したこともありません。向こうが一方的に私について少々知っていただけです」

犯罪社会学者の火村がフィールドワークとして手掛けた事件の関係者から、「火村という先生は名探偵だった」と芳原彩音は吹き込まれ、彼を頼ってきたのだ。その関係者は彼女の従兄《いとこ》で、私の高校時代の同窓生でもある。

火村が英都大学社会学部の准教授だということも聞き及んでいた芳原は、誰の紹介も介さずいきなり大学の教務課に電話をかけてきて、犯罪学者に連絡を取りつけた。「同棲していた男性が殺されて、自分にあらぬ嫌疑が掛かっているらしい。先生の力で無実を証明してもらえませんか」と懇願するために。

捜査は始まったばかりだし、さして切迫した状況でもなさそうだったのだが、犯行現場に気になる点があったことに加えて、多忙な火村にしては時間的にも精神的にも比較的余裕のあるタイミングだった。ちなみに私も。そこで、二人して首を突っ込むことになったのだ。

「奥の取調室に資料を用意しています。そちらで事件の概要をお話ししましょう」

警部補が説明に当たってくれる。現場写真や死体検案書、付近の地図などに目を通しながら、私たちは拝聴した。

「事件があったのは二日前。十月二十五日の木曜日です。午後九時四十五分に芳原彩音が友人との旅行を中止して帰宅すると、同居人の楓丹次がリビングで絞殺されていた。凶器は室内にあったノートパソコンの電気コードで、死後一時間から二時間という所見が出ています」

つまり、犯行があったのは午後七時四十五分から八時四十五分の間だ。芳原が旅行を取りやめて帰宅しなかったら死体の発見は一日以上遅れ、死亡推定時刻は大幅に広がっていたと思われる。

「現場に格闘や物色の形跡はなし。煙草や灰皿やペーパーマッチとともにリビングのテーブルに置いてあった財布には、二万八千二百三円が残ったままでした。クレジットカードも手つかず。同居人が帰宅した時、玄関は施錠されていました。窓を破ったり抉《こ》じ開けたりした跡はありません」

物盗りが侵入したのではなく、被害者が顔見知りの人物を招き入れたようである。

「南波さん、これなんですが——」

火村は、キッチンに遺されていたビールの缶とリビングのゴミ箱の中身について尋ねた。ビールは飲み干されていたのか、ゴミ箱に捨てられているライターは点火しなくなっていたのか等。えらく細かい質問にも、警部補はすらすらと答える。

「飲み干してありましたよ。晩酌にビールを一本だけ飲んだようですね。解剖の結果とも合致します。ライターはまだ使えるものでしたが、ガスが少なくなったので惜しげもなく捨てたんでしょう」

そんなことは、どうでもいい。

「現場からあるものがなくなっていた、と聞いていますけど」

私が先走ると、警部補はにやりと笑う。

「これからお話しするところでした。——芳原によると、金貨が一枚、現場から消えています。より正確に言うと、金貨に枠とチェーンを付けてペンダントにしたもの、ですね。安物のおもちゃではありません。枠に嵌《はま》っていたのは本物のメイプルリーフ金貨でした」

実物を拝んだことはないが、その名は耳に馴染みがあった。カナダ政府の保証付きで、表だか裏だかにカナダのシンボルである楓の葉が浮き彫りになっていて——そのデザインからメイプルリーフ金貨と呼ばれる——、日本はもちろん世界中で広く取引されている金貨だ。

「被害者は、自分の名前の楓に通じるところからメイプルリーフ金貨がたいそう気に入って、常にこのペンダントを首から下げていました。縁起物《えんぎもの》として大事にしており、『これを身に着けるようになって運気がみるみる上昇した。もう手放せん』とよく言っていたそうです」

ご利益のあるラッキーアイテムを首からぶら下げた楓丹次がどんな成功を収めていたのかというと、会社を興して大きな収益を挙げていたわけではない。将来は京都か大阪でライブハウスを経営したいという希望があったらしいが、現在はその準備期間と称して物件を探したり自宅でプランニングに時間を費やしたりしていた——と芳原彩音から聞いている。

ライブハウスを持つための資金がどれぐらい集まっているのかは同居人もよく知らなかった。去年の冬に出会う以前の彼がどんな仕事をしていたのかについても、「ライブのステージに立ったりクラブでDJをしたり、色々やってたんや」としか聞いていなかったという。被害者はヒップホップ・ミュージシャン崩れで、あながち嘘ではないらしいが、音楽でまとまった金を稼いだと彼女は信じていない。

私たちは、関係者の写真を見る。楓丹次は目付きが鋭く、挑戦的なまなざしをカメラに向けていた。バーベキューパーティのスナップ写真だというのに。尖ったキャラクターを演じていたのだろうか。指輪などアクセサリー類は着けておらず、白いTシャツの上に薄物のパーカーを羽織ってジーンズというあっさりとした装いだ。それだけに胸許を飾った金貨のペンダントが目立つ。

髪をオリーブ色に染めた芳原彩音は、目尻が垂れた愛らしい顔だ。表情がややぎこちないのは、写真を撮られるのが苦手なせいか。私もよくこんな顔になるので親近感を覚える。薄めの唇《くちびる》の形がきれいで、愛嬌《あいきょう》も色気も感じさせた。

南波は続ける。

「風呂に入る時と寝る時を除いて、被害者はいつもペンダントを身に着けていた。ところが、死体の首のまわりから消えていたんですよ。本物の金貨だと気づいて持ち去ったのかもしれませんけれど……」

それも合点《がてん》が行かない、と言いたげに言葉を濁す。

「ペンダントにはどれぐらいの価値があったんですか？」

相場を知らない私は訊いてみた。

「金貨の額面は二十カナダドルで、日本円に換算して二千円もしませんが、金貨としての価値は跳ね上がります。金《きん》ですから取引相場の変動がありますけれどね。生前に被害者が語っていたところによると、売却しようとしたら七、八万円の値がつくのではないか、ということです。実際の価格は本人もよく知らなかった。自分で購入したものではありませんでしたから」

「もらい物だった？」

「旅先で拾ったんだそうです。駅のベンチに落ちていたのを」

「俗にいうネコババですか」

「ええ。『安物のアクセサリーで、金貨だとは思わなかったのでポケットに入れた』と話していたようですけれど、持ってみたら判りそうなものでしょう。金は重いんですから。自分のものにして旅行から帰り、後日に貴金属店で鑑定してもらって本物のメイプルリーフ金貨だと知ったんやそうですよ」

黙っていた火村が口を開く。

「金は抜群に換金性が高いとはいえ、物盗り目的の犯人が現金を無視してわざわざ持ち去るのは奇妙です。どこかで買い取ってもらったらそこから足がつきかねない。かといって、まさか被害者がトレードマークにしていたものを頂戴して、自分が首から下げる気にもならないでしょう。金目のものが欲しかったのなら、家中を漁《あさ》れば他に色々と見つかりそうなのに、わざわざ金貨のペンダントを失敬したのは不自然ですね」

常識的に考えて、たかだか金貨一枚に何百万円もの値がついていると犯人が勘違いしたのでもなければ、戦利品として奪ったというわけでもないだろう。殺人犯が犯行直後に「わざわざ」そんなふるまいに及んだ理由が理解しにくい。

実は、この小さな謎こそが火村と私をフィールドワークに引き込んだのである。芳原彩音の従兄で、私の高校の同窓生でもある某《なにがし》が巻き込まれた事件では、被害者の死体からスイス製腕時計がなくなっていた。そして何故、犯人は腕時計を持ち去らなくてはならなかったのかが犯人を特定する決め手となったのである。私がこっそりと『スイス時計の謎』と命名した印象深い事件だ。某の存在が橋渡しをした形の今回の事件はそれを連想させ、名付けるならばさしずめ『カナダ金貨の謎』か。

「家中を漁る時間がなかった、ということかな。……それも変や。もしそうやったら、まるで同居人が予定を変更して帰ってくるのを犯人が知っていたみたいやないか。知りようがなかったのに」

ぶつぶつ呟いたら、火村が反応する。

「犯行は遅くとも八時四十五分頃には終わっている。同居人が急に帰宅することになったのを何らかの方法で察知できたとしても、まだ一時間余裕があった。家探しをするつもりはなかったんだ。あるいは――」

何か言いかけてやめてしまった。

南波は現場写真を指差す。

「現金が入った財布は、これ。テーブルの上に、ぽんと置いてありました。家探しが面倒やったとしても、これぐらいは盗って行きそうなもんですけれどね」

「ペンダントについて、犯人が死体の首から失敬したのは確かですか？　事件とは無関係に被害者が紛失したということもあるのでは？」

「今のところ、生きている楓を最後に目撃したのは二百メートルほど西にあるコンビニの店長です。顔馴染みなので言葉も交わしており、被害者がふだんと変わらずペンダントをしていたと証言しています。買ったのはインスタントラーメンふた袋。胃の内容物と一致しますし、キッチンのゴミ箱に空袋が二つ捨ててありました。ラーメン二杯で夕食を済ませたんですね。コンビニ店を出た時刻は七時三十五分。その帰り道でペンダントを落としたとは考えにくい」

さらに現場写真の一枚を示す。

「被害者の項《うなじ》に擦《こす》れた新しい跡があるのがご覧いただけますか？　微量の皮膚組織が剝《は》がれていることから、死後に荒っぽく首からはずされたと推認されます」

犯人がペンダントを持ち去った理由について考察するにはまだ材料が少なすぎるから、後回しにしてもよさそうだ。私は、最も気になることを尋ねる。

「警察は、この事件をどう見ているんですか？　芳原彩音が案じているとおり彼女を疑っているんでしょうか？」

「被疑者の一人にすぎません」

　南波は即答した。

「本人は不安がっています」

「殺人事件に巻き込まれたのは初めてでしょうから、無理もありません。ましてや被害者は同棲していた男です」

　楓が街で声を掛けたのが二人の馴れ初めだった。アパートやマンションではなく戸建てに住みたがっていた彼は、同棲を始めるにあたって賃料の安い一軒家を借りた。転居してきたのは去年の暮れで、彼と彼女の生活は十ヵ月で終止符が打たれたわけだ。

「事件前に喧嘩をしているところを人に見られているので、本人が心配しすぎている、ということですか?」

「私どもに言わせれば、そうなりますね。狙いを定めて攻めている、ということはありません。ただ——」

　事件当日の彼女の行動について、捜査側が不審に感じていることが二つあった。一つ目は、友人と口喧嘩になったからといって途中で旅行を切り上げたこと。何か企みがあってそのような事態を自ら招いたのではないか、という見方をする捜査員がいるという。

「急に帰宅したのは、のんびり寛《くつろ》いで油断だらけの楓を襲うためだ、と？」

「平たく言えば、そんなところです」

もうひと押しの根拠がなければ、単なる邪推《じゃすい》だ。

「車中で喧嘩になった経緯については、当該友人からも話を聞いており、それなりに納得できました。しかし、不審な点の二つ目については、私もいささか引っ掛かっているんです」

芳原彩音が帰宅した時間が晩《おそ》すぎる、というのだ。彼女が乗ったバスは、定刻よりやや早い八時二十四分に京都駅のターミナルに着いていた。証言どおり駅付近で食事を摂《と》ることなくまっすぐ家に帰ったとしたら、一時間以内には最寄りのバス停に到着できるそうだ。そこから自宅までは徒歩で二、三分の距離である。

「二十分ばかり時間が余るんですよ。最寄りのバス停から自宅までの間には、コンビニも何もありません」

「空白の二十分について、本人はどう言うてるんですか？」

それについては、まだ芳原から聞かされていない。

「バス停のベンチに腰掛けて温かい缶コーヒーを飲んでいた、と話しています。肌寒い秋の風が吹いている夜に、自分の家まで歩いて二、三分のところでそんなことはしないだろう、と思いましたよ。しかし、それについても一応の説明がありました。友人と車中で喧嘩になり、長距離バスで帰ってきたのが自分でもアホらしく思えて、楓にどう話したものかと考えていた、ということです」

真実味を感じるが、人によっては下手な言い訳にしか聞こえないかもしれない。

警部補は続ける。

「事件の前日、芳原と楓は近所のスーパーの前で口論をしていて、それが尾を引いていたようです。友だちとの温泉旅行は、お互いが頭を冷やす好機でもあったらしい。ですから、友人との喧嘩が原因で旅行を取りやめたと話すのはバツが悪くて、家に直行しかねてバス停で愚図愚図していた。――この言を嘘だと決めつけることもできません」

南波は半信半疑のようだが、信じてあげてもよいのでは、と私は思った。

「嘘かどうかについて検討しても意味がないやないですか。芳原さんが佐用町から長距離バスに乗ったのが事実やったとしたら、京都駅に着いたのが八時二十四分。そこから自宅に大急ぎで向かったとしても、死亡推定時刻内の八時四十五分までに帰り着けないんですから、彼女にはアリバイが成立します。佐用町からバスに乗ったことは確認済みなんですか？」

「はい。間違いなく乗っています。しかし、彼女にシロの判定を下すのはひとまず保留したいんですよ」

「なんでですか？」

「共犯者の存在が否定できないからです」

「それを臭わせる人物がいる？」

「臭うとまでは言えずとも、ほんのりと香りを漂わせている男が一人。写真がここにあります」

どことなく楓丹次と似た顔立ちで、しかし目許は格段に柔和な男だった。名前は太刀川公司、二十五歳。中学・高校とも楓と同じだが、二人が親密になったのは二十歳を越えてからのこと。太刀川が所属していた小さな劇団の舞台に楓がラッパー役でゲスト出演したのがきっかけだという。

「舞台俳優なんですね」

「いえいえ、とうに芝居からは足を洗っていて、色んな仕事を転々とし、現在は求職中です。楓のことを『先輩』と呼んで、付き合いは五、六年になると言っています。現場から原付で十分ほどのワンルームマンションで独り暮らし。楓の弟分として、芳原彩音からも可愛がられているようです」

〈可愛がられている〉とはどういうことかが問題だ。芳原が親しみを持って接しているだけなのか、恋愛感情に近いものが介在しているのかで大きく事情が異なってくる。

「両人の関係については、正直なところよく判りません。楓が留守の間に太刀川がここそ家に出入りしていたのではないか、と聞き込みをかけてみたら、そういう形跡はないんですけれど、隠れてよろしくやっていなかったとも言い切れない」

「やけに疑いますね」と火村。

「彼女を目の敵《かたき》にしているわけではないんですが。死体を発見した直後の挙動がちょっと気になったもので」

彼女は警察に通報するより先に「すぐきて」と太刀川に救いを求め、事情聴取が終わってからは「怖くてこの家で寝られない」と涙ぐんで、「ビジネスホテルに独りで泊まるのも無理」ということで、太刀川のワンルームマンションに泊めてもらいたがったそうだ。太刀川が承知したので、彼の原付バイクに続いて警察官が車を走らせ、芳原をマンションまで送り届けている。場合が場合だけに突拍子もない行動にも思えなかったが、捜査する側としては二人の仲を勘繰《かんぐ》る余地があるらしい。

もしも彼女と彼に秘められた男女関係があったとすると、共謀して楓丹次を排除した可能性も浮上する。芳原はそんな捜査の流れを敏感に悟り、火村に援助を依頼してきたというわけだ。ちなみに、芳原から電話がかかってくるまで太刀川は自宅マンションでテレビを観たりゲームをしたりしていて、アリバイはないらしい。

「二人がグルで、太刀川が実行犯を引き受けた、というのは変やないですか？」私にはまるで合点がいかない。「芳原が友人と旅行に行ってアリバイができるタイミングを選び、献身的な太刀川が危険な汚れ役を担当したのだとしたら、芳原が旅行をキャンセルして舞い戻ってくるとは思えません。不愉快なことがあってもぐっと我慢して旅行を続けるはずですよ」

「有栖川さんがおっしゃるのも、ごもっともです。しかし、これまた憶測ですが、彼女がバス停で愚図ついたのは、自宅に死体があることをあらかじめ知っていたせいでなかなか足が向かなかったのではないか、とも思えてしまうんですよ」

ここで警部補と憶測をぶつけ合っても前に進めない。この後、芳原と対面すれば見えてくるものがあるかもしれない。

火村は遺留指紋の状況に目を通していた。南波と私のやりとりを耳に入れながら、現時点ではコメントする気にならないようだ。やがて、写真からおもむろに顔を上げると――

「南波さんも捜査本部も、物盗りの線はほとんど捨てているようですね。楓丹次が死んで利益を得る人物はいますか？」

「被害者の預金残高は約一千九百万円で、遺言がないため和歌山在住の祖母が相続することになりそうです。同居人の芳原や〈後輩〉の太刀川には渡りません。太刀川はそんなものを期待していなかったでしょうし、芳原が残念がるとも思いにくい。彼女は自由奔放に暮らしていますが、本人がその気になればいつでも戻れる大阪の実家は老舗《しにせ》の繊維問屋で、とても裕福だそうですから」

「では、被害者に恨みを抱いていた者などは？」

「ライブハウス経営を目指していた元ミュージシャンにしては交友範囲が狭く、誰かと揉めたりしていなかった、と芳原も太刀川も証言しています。楓の過去を丹念に洗ったら、何か出てくるかもしれませんけれど。――一人だけ、芳原が名前を挙げました。『丹次は三枝《さえぐさ》さんのことを煙たがっていた』と」

「誰ですか、それは？」

「三枝翔太《しょうた》。ステージに立っていた頃の音楽仲間だそうで、生活に困っているのか、楓に金の無心《むしん》をしていたらしい、ということです。借金を申し込んだら冷たく拒絶され、かっとなって殺したというのもない話ではありません」

口調からして、警部補は三枝翔太なる男にあまり興味がなさそうだった。

「捜査員を差し向けてみたところ、三枝は区内の下鳥羽《しもとば》のアパートに住んでいて、現場まで車やバイクを飛ばせば十五分とかかりません。身長が一メートル八十五センチで体重は九十キロを超えるという体格に恵まれた男で、被害者を苦もなく縊《くび》り殺せたでしょう。事件当夜のアリバイも『独りで家にいた』ということで、はっきりしない」

それでも彼に嫌疑を向けかねる理由があった。

「事件の二日前にアルバイト先の配送会社で仕事中に転倒して、右手首を捻挫《ねんざ》しているんです。右利きでしてね。利き腕を痛めていたら絞殺は無理でしょう」

ミステリ作家としては、絶対に不可能と決めつけたくなかった。何かうまい手段を思いついたから、事件二日前にわざと自分の右手首を痛めたということだって考えられる。〈何かうまい手段〉とは具体的にどういうやり方なのか見当がつかないが。

南波によると、太刀川はかねて三枝のことを知っていて、「悪い人ではない」と話しているという。どうやら深い付き合いはなかったらしいので、この証言は大して参考にならない。

「太刀川と三枝の共犯ということは考えていないんですか？」

念のために、という感じで火村が訊く。

「調べてはいますが、現在のこの二人に強いつながりはなかったようなので、太刀川が実行犯を引き受けるとは考えにくい。捜査は続けますけれど」

聞くべきことを聞いたところで時計を見ると、芳原と待ち合わせている時刻が近づいていた。私たちは丁寧な説明の礼を言って腰を上げる。

「芳原彩音にお会いになった後、先生方の感触なりご意見なりを聞かせてください。よろしくお願いします」

南波に見送られて、伏見署を出た。

3

今朝から彩音はだいぶ落ち着いてきた。

変わり果てた楓を発見した夜は、「独りにせんといて」の連呼で、狭いシングルベッドしかない俺の部屋に泊めるしかなかった。今日になって「いつまでも太刀川君にソファで寝てもらうのは申し訳ない」と言って、近くのビジネスホテルに移ることになった。

昨日はまだ動揺が激しくて、「警察に濡れ衣を着せられたらどうしよう」と怯え、〈従兄に聞いた噂の名探偵〉にいきなり連絡を取る始末。非常識にもほどがあるが、相談を持ち掛けられた犯罪学者が断わらなかったのにも驚いた。英都大学の准教授らしいが、よほど暇なのか？

実際に暇なのかどうかは知らないが、フットワークの軽い先生ではある。相談を受けた翌日の今日には、さっそく捜査本部を訪ねて警察から詳しい話を聞き、彩音と面談する場を持ってくれたのだから。名探偵というのは真に受けられないとしても、ちゃんと警察との間にコネクションがあるのだ。

その先生と会うに際して、「太刀川君も一緒にきて」と頼まれ、同席することになった。一人では心細いのだそうだ。面倒ではあったけれど、警察の協力者だという先生から捜査状況の一端が聞けるかもしれないので承諾した。どうせ求職中の身で、空いた時間はたっぷりある。

対面したのは、最寄り駅近くの陰気な喫茶店。人の耳を憚《はばか》りながらゆっくり話そうとしたら、他に適当な場所がなかったのだ。

火村英生という先生は助手を伴っていた。大学院生などではなく、推理小説の作家だと聞いて、俺は「はあ……」とおかしな声を洩らしてしまう。その有栖川有栖という作家は彩音の従兄の同窓生とやらで、捜査の上で知った秘密は必ず守ると約束したので、とりあえず信用することにした。

「ご無理を聞いていただいて、ありがとうございます。どうぞよろしくお願いいたします」

彩音が頭を下げると、火村英生は無言で小さく頷いた。

鼻筋が通ったシャープな顔立ちをしていて、目の光が独特で頭が切れそうだ。白いジャケットに青っぽいシャツ、黒いネクタイを緩く締めるといういでたちは、俺が抱く大学の先生のイメージから外れていた。家にあったものを適当に組み合わせ、慌てて飛び出してきたみたいだ。それでいて不恰好ではなく様になっているから、ファッションセンスの評価が下せない。どう見てもまだ三十代半ばで、准教授としては若いのではないか。

隣の有栖川有栖という作家は、火村と同じぐらいの年齢だろう。ネイビーのジャケットの下は無地の白いシャツで、すっきりしている。さりげないふうを装って彩音と俺の一挙一動を観察していた。作家の習い性なのか探偵の助手の務めなのか知らないが、どうせならもっと自然にやるよう忠告したくなる。肚《はら》の中を隠すのが苦手なタイプなのかもしれず、だとしたらそこは彩音と同じで、友人として付き合うのなら裏表がなくて気が楽かもしれない。

他に客がいない店の片隅で火村は切り出した。

「ここにくる前に伏見署に寄って、馴染みの警部補から話を聞いてきました。警察はことさら芳原さんを疑っているわけではないことを最初にお伝えしておきます。過度のご心配は無用です」

彩音は「ちょっと安心しました」と応えたが、冴えない表情のまま質問を返す。

「私以外に容疑者が浮かんだんですか？」

「事件発生から三日目で、まだ特定の人物に狙いを絞っていないようですよ。かといって警察が手こずっているわけでもない。慎重に捜査しているんです」

紳士的な話しぶりではあるが、どこか冷たいものも感じる。冗談の一つも交ぜずに淡々と講義をして、採点は厳しいというタイプか。勝手な想像をして遊ぶ。

俺は日頃から、テレビにコメンテーターとして出演する〈専門家〉や〈知識人〉を見るたびに、一廉《ひとかど》の仕事をしているのなら何時間も潰してつまらない番組に出る暇はないはずだ、と小馬鹿にしている。文化人枠とやらでギャラも安いそうだし。

犯罪捜査にしゃしゃり出てくる火村についても、頭は切れそうにも見えるが、まともな研究では成果を上げていない際物《きわもの》学者で大した人物ではないのだろう、と思えてしまう。専門分野で活躍していて忙しいのなら、彩音の依頼を引き受けるはずがない。

いや、これぐらいの年齢で准教授という肩書からするとやはり優秀なのか？　捜査の只中《ただなか》に飛び込むのも、犯罪社会学者にとってはフィールドワークとやらの一環？　それにしては、推理作家を帯同《たいどう》しているのが普通ではない。おかしなコンビだ。

火村に問われるままに彩音が死体発見時の模様を語り、俺と有栖川は黙ったまま聞く。

「警察は、私の話を全面的には信じてくれていないようで、第一発見者を怪しんでいる気がしてならないんです」

「杞憂《きゆう》です。あなたには犯行時刻のアリバイがあるじゃないですか」

「アリバイだけでは不充分やないですか？　私が刑事やったら、誰かの手を借りたのかも、と疑いそうです。こんなことを言われたんですよ。『あなたが帰宅した時に玄関に鍵が掛かっていたのが腑《ふ》に落ちない。楓さんが持っていた鍵はキーホルダーに付いたまま室内にあったのに』。まるで私が犯人に合鍵を貸していたように言うんです。それについて説明はしたんですけれどね。『外出先で鍵をなくした場合に備えて、いつも玄関脇の植木鉢の下に合鍵を隠してある。それを使われたんだと思います』って。『不用心ですね。隠し場所があまりにもありふれていて、空き巣が真っ先に探るところですよ。戸締りはもっと注意するように』と小言をもらいました。『ほんまにそんなところへ合鍵を隠してたんかいな』と疑うような目をしながら」

「不用心ですが、そんなふうに合鍵を隠す人は少なからずいます。もしもの時の合鍵の隠し場所として、戸外に置いた植木鉢の下は海外でも人気があるそうです」

有栖川が「へぇ、そうなんか？」と反応した。砕けた口調からして、火村との間柄は友人に近いものらしい。

植木鉢の下に合鍵があることを俺は知っていた。ちゃんとあるな、と彩音が鉢を持ち上げて確認するところを見掛けたことがあるから。

楓を絞め殺した後、それを使って玄関に施錠をしてから現場をいったん離れた。どんな突発事態があるかも知れないので、鍵を掛けないままにしておく度胸はなかったのだ。その後、例の計画を実行してから朝までに現場へ戻り、適当に金目のものを持ち出して物盗りの犯行に偽装して、今度は玄関に施錠しないまま去るはずだったのに。

まさか、彩音がいきなり帰ってくるとは夢にも思わなかった。彼女がもっと早いバスで帰ってきていたら犯行直後に現場で鉢合わせしたのだな、と思うと冷や汗が出る。

だが、それしも最悪の事態でなかったことは喜ばねばならない。いったん帰宅した後、さっさとことを進めていたら取り返しのつかないことになっていた。気弱さゆえ愚図っていたことが吉と出たのだ。

「太刀川君も戸締りに注意しいや。鍵、替えた方がええで」

火村が「鍵？」と言ったので、彩音は説明する。

「この人、先月やったか河原町《かわらまち》に遊びに行った時に部屋の鍵を落としてるんです。合鍵があるからええわ、とそのままにしてるんですけど、これも不用心ですよね。拾うた人が空き巣に入ったらどうするの、と私は心配で、この機会に最新のしっかりした錠に付け替えるように忠告してたんです」

ここで俺の部屋の鍵の話になるとは思わなかった。釈明しておこう。

「先月の十日のことです。この近辺ではなく河原町のどこかで買い物をしてる時に落としたのはまず間違いないから、大丈夫なんですよ。俺が落とす現場を誰かが見てて、鍵を拾うてからうちのマンションまで尾行してきたはずがない。空き巣になんかに入れませんよ」

「警察にも届けてないんでしょ？　ほんまに太刀川君は諦めがええというか、警戒心が薄いというか。新しい鍵、作った？」

「合鍵が作りにくい鍵やから注文の仕方が面倒で、そのままにしてます」

「防犯意識が低いね、お互いに」

話が脇道に逸れたことに気づいた様子で、彩音は火村に尋ねる。

「三枝さんのことについて、警察は何か言っていましたか？」

彼女は、忘れた頃にふらりと楓を訪ねてきて小遣いをせびる三枝によくない感情を持っている。彼は図体《ずうたい》が大きくて威圧感があるし、表情が乏《とぼ》しくて何を考えているのかよく判らないので疎《うと》むのも仕方がないと思うが、昔の友人が楓に悪い影響を与えることを懸念していたのかもしれない。

だとしたら彩音は鋭い。三枝はワルだ。

あの二人に俺を加えたトリオは、去年の夏まで半年間ほど犯罪を生業《なりわい》としていた。まとまった金を手にしたところで退いたのは、楓が「ここらがやめる潮時《しおどき》みたいや」と決断したから。結局、警察のお縄を頂戴せずに済んだのだから、彼の直感が冴えていたとしか言いようがない。続けていれば億の金を稼げた可能性もあったけれど、小悪党トリオはスリルを味わうのに疲れたのだ。楓のひと声で憑き物が落ちた、とも言える。

悪銭身につかず。イージー・カム、イージー・ゴー。

危ない橋を渡って入手した金を、大学に進学するために借りた奨学金の返済に充てたまではよかったが、残りは性根《しょうね》の悪い女に騙し取られたり自暴自棄的な遊興に費やしたりして——好いた女に逃げられて錯乱《さくらん》していたのだ——一年で使い果たし、三枝は半年もしないうちにギャンブルで溶かした。

楓だけがライブハウスのオーナーになるというどこまで本気なのかいまだによく判らない夢のために温存していた。昨日になって預金残高を知った彩音は、「二千万円近くも貯めてたんやね。どうやって作ったお金やろう？」と訝《いぶか》っていたが、振り込め詐欺《さぎ》で荒稼ぎしたなどと口が裂けても言えるものか。軽蔑《けいべつ》を買うのは我慢できたとしても、刑事罰の時効がきていない。

楓の人となりの話になり、俺にも火村の質問が向けられる。無愛想で取っつきにくい人間と見られがちだったが、自分はよく世話をしてくれてありがたかった、などと無難《ぶなん》に答えておいた。彩音が補足する。

「ぶっきら棒な人でしたけど、太刀川君といる時は心の上着を脱いでたみたいです。しょうもない冗談を言うては、自分だけ面白がって笑《わろ》てたよね」

俺のことを軽く見て、気安く接していたにすぎない。先輩面が鼻についてならなかったことなど、おくびにも出さず彩音の話に合わせる。

「楓さんに好かれてたと思いますよ、俺。退屈な男やのに」

「退屈な男やったら、あの人、付き合うてないよ。まぁ、太刀川君って趣味は少ないけどね。毎週行ってる深夜の独りカラオケ以外に何かあった？」

「俺の話をするのは時間の無駄ですよ。先生方の貴重な時間をもろうてるのに」

「あ、そうやね」

最後に楓と会ったのはいつかと訊かれ、事件当日の夕方に借りていた一万円を返しに家に寄ったが、「ふだんと変わったことはありませんでした」と答えた。

火村は、楓と彩音の関係が良好だったかどうか知りたがっているだろうから、二人の間に波風が立っていなかったことを話しておく。身近なところに容疑者がいないとなれば、警察もこの犯罪学者も物盗りの犯行説に傾かざるを得ない。

「――という具合で、楓さんは彩音さんを大事にしていました。彼女に言われたことは素直に聞くので、可愛かったほどです」

「あの日、コンビニでラーメンをふた袋買《こ》うてたんやて。刑事さんが言うてた。いつも『週に一回までにしとき』と言うてあんまり食べさせへんかったから、私が留守の間にたらふく食べようとしたんやわ。晩ご飯にラーメンのまとめ食いやなんて、おかしいわ。それが最後の食事やなんて……」

彩音は憐れを催したようだが、彼女がいない夜に大好物のラーメンを堪能するというのはこれまでにもあったことだ。「あいつが出掛けるから、今晩も食べるでぇ。空いた袋を見つけられんようにせんとな」と笑っていたことがある。独りの夜は自宅でインスタントラーメン。外食はしない。そんな習慣を知っていたから、俺は実行することなく終わった例の計画を立案したのだ。

次に、なくなった金貨のペンダントの話になる。彩音は、スマホの画面に一枚の写真を呼び出した。パーカーのフードをかぶり、サングラスを掛けて低い位置で腕組みをした楓が写っている。背景は自宅のリビングだ。

「これ、彼が殺される二日前に撮った写真です。最後の一枚になってしまいました。ペンダントがよく写っているので、見てください。こういうものでした。拡大したら――ほら」

「スナップ写真のようですけど、どうしてこれを？」

有栖川が興味を示したのはペンダントではなく、写真が撮られた経緯だった。

「出先から帰ってすぐ、あの人、睡眠不足だったのでサングラスも外さんと眠ってしもうたんです。ソファに座って腕を組んで、十秒もせんうちにこれです。サングラスをしているので最初は判らなかったんですけど、話しかけても返事がないので気づきました。寝入りのよさが異常やわ、とおかしくなって写真を」

「ああ、なるほど。パーカーのフードをかぶってサングラス。いかにもヒップホップ・ミュージシャンですね」

有栖川は、しげしげとスマホの画面を覗き込んでいる。

「もうステージに立ちもしないのに彼はいつもこんな感じでした。夜中にコンビニに行ったら強盗と間違われかねへん恰好です。なんか未練がましいような……。サングラスもパーカーも量販店で買うた安物ですよ。——ほら、太刀川君もよう利用してる、あそこ」

全国に何百店もチェーン展開している店だから、俺に限らず二人の先生方も買い物をしているかもしれない。

「ペンダントが唯一の装飾品で、ピアスや指輪はしなかったんですね。このスタイルに合いそうやのに」

「体質に合わんから着けてませんでした。あのペンダントは何ともなかったようです。金貨はじかに肌に触れへんし、チェーンはステンレスでしたから。金もステンレスも、金属アレルギーを起こしにくいんです」

物盗りの犯行ならば、何故、現金に手を着けずにペンダントだけを持ち去ったのかが謎になる。ここで火村が斬新《ざんしん》な仮説をどんどん繰り出してきたら感服しただろうが、ただの一つも出てこない。

推理作家の方は、金貨に特殊な来歴がないか知りたがった。

「この金貨に強い思い入れがある人物が奪って行った、ということも考えられます。たとえば、大切な人の形見だから自分のものにしたかった、とか」

「ああ……」

彩音が吐息とともに声を発した。どうかしたのか、と思わず横顔を見てしまう。

「先生方にまだお話ししてませんでしたね。警察からお聞きになりませんでしたか？このペンダント、丹次が拾《ひろ》うたものなんです。元の持ち主が誰なのかは判りません。その人にとって大事なものやったかも……」

何かを告げたそうにしている。告げたいのにためらっている様子が窺えた。やがて彼女は、俺に言う。

「これを拾った時のこと、太刀川君から話してくれる？　丹次から聞いたことがあるけど、私はその場にいてなかったから」

事件に関係があるはずもないことだから、ありのまま話して支障はない。ネコババしたのは警察に説明済みで、問題になっていない。

「昨年の春のことです。三月の初めやったかな。楓さんと俺と、さっき話に出た三枝とで北陸《ほくりく》方面に遊びに行ったことがあります。三人で旅行をしたのは、その一度だけでした」

特急以外の列車に乗り放題という青春18きっぷを使った貧乏旅行だった。宿を予約せず、気が向いたところで途中下車を繰り返し、トラブルも含めてハプニングを楽しむ。三枝が言い出して楓が面白がり、俺が「まぁ、ええけど」と付き合った旅。まだ二十五歳だが、あの頃はまだ学生気分が残っていて若かったな、と懐かしくなる。

どこだったかは覚えていない。車窓から見えた煉瓦《れんが》造りの建物がいい感じだったので「あそこ、行ってみよか」と小さな町——だが沿線ではかなり繁華——で下車して、「近寄ったらつまらんかったな」と言いながら駅に戻ると、三枝と俺はホームの端《はし》にあるトイレに向かい、楓は「ここで待ってるわ」とベンチに座った。当時からサングラスを愛用していた彼の口許から白い歯が覗いていたのを思い出す。

トイレから戻った俺たちに、楓が「これ」と掌《てのひら》に何かを載せて差し出した。金貨らしきものをヘッドにしたペンダントで、板製のベンチの隙間に挟まっていたのだという。おもちゃかと思ったが、持ってみるとしっかりと重さがあったので、三枝と俺は「本物やな」「大儲けやないですか」と囃《はや》した。まわりに人の目や耳はなかった。

「『デザインがええやないか。これ、楓の葉っぱやろ。俺の懐《ふところ》に飛び込んでくる運命やったんや』と楓さんは喜んで、スマホで検索したらすぐにカナダのメイプルリーフ金貨やと判りました。表のデザインがエリザベス二世やということも。『この金貨からパワーを感じる。持ってたら運が拓けそうや』と電車に乗ってからもにやにやが止まらなかったほどです。たまたまなんでしょうけど、その後でラッキーなことが続いたみたいですよ」振り込め詐欺での大成功と鮮やかな撤退。「最大の幸運は彩音さんと出会えたことでしょう」

おべんちゃらを付け足したら、彩音はかぶりを振った。

「そんなこと、どうでもええねん。電車が駅を出る時に、丹次が見たものの話をして」

「見たものって……？」

さっぱり意味が判らないでいると、焦《じ》れて自分で話しだした。

「私、丹次に聞きました。電車の座席に着いて、ペンダントを首に掛けてにやにやしていたら、ホームの柵の向こうに立っている人と目が合うた。昭和の中頃の男の人がかぶっていたような帽子、中折れ帽っていうんですか？　それをかぶったおじさんが、電車が動くのに合わせてじーっと丹次を見てたそうなんです」

「そんなおっさん、覚えてるわけないでしょう」

俺は苦笑したが、彼女は恐ろしいほど真剣な顔になっていた。

「丹次は、ずーっと覚えてたの。無気味に感じたんやて。そやから口に出せへんかったんかもしれへん」ここで火村と有栖川に向き直る。「彼は、こう思うたんやそうです。あの男がペンダントをベンチに置き忘れた持ち主で、直感的に『幸運のペンダントをあいつが盗った』と見抜いて自分を見てたんやないか、心がざわついて、いつまでも忘れられんままやったそうです」

初めて聞いたが、だからどうしたというのだ？　ここでそんなエピソードを火村たちに紹介する意図が読めない。

「警察には馬鹿にされそうで話してないんですけど、口がむずむずするから先生方には聞いてもらいます。私、バス停で缶コーヒーを飲んでる時に見たんです。中折れ帽をかぶったおじさんが、うちの方角から歩いてきて、私の前を通り過ぎるのを」

「その男に不審な点があったんですか？」

火村の問いに、「いいえ」と答える。

「ただ通り過ぎただけです。それだけのことなんですけど……もしかしたら、と考えてしまうんです。あの帽子の人がペンダントの持ち主で、丹次の居所を突き止めて取り戻しにきたんやないか、と。『返せ』『返さない』の言い合いになって、丹次は殺されてしもうたのかもしれません。暗かったから顔がよく見えへんかったし、服装も思い出されへんので、犯人やったとしてもどこの誰か突き止めようがないんですけど」

一笑に付すしかない妄想だが、俺としては喜ぶべきだろう。捜査を攪乱《かくらん》する証言は、どんなものであれウェルカムだ。

火村は無表情のままだったが、推理作家は心を動かされたようだ。まさか彩音の話に食いつくのではあるまいな、と思ったら――

「事件に関係はないと思いますが、面白い発想をなさいますね。いや――」

面白いという表現が不謹慎だと思ったのか、言い直す。

「すみません。不思議な小説を読んだような気分になってしまいました。この言い方も失礼かな」

彩音は気を悪くしたふうでもなかったが、真面目《まじめ》に取り合ってもらえなかったことにいくらか失望したようだった。

ここで火村は、なおも弁解しようとする有栖川を押しのけるようにして尋ねる。

「中折れ帽の男はさて措いて――事件後に洗面所からなくなっているものはありませんでしたか？」

彩音は怪訝そうな顔をした。どこからそんな質問が出るのか、俺にも理解できない。

「いいえ。洗面所にあるものは限られていますから、何かなくなっていたら判ったはずです。刑事さんに言われて、よく調べましたけれど、何も。……洗面所がどうかしましたか？」

「いや、別に」

火村は答えをはぐらかす。

気味の悪い奴だな、とここで思った。

4

芳原彩音、太刀川公司から喫茶店で話を聞いた後、私たち四人はバスで犯行現場に向かった。今日は火村の愛車で移動するつもりだったのだが、おんぼろベンツのご機嫌が麗《うるわ》しくなかったため、公共交通機関を利用するしかない。

芳原が太刀川のマンションに身を寄せていたせいもあって、制服警官が立ち会って現場の封鎖を続けている。南波警部補から連絡を入れてくれているおかげで、私たちはスムーズに中へ入ることができた。

喫茶店で聞いた話のうちのいくつかを現場で確認したら、芳原はホテルに持っていくための着替えを選ぶ。その間、おかしなふるまいがないか、警官が目を光らせていた。

立ち去り際に、彼女はリビングのテーブルに置かれた灰皿を見て言った。

「私がいてる時は、煙草は換気扇の下でしか吸えへんかった。独りの夜だけ、ここで吹かしてたんやね」

警察が領置したためここにはないが――ガラス製の灰皿には吸い殻が三本。その横に封の開いたセブンスターの箱と昨今では珍しくなったペーパーマッチが遺されていた。〈bar　CAMEL〉とあり、火村が愛飲している煙草の銘柄と同じ名前だった。

「〈キャメル〉というのは行きつけの店ですか？」

火村が訊くと、芳原は「いいえ」と首を振る。太刀川が知っていた。

「俺の家から歩いて五分ぐらいのところにあるバーです。三週間ぐらい前やったか、楓さんと一度だけ入ったことがあります。こんなところにマッチがあるということは、また独りで行ったんかな」

「とは限りません。捜査本部で見た写真によると、ゴミ箱にガスが減った百円ライターが捨ててありました。火種がなくなったので、バーから持ち帰ったマッチを使ったんでしょう」

「先生、写真に写ったゴミ箱の中身もチェックしたんですね。さすが」

芳原は当然のことに感心していたが、太刀川は「ああ、なるほど」と呟いただけだった。そんな彼に、火村は「よろしければ」とあることを頼む。

「あなたの部屋の鍵がどういうものか拝見できますか？　合鍵が作りにくい鍵に興味があるもので」

相手は異物を嚙んだような顔をしたが、それでも素直にポケットから財布を取り出す。鍵は、小銭と一緒に収められていた。

「これですか。ふぅん」

火村は手に取って検《あらた》めてから、写真を撮る許可を求め、さらに太刀川を戸惑わせる。

「俺の鍵が事件に何か関連しているんですか？」

「いいえ、これは個人的な興味です。――かまいませんね？」

スマホで手早く一枚撮って、鍵を返す。太刀川のみならず、芳原も不審そうな顔をしていた。

尋ねることが尽きたのか、火村はここで二人を解放する。そして、彼らが去るなり警官に尋ねた。

「あの二人には尾行がついているんですね？　駅前からここにくる途中も捜査車両らしいものが一台ついてきていましたが」

私は、まるで気づかなかった。伏見署の巡査である警官は、彼らが行動確認の対象にあると答えた。不審な人物との接触を含めて前日から監視をしているという。

「ならば結構です」

満足げな様子で、火村はなおもリビングをつぶさに検証してから洗面所に向かった。彼が喫茶店でした質問の中に、私には意味不明のものがあったのを思い出す。

「洗面所にこだわっているみたいやけど、そこに何か秘密があるんか？」

「どうだろうな」

黒い絹の手袋を嵌《は》めた手で、犯罪学者は洗濯機の蓋《ふた》を開けて中を覗く。スナップ写真の楓丹次が着ていたものらしきパーカーが突っ込んであった。火村はそれを取り出し、ざっと見分してから戻して、パタンと蓋を閉める。

まだ考えがまとまっていないのだろうが、何か思いついたらしい。彼の思索の邪魔をせぬよう私は話しかけるのを控えた。

次に火村は浴室を調べていたが、発見はなかったようですぐに切り上げる。まさかそんなところに消えたペンダントが落ちているはずもないだろう。何を探しているのか？

「どうして洗面所に興味が湧くのかについて答えるよ」引き戸を閉めながら彼は言う。「この扉の把手《とって》の指紋がきれいに拭われていたからさ。洗濯機の蓋にも指紋を消した跡あり。捜査資料に書いてあっただろ？」

助手としてあるまじきことに覚えていなかった。

「つまり、犯人は洗面所の洗濯機に興味があったわけだ。何故だろうな」

「特に変わったことはなかったぞ」

「変わったことがないのを確かめたかったのかもしれない」

「何のために？」

「俺も知らない。うまく説明できる仮説を立てようとしているところだ」

「近日公開されることを楽しみにしとくわ。なるべく早く頼む」

「せいぜい努力する。仮説が組み立てられたら、ぜひ推理作家の意見が聞きたい」

仮説の検証役として期待されているのは本望である。

警官に挨拶をして外に出ると、すでに日が暮れている。学校帰りの高校生や買い物袋を提げた人の姿があるが、もう二時間もしたら人通りはほとんど絶えてしまいそうだ。警察が付近で目撃者を見つけられずにいるのもやむなしか。

「これからどうする？」

私の問い掛けに、火村は単語を三つ並べた。

「コンビニ、飯、キャメル」

コンビニ弁当を食べて煙草を吸うのかと思ったが、そうではない。事件当夜に楓がインスタントラーメンを買ったコンビニで聞き込みをしてから少し早めの夕食を摂り、被害者がペーパーマッチをもらった〈キャメル〉というバーに寄ってみよう、ということだった。世にも無精《ぶしよう》な答え方をしやがって。

「その前に」

彼は南波警部補に電話を入れた。二人と対面した様子をざっと伝えてから、一つ頼み事をする。先月の十日に太刀川が河原町で部屋の鍵を落としたという話の真偽《しんぎ》を確認してもらいたい、というのだ。通話を終えた後、撮ったばかりの鍵の写真をすぐに送信していた。

「鍵を拾った人間が警察に届けてないかを調べて欲しい、か。これまた意味不明やな。犯行現場の鍵でもないのに。何を考えてるんや？」

訝る私に、火村は答えを与えてくれない。

「事件に何の関係もないかもしれないから、いったん忘れてくれ。——第一の目的地へ向かおう」

当該コンビニについては捜査資料に記載があったので、場所は判っている。現場から西へ約二百メートル。あれだろうかと迷いようもなく、この界隈《かいわい》でただ一軒のコンビニだ。レジカウンターの大学生風の店員に来意を伝えると、幸い店長がいる時間帯だったので、すぐにバックルームから呼んできてくれた。

「はいっ、何でしょうかっ？」

やけに威勢のいい中年男性で、揉み手というより寿司《すし》を握るような恰好をしながらやってくる。

「お仕事中のお忙しいところ、失礼します。実は——」

火村は、警察の捜査協力者として自己紹介し、英都大学の名刺を渡した。私は「助手の有栖川です」とだけ名乗る。

「楓さんの事件で？　そしたら……うーん、奥は散らかってるから、外でっ」

隣接する駐車場での立ち話になった。店長はそこで話す間も、落ち着きなく両手を動かしていた。

「いらしたのは七時半ぐらいで、インスタントラーメンをふた袋お買い上げになり、三十五分ぐらいにお帰りになりました。警察の方が防犯カメラの映像を確認なさいましたから、時刻は確かです。何か気がついたこと？　いや、ありません。ふだんどおりの楓さんでしたよ。カウンター越しに少し言葉を交わしただけですけれど」

店長は、馴染み客の死に衝撃を受けていた。来店するたびに「今日も暑いな」「涼しくなってきましたね」「またあのラーメン入れといてや」「この前は品切れさせて、すみません」程度のことだが、楓とはちょっとした会話があったという。

「パーカーのフードをかぶって、サングラスでしたからね。最初は、どきっとしたんですけど、挨拶するようになったら気のいい兄ちゃんでした。なんで殺されたりしたのか解《げ》せません」

芳原彩音のことも、よく知っていた。

「フルネームまでは存じませんでしたけれど、お二人で買い物にいらっしゃることも多くて、『アヤネ』『タンジ』と呼び合っていました。仲はよさそうだったか？　ええ、まぁ。片方のご機嫌がよくない時もありましたけど。アヤネさん、お気の毒ですね」

当夜、楓が金貨のペンダントを首から下げていたことについては、「間違いありません」と明言した。すべて警察が調べたとおりで、わざわざ訪ねたのに収穫はない。

コンビニの向こうに大衆食堂の看板が見えていたので、そこに入って二番目の計画を実行することにした。定食のメニューが充実していて、こちらは当たりの予感がする。

「さっきの二人、どう思う？」

私が訊くと、火村はマヨネーズがたっぷり掛かった鯵《あじ》フライを食しながら渋い顔をする。

「食事中に捜査会議か。われわれは勤勉だな。――被害者を殺害する動機はなさそうだけれど、実際のところはどうだか。もっと掘り返してみないと判らない。警察もそう考えて行動観察をしているんだろう」

芳原は人前で楓と派手に喧嘩をすることもあったせいか、自分が警察に疑われていないかと気にするばかりで悲嘆に暮れているようでもなかった。また、太刀川公司についてはどうも肚の中が読めず、楓に先輩面されて常々面白くないと感じていたとしても驚かない。だからといって、彼女や彼を積極的に疑う気にもなれないのだが。

「あの二人、何かおかしなことを口走ったか？」

訊いてみると、火村は箸《はし》をゆらゆらと振った。

「いいや、特になかった。太刀川の方は慎重にかまえていて、よけいなことは話すまい、としているように感じられたけれど、ああいう場ではそれも自然なふるまいだろう」

「なくなったペンダントがどうしても引っ掛かる。元の持ち主が取り返しにきたというダークなファンタジーは信じられへんけれど、われわれが知らん意味があって、犯人としては殺人という手段に訴えてでも手に入れたかったのかも……って、その意味が思いつかん。何にも代えがたい想い出の品といった主観的な価値が関わってたとしたら、推理のしようがないな」

口に出して文句を言うほどではないが、ポテトサラダが冷たすぎて侘《わび》しい。

友人が金《きん》について豊富な知識を持っているとも思わなかったが、金貨の話題を振ってみる。

「世の中には本物の金貨をペンダントにする人もいてるみたいやけど、そんなことをしたらデザインされた金貨の表面に瑕《きず》がついて価値が下がるんやないかな」

「ああ、少し下がるな。ペンダントに加工した人間は、おそらく知っていただろう。瑕がついたとしても金そのものの値打ちは変わらないから小さな影響でしかない」

「お前、まさか金に換えて資産を蓄《たくわ》えてるんやないやろうな。下宿の畳の下とかに」

「大学時代からの長い付き合いだから知ってるだろう。どうして俺にそんな余裕があるって言うんだ。だいたい資産家が〈下宿〉に住むかよ」

冗談に本気で言い返してきた。警察の捜査に進んで協力するのは研究のためだとして、無償の探偵相談にも応じるぐらいだから、ボランティア精神に富んだ彼——特異な才能を発揮できる領域に限定されているにせよ——が経済的に豊かなわけがない。

「被害者の交友範囲が狭くて周辺に容疑者が浮かんでけえへんということは、やっぱり身近におった二人を怪しみたくもなるんやけど」それもしっくりこない。「芳原が犯人やとしたら、わざわざお前に助けを要請してきたというのもおかしな話や。もしかして……犯人だったらそんなことをするはずがない、と思わせるために裏を掻こうとしてる？」

表と思わせて裏なのか、そう思わせてやはり表ではないか、と疑い始めたら際限がなくなる。火村は、うっすら笑っていた。

「裏を掻こうとした犯人が自分の招いた探偵にアリバイを崩されて破滅する、という皮肉な結末がミステリらしくないか？」

「あっと驚くほどの結末でもないけどな。そのプロットで小説を書くとしたら、アリバイトリックによっぽど切れがないと」

「崩してみたらどうだ？」

「俺が？　助手と思われてた人物が探偵を出し抜いて真相を暴くのは意外性があるな。しかし……うーん、崩せるかな。佐用インターチェンジから京都駅行きのバスに乗ってたことは確実らしいから、手強《てごわ》いぞ」

「任せた」

火村は無責任な態度を取る。

「よし。それやったら、いっそ担当を分けようやないか。お前は太刀川がシロかクロかを見極めろ」

「コインを投げて裏が出るか表が出るかを賭けるみたいだな。あの二人のどちらかが犯人と決まったわけでもないのに」

「それ以外の人物が犯人やったら警察に任せよう。……というのは、われわれの依頼人への完全な背信になるか。食事をしながらの捜査会議はあかんな。血液が胃袋に下りてしまうから脳細胞のパフォーマンスが落ちる」

鮭《さけ》フライは美味で、ポテトサラダの失点を補って余りあった。

火村は食事に専念しだしたようだが、私はついつい事件のことを考えてしまう。なくなった金貨のペンダントのことを。

楓は、それを北陸のどこだかの駅のベンチで拾ったと話していたそうだが、信じてよいだろうか？　もともと自分が持っていたものを偶然手に入れたふうを装い、その場にいた太刀川公司あるいは三枝翔太を揺さぶろうとしたということはないか？　やはり脳細胞に充分な血液が届いていない。楓がそんな余興めいた小芝居を演じる必然性がゼロだ。その金貨のペンダントがどちらかにとって呪わしいもの――たとえば過去に犯した犯罪の証拠品――であったならば、二人きりの時に「俺が持っている」とこっそり囁けばいいだけのこと。

「無意味やな」

ぼそりと呟いたら火村が顔を上げたが、すぐに視線を皿に戻した。

三枝翔太のことを忘れていた。彼にも事件当夜のアリバイがないのだから、動機については棚上げするとして、怪しむに足る。同居人が温泉旅行に出るのを聞き及んで、彼女がいないタイミングで金の無心に訪れ、楓に拒絶されて逆上したとも考えられる。ペンダントは行きがけの駄賃というやつだろう。それを意地汚くくすねながら現金に手を着けなかった理由は定かでないし、彼が右手首を捻挫していたことがこの説の難点だが。

「三枝について、お前はどう見てるんや？」

「視野を広く持つことを心掛けているんだな、有栖川先生は。怪しむ根拠があるのか？」

「そういうわけやないけど、被害者とそれなりのつながりを保ってた人物やから等閑視できん。そっちもシロならシロではっきりさせときたいやないか」

「相変わらず急《せ》かしてくれるけれど、お前だって原稿依頼を受けた翌日に編集者から『半分ぐらい書けましたか？』なんて催促されたら閉口《へいこう》するだろう」

精神状態によっては怒髪天《どはってん》を衝《つ》きそうである。しかし火村の場合は、催促せずとも半日以内に完成原稿を作ってしまうことがあるから、この比喩《ひゆ》の出来は微妙だ。

ちょうど食べ終えたところで私のスマホが振動した。火村に会計を頼み、電話に出ながら店の外に出る。かけてきたのは高校時代の同窓生で、芳原の従兄だった。

「今、電話をしてもよかったか？　すまないな。忙しいのに彩音のことで手を煩《わずら》わせて。ありがとう」

礼なら昨日の電話で聞いた。どんな様子か気懸《きが》かりでかけてきたのだろう。

さっきまで火村と一緒に会って話していたことを伝えると、また「すまん」だ。言葉の端々から従妹を案じているのが窺えた。

「どんな感触だった？」

「まだ何とも言えんけど、全力を尽くすわ。芳原さんのアリバイは強固やから、あんまり心配することはないぞ」

そんなやりとりを交わしただけで、「頼む。火村先生にもくれぐれもよろしく伝えてくれ」と彼は電話を切った。

芳原彩音のアリバイ崩しに挑む気は、さっぱりなくなっていた。ゲーム感覚で楽しんでいたわけではないが、捜査に没入するあまり彼の気持ちを放り出していたことが恥ずかしくなる。

火村がやけにゆっくりと店を出てきた。勘定に手間取ったわけではなく、楓と芳原について店主から話を聞いていたらしい。二人は、自宅からほど近いこの店でも顔を知られていた。

「とりたてて有益な情報はない。楓がうどんを食べようとしたらサングラスが曇って、芳原が大笑いをし、楓が『そこまで笑うか』と言い返していた。事件の三日前のことだ。微笑ましい情景だったとさ。店の大将は、思い出してしんみりしていたよ」

コンビニと飯が済んだ。次は〈キャメル〉だ。

5

楓丹次という男はいつもマイペースで、世間を泳ぐのが上手とは言えないまでも、のびのびと生きていた。何をやってもぎこちなくて不器用な俺とはまるで違う。羨むというより、そんな彼の有り様が時としてひどく不愉快だった。自分が彼の無様な陰画のように思えてしまうから。

彩音に言われたことがある。

「太刀川君と丹次は、絶妙のコンビやね。性格が反対なんがええのかな。何かと反対やのに根っこは共通してるみたいな気もする。同じコインの両面なんかもしれへんね」

ありふれた喩《たと》えなのに、嫌な感じとともに耳に残った。俺たちが同じコインの両面ならば離れようにも離れられないわけで、始末に負えない。

肉親でもない楓に嫌気が差したら、遠ざかればよいだけのこと。原付でひとっ走りという近距離に住んで、「ちょっとこいよ」と声が掛かるたびに、行かないと悪いような心地がして腰を上げるなんてアホらしい。「東京で暮らしてみようと思うんです」などと言って本当に引っ越し、それっきり縁を切ることも可能だと頭では判っていながら、不可思議な感覚が自分を支配していて、楓の目に届かないところ、すなわち自分の目も楓に届かないところに行ってしまうのが漠然と不安だった。こういうややこしい心理を説明する言葉を俺は持っていない。コインの裏は表から離れられない、ということか。

楓の身近な場所にいて呼ばれたら顔を出し、呼ばれなければ様子を窺いに出向き、すべては相変わらずで、とんでもない事態が迫っているわけではないことに安堵する。そんなことを繰り返していた。

理由をつけられなくもない。振り込め詐欺の悪事がバレないままであること、楓の身辺に警察が迫っていないことを確かめたかったのかもしれない。もしも捜査の手が伸びて彼の首根っこを摑んだら、どのみち俺も逃れられないのだから、そんな偵察に意味はないのに。

楓には磁力があって、引き寄せられているように思えることもあった。磁力は魅力の言い換えでもある。つまり俺は、他人からどう見られようと我関せずで泰然としている楓に「自分もあんなふうに生きられたら」と憧れてもいたのだ。彼は、俺がなろうとしてもなれない人間のモデルでもあった。

　こんな腐れ縁もあるのか、という想いを抱いたまま過ごしているうちに、死ぬまでこれが続いたら、自分はついには彼の影になって地べたを這うことになるのではないか、というお伽噺《とぎばなし》めいた恐怖を感じた。

——何とかせな。

——いっそ死んでくれたらええのに。

——殺せたらすっとしそうやけれど、そこまでする理由がない。

　そうこうしているうちに、殺意が一歩二歩と俺に近づいてきた。一歩目は、ふらりと入ったバーで話していた時のこと。カウンターの端に掛けた彼は、大して酔っていたわけでもないのに、いつにない不用意な言葉を洩らした。

「彩音の親父《おやじ》さんの遺産、待ってるんや。かなり高齢らしいから」

　理想のライブハウスを作るための資金として、結婚してもいない彼女の父親の遺産を当てにしているとは、見下げ果てた男だ。そのために彩音と暮らしている、と言いたげな横顔を見て、赦《ゆる》せんな、とひそかに憤った。俺は彩音に格別の好意を寄せているわけではないが、いつも親切に接してくれることをうれしく思っていた。彼女がこんな男に人生を食い荒らされるのは不憫《ふびん》だ。

だからといって、義憤から楓を殺してしまおうとまでは思わず、自分の分身の醜《みにく》さにうんざりするに留まった。決定的だったのは、二歩目だ。

先月十日。河原町をぶらぶらしていて、おそらく買い物の際に財布から小銭を出そうとして鍵を落とした日のこと。雑踏で「太刀川君」という声が背中から飛んできたので、誰かと振り向くと、子供時代の実家の近くのおばさんだった。人懐っこくておしゃべりな人だから、俺を見つけて反射的に呼び止めたのだ。

「元気そうやね。今、何してるの？」と尋ねてくるのに適当に答えていたら、そのお返しとばかりに最近の近所の様子をリポートしてくれた。「ふぅん、そうですか」としか相槌《あいづち》の打ちようがないことばかり。

どうでもいい話の中に、衝撃的なものが一つあった。俺を可愛がってくれた〈お好み焼き屋のおばちゃん〉が亡くなったという。少年時代、両親からほとんどネグレクトされ、いつも腹を空かせていた俺を見かねて、「食べて行き」とよく店に呼び込んでくれた。その人の訃報《ふほう》だけでも淋《さみ》しいことなのに、世にも嫌な話を耳にしてしまう。

おばちゃんはご主人を亡くして長岡京市《ながおかきようし》に引っ越した後、夫婦でこつこつ稼いで貯めた分と店を引き払う際に得た金を合わせた三千万円を振り込め詐欺で騙し取られて、晩年はひどく困窮していたというのだ。大事な老後の資金を奪われただけでも災難なのに、「なんちゅうアホな親や」と実の子供たちに愛想を尽かされて、「えらい孤独な最期やったらしいわ」と聞いて、俺は路上で立ち尽くした。

その振り込め詐欺は、手口から楓が立案して俺と三枝が手伝ったものに相違ない。そして、しゃがれた声の老婦人を言葉巧《たく》みに操ったのは、演技力に富んだ俺。どこかで聞いたことがあるような……懐かしいような……こんな声の人を騙すのは気が引ける……と思ったことが脳裏《のうり》に甦《よみがえ》り、小さく呻いていた。

加齢のせいなのか、喉を傷めていたのか、おばちゃんは昔のままの声ではなかったのだ。住所も変わっていたし、恥ずかしいことに俺はあんなに親切にしてくれた人のことを〈お好み焼き屋のおばちゃん〉もしくは屋号から〈七福屋《しちふくや》のおばちゃん〉と認識するだけで、名前を知らずに生きてきた。

だから判らなかったのも当然だ、という言い訳は通らない。今となってはどうやっても取り返しがつかないことをしてしまった。胃痛を伴う罪悪感は、やがておばちゃんを標的に選んだ楓への殺意へと転じていく。やはりあいつは俺にとっての疫病神《やくびょうがみ》なのだ。抹殺《まっさつ》しなくてはならない、という強い意志へと。

楓を殺したからといって、俺にたちまち容疑が向けられるとは思えない。表面上は何のトラブルもなかったのだし、彩音は「太刀川君は丹次を先輩と慕っていました」と証言してくれるだろう。刑事なんて単純な連中はそれらしい動機のある人間しか疑おうとしないから、俺は安全圏に立てる――ような気がする。甘いか？

殺意への第一歩と第二歩には心当たりがあるが、一歩目に至るまでにも小刻みな歩みがいくつもあり、それは俺自身も犯行の直前まで自覚しなかった。自分の運気が楓に吸い取られているように感じたエピソードの数々やら、振り込め詐欺の際の醜悪な演技の一部始終を彼に見られている負い目やら。彼がふざけて俺の名前を中国語読みしてコンスコンスと呼ぶ無礼にも、実は耐えていたのだ。名前ぐらいちゃんと呼べ。ひと粒の雨も溜まれば満々たる湖となり、ついにはダムを決壊させる。俺の心で起きたのが、それだ。

俺は両親から愛されずに育ち、親との縁を切った今は天涯孤独に等しい。その点は楓とよく似ていて、彼も同じような身の上らしい。彼が死んでも悲しむ親すらいないのは好都合だ。彩音には申し訳のないことをしたが、彼女にしたところで心底から楓を愛しているわけでもなく、彼とのだらけた生活を一時的に楽しんでいるにすぎない、と俺は見る。悪縁が人生を蝕《むしば》まないうちに、楓を処分する方が彼女のためなのだ。

殺意の感触を確かめているうちに彩音が旅行に出ると聞いた。彼女が不在の夜を犯行の日と決め、具体的な計画を練りだすと、それはすぐにまとまった。まるで悪魔に嗾《けしか》けられているようだったが、それもよし。人を殺そうとする者にとって、悪魔ほど心強い味方はないのだから。

俺は決行した。

「……うん……うん、判った。私はしゃんとしてるから。また電話する」

背中を丸めて電話をかけていた彩音は、こちらを振り向いて「ごめん」と詫びる。心配してかけてきた両親と話していたのだ。昨日も同じぐらいの時間にかかってきた。同居していた男が殺されたのだから、娘を案じるのは当然だろう。いったん実家に戻るように言われたが、捜査に協力することを理由に断わったという。無断で京都府外へ出ないように警察に止められているのだが。

「お母さんが色々言うて、なかなか切ってくれへんかった。待たせてしもうたね」

「かまいませんよ。準備ができてるんやったら、そろそろ行きましょか」

着替えの入った鞄は、ホテルに着くまで俺が持つ。予約を入れたホテルは歩いて二十分ほどのところだ。しばらく黙ったまま夜道を歩いてから、彼女は肩越しに視線を投げて言う。

「やっぱり太刀川君が言うたとおり、私ら、尾行されてるみたいやね」

人通りが少なく、付近に身を隠すものが電柱ぐらいしかないから、プロの刑事でも手こずっているようだ。わざとバレるように尾《つ》けているわけではないだろう。

「当面、仕方がないでしょうね。いつまでも張りついていられへんでしょうから、しばらくの辛抱《しんぼう》です。あの人ら、一生懸命に捜査してくれてるんですよ」

「私らの跡なんか尾けても無駄やないの。もう、じれったいなぁ。警察なんか当てにせえへん。火村先生にがんばってもらうしかないわ」

火村先生、か。

どれほどのものなのか値踏みしかねた。急所に鋭く斬り込んでくることはなかったものの、摑みどころのない質問がいくつかあって得体《えたい》が知れない。ずっと傍らにいた有栖川という作家は単なるアシスタントという顔をしていたが、あれは一種の仮面で、爪を隠した鷹《たか》のようでもある。どことなく曲者《くせもの》っぽいのだ。自分が重い秘密を背負っているがための錯覚かもしれないが。

俺が平静を装っていられるのは、なるようにしかならない、と開き直っているからだ。犯行現場に証拠を遺すようなへまは犯さなかったことを心の支えにしている。

ただ、やばい状況ではある。彩音が想定外の行動を取ったために、とてもやばいことになっている。

6

月の砂漠に佇む駱駝《らくだ》のシルエット。その下に赤い文字で〈ｂａｒ　ＣＡＭＥＬ〉。犯行現場にあったペーパーマッチと同じ書体だ。

古い民家が並んだ中に、その店はこっそりと紛れ込むように立っていた。私が近所に住んでいたら、こんなところにバーがあるのか、と興味を惹かれながらも、立ち寄るきっかけが摑めずに何百回も前を通過しそうな佇まいである。

「こりゃ入りにくい店だな」

火村が頭を掻くほどだ。私は、重たそうな黒い扉の把手を握った。

「勇者になって突撃や。行くぞ」

引いてみると存外に軽くて、すっと開いた。そう怖がりなさんな、と笑うように。

店内は狭くてカウンターしかない。まだ時間が早いせいもあるのか、お客の姿はなく、黒いニットのベストを着た中年のマスターが、「いらっしゃいませ」と渋い低音で迎えてくれた。巨漢と呼んでいいほどの体格をしていて猪首《いくび》で腕が太く、胸板も厚い。映画に登場するボディガードのように。

照明は仄暗《ほのぐら》く、ダウンライトがカウンターの上とボトルが並んだ棚に光を落としている。私たちは奥の壁に掛かった抽象画——そこにはブラケットの光——しか装飾のない店内を見回しながらストールに掛けて、二人ともバーの客らしくハイボールを頼んだ。

マスターがよく磨かれたグラスを取り、かち割り氷を入れながら「お近くの方ですか？」と訊いてきたので、火村はありのままを答える。

「あの殺人事件についてお調べにいらしたんですか。昨日は、刑事さんがお見えになりましたよ。現場にうちのマッチがあった、というだけのことで」

「警察がきましたか。やっぱりね」

「まったく物騒なことで。このあたりは夜になると淋しいですが治安《ちあん》がよくて、皆さん静かに暮らしているんです。あんな事件が起きて驚きました。——どうぞ、バランタインです」

風貌《ふうぼう》には迫力があるマスターだが、話し方はいたって丁寧だ。

「殺された楓丹次さんをご存じでしたか？」

　自分の前にそっと置かれたグラスを手にして、火村は尋ねた。

「一度だけいらしたことがあります。三週間ほど前だったでしょうか」

「三週間前に一度きただけのお客の名前をよく覚えていますね」

「少し珍しいお名前だからです。ここにいらした時、そのお名前を耳にしています。スタイルも個性的でしたね。ミュージシャンだと聞いて納得しました」

「楓さんは独りできたんですか？」

「いいえ。お連れ様とお二人でお見えになりました。――こちら、デュワーズです」

　私の前にもクリスタル製の涼しげなグラスがくる。明るい黄金色の液体がダウンライトに照らされて少し揺れた。マスターは指もごつくて、その手をバナナに喩えたくなるほどだ。グラスが小さく見えること。

　二人が何を飲んだかもマスターは覚えていた。連れの客がウィスキーの水割り。楓は黒ビールを一杯だけ。二人ともバーの雰囲気は好きだが、さほど酒好きではなさそうに見受けたという。

「カウンター越しにお客さんとよく話すんですか？」

　私が訊くと、「場合によりけりです」とのこと。

「独りで静かに飲みたい方やお連れ様と語らいたい方もいらっしゃれば、バーテンダーとのおしゃべりをご希望なさる方もおいでです」

客に合わせた対応をするわけだ。

灰皿を引き寄せて、火村はキャメルに火を点《つ》けた。

「楓さんたちの場合はどうだったんですか？」

「お二人でぼそぼそとお話しになっていたので、私はあまり言葉を交わしていませんでした。常連のお客様が後からいらしたので、そちらとおしゃべりをしたせいもあります」

「二人の会話の中に『楓さん』と出てくるのを聞いて記憶に残ったんですね？」

「いえ、そうではありません」

マスターが語ったところによると――

ふらりと入ってきた二人は、カウンター端に詰めて座った。マスターは奇異に思いもしなかったのに、短髪の男――太刀川――が「端っこが落ち着くんで、ここにします」と言った。

太刀川は店内をきょろきょろと見たり、棚に並んだ酒について「あれは何です？」と尋ねたりしたが、サングラスの楓は無口で物静かだった。そんな彼が注文した黒ビールのグラスを置こうとした時に、マスターはあるものに目を留める。

「ペンダントを見て、『メイプルリーフ金貨ですね』と言うと、お連れ様が『よく知ってますね！』と。有名な金貨なので驚くほどのことではないのに、ちょっと大袈裟でしたね。サングラスのせいで楓さんご本人のリアクションは判りませんでした」

出しゃばりでもなさそうなマスターが金貨について話し掛けたのには理由がある。彼自身が貯蓄として集めていた時期があるのだそうだ。

「それで、つい」

すると、楓に代わって太刀川がべらべらと話してくれた。この人は楓という苗字《みょうじ》なので、メイプルリーフ金貨を縁起物として大事にしているのだ、と。駅のベンチで拾ったものであることについては、さすがに言及しなかったらしい。

「楓さんとメイプルリーフ金貨。とても印象に残る組み合わせなので、一度いらしただけでも覚えていたわけです」

火村は煙草を指に挟んだまま、親指で唇をなぞる。

「あまり言葉を交わさなかったということは、少しはお話しになったわけだ。どんなことを？」

「ですから、楓さんがメイプルリーフ金貨を縁起物にしていることやら、ミュージシャンだということやら。それぐらいで他にはありません。話した相手はもっぱら太刀川さんです」

もうステージに立っていなかったのに元ミュージシャンとしなかったのは、太刀川が気を遣ってのことだろうか。終始、楓はむすっと黙り込んでいて、太刀川に話しかけられると短く応じるだけだったという。

「写真を見ていただけますか。この二人ですね？」

火村がスマホの画像を見せた。太刀川のものは警察の資料にあった一枚で、楓については芳原が撮ったスナップ写真である。マスターはじっくりと眺めてから、きっぱり「はい」と答えた。

「楓さんは、その写真とまったく同じ恰好だったと思います。サングラスにフード付きパーカー。ざらついた特徴のある声をしていらっしゃいましたが、ああいうのがヒップホップには合うんでしょうかね」

小さな音量で店内に流れているのはジャズピアノだ。

「ヒップホップの魂さえあれば、どんな声でも合うんじゃないですか」火村はそれらしいことを答える。「太刀川さんは家がこの近くだそうです。以前にきたことは？」

「ありません。席に着いてから、お二人で話していましたよ。『やっと入れました。こういう店やったんか』とか『町内のバーに入るぐらいで大の男がびびるなよ』とか。太刀川さんが独りで入店しにくかったので、楓さんが『俺が付き合ってやる』とか言って突入していらしたんでしょう。お近くにお住まいなら、太刀川さんに常連になっていただきたいものです」

「その後、彼はここに顔を出していないんですね？」

「はい。まだ三週間しか経っていないので、そのうちお見えになるかもしれません」

「この店のペーパーマッチをいただけますか？　ああ、いえ、ライターの具合が悪くなったわけではありません」

マスターはカウンターの端の籠《かご》から一つ出して、「どうぞ」と火村に差し出した。犯行現場のテーブルにあったものと同じである。

「マッチを所望するお客様というのは、当節めったにいないんですけれど、私は昔からペーパーマッチが好きなので、当店オリジナルのものを作って置いてあります」

「楓さんたちは、このマッチを持ち帰りましたか？」

この質問にも、マスターは迷いなく回答してくれた。

「はい。帰りがけに楓さんがお取りになりました。太刀川さんは煙草を吸わないようでしたね」

「彼らがどんな話をしていたのか、断片でもご記憶にありませんか？」

「大したことは話していなかったようですよ。ライブハウスの収益性がどうのこうの、お仕事の打ち合わせらしい話も聞こえましたが、真剣に相談をしていたようでもなかった。それ以外では、近辺のラーメン屋の品評など。だらだらと雑談をしているみたいでした。ああ、そうだ。太刀川さんのことを『コンス』と呼んでいました。綽《あだ》名《な》でしょうかね」

公司からきた愛称で、それ以上の意味はあるまい。

二人は、三十分ほどで席を立ったという。これまで聞いていない楓の人物像の一端でも聞けたらよかったのだが、それも出ず。犬が歩いてもたいていは棒に当たらない、ということか。

火村のスマホに着信があり、彼は壁の方を向きながら小声で話しだす。マスターは、灰皿の脇にあるキャメルのボックスを見て言った。

「私も若い頃、煙草はずっとそれでした。今はもっと軽い銘柄のを吸っていますけれど」

「それが店の名前の由来なんですね」

この推測は「いいえ」と否定された。

「キャメルは一種の縁起物として愛飲していただけでして」

「駱駝が縁起物？」

「私の前職が何なのか、見当がつきますか？」

通話を終えた火村が「簡単なクイズですね」と言う。

「マスターの筋肉質の立派な体格。額《ひたい》や耳のあたりにうっすらと残った古傷から推察すると、プロレスラー」

正解だった。一撃で的に命中させたわけだが、私は手放しで賞賛はできない。

「当てずっぽうが運よく当たった、という感じやな」

火村の反論が待っていた。

「面白くなさそうな顔をしやがって。俺への評価が辛《から》いな、君は。外見から根拠薄弱な推量をしただけでもない。マスターは『見当がつきますか？』と出題しただろ。つまり、おおよそ見当がつくと思うがいかがですか、という問いだったのさ。だから常識に従って素直に答えればよかった」

さらに言う。

「ところで、店名の由来が話題だったのに、どうしてマスターは自分の前職のことを持ち出したんだろうな。関連性があるに違いない。プロレスラーと駱駝を結びつけるものが一つある。煙草のキャメルが縁起物だったことと併せて考えると、現役レスラー時代のマスターの得意技は、キャメルクラッチ」

「おお」

当ててしまいやがった。マスターは感服した様子で、「私は元レスラーで、こちらの先生は名探偵でしたか」と感心している。

「お客様とこういう愉快なお話ができるのも、この稼業《かぎよう》の楽しみです。何か奢《おご》らせてください」

遠慮をしてもなお勧められるので、フィールドワーク中でもあるしアルコールにそんなに強くない私たちはビールをグラスでふるまってもらった。

「こんばんは」と常連らしい若い男女が入ってきたので、火村は色々な話が聞けたことの礼を言う。新しくやってきた客は二人とも入ってくるなりマスターと話したそうにしていたからだ。

「臨床犯罪学者の火村先生はボクシングが好きなだけやのうて、プロレスにも造詣《ぞうけい》が深かったとはな」

「詳しくはねぇよ。聞き覚えがあっただけで、キャメルクラッチがどんな技なのかよく知らない」

検索するためスマホをいじりだしたので制止する。

「後にせえ。どうしても知りたかったら、今ここで俺が掛けてやる」

「痛いんだろ？」

「背骨が痛うて喉《いと》が苦しい。――それよりもさっきの電話はどこからや？」

「南波さんだ。太刀川が河原町で落としたと言っていた鍵は、拾得物として警察で保管されていた。拾われたのは九月十日の夕方で、彼の証言と合致する」

「嘘をついてなかった、ということか。で、それがどうした？　今回の事件に関係してるとも思えんな」

「直接の関係はないだろうけど、これから俺がつなげられるかもな」

「どうつなげるかは、まだ内緒なんやな。そしたら――消えたカナダ金貨について、もう少し考えてみよう。スイス時計の事件の時は、そこから推理を組み立てたやないか」

私の提案に乗ってくるでもなく、却下するでもなく、火村は何も応えない。お前に考えがあるのなら自由にしゃべってみろ、と促《うなが》しているのだ。

「問題の金貨には、やっぱり特別な価値があったんやと思う。ぱかっと開く仕掛けになってて、中に何か入ってたとか」

こんなことを考えてしまうのは、一九二三年に発表された江戸川乱歩《えどがわらんぽ》のデビュー作

『一銭銅貨』の影響かもしれない。コインがぱかっと開いてぞくぞくするほど秘密めいたものが中から出てくる、というのは探偵小説の原風景だ。

「国家を揺るがす機密文書を収めたマイクロフィルムか？　東西冷戦時代の映画みたいだな。ははぁ、なるほど」彼は勝手に合点して、まくしたてる。「そんなものが北陸の駅のベンチに置き忘れられていたのは、某国のスパイが受け渡しをするためか。そうとは知らずに楓が持ち去ってしまったものだから、某国は諜報《ちょうほう》能力の限りを尽くして彼を探し出し、木曜日の夜に手荒な手段によって目的を達した。謎の中折れ帽の正体が突き止められたな。——本格ミステリからスパイ小説の作家に転向できるぞ」

「即興《そっきょう》でわざわざ陳腐《ちんぷ》なストーリーを創《つく》るな。そもそも金貨の中にマイクロフィルムを仕込むのはサイズからして苦しいやろう。別の何かや」

「適当なものを思いついたら教えてくれ」

「お前も考えろ」

「俺だって頭を使ってるんだ。ただ、お前とはアプローチが違っているだけで……」

語尾を濁してからビールに口をつけ、思い出したように言う。

「アリス。芳原彩音のアリバイ検証はどうなった？　そっちの担当だぞ」

いきなり訊かれても答えの用意がない。

「アンダー・コンシダレーション。急かすな、熟考中や」

「おかしな横文字を遣う暇があったら、さっさと崩せ」

おかしな横文字とお前がぬかすか、と言いたいのをこらえて問い返した。

「犯人は芳原か？　そこまで見えたのにアリバイが壁になってる？」

火村は二本目の煙草をくゆらせ、自分が立ち上《のぼ》らせた煙に目を細める。

「やったのは太刀川だと思う。残念ながら現時点では、動機がはっきりしていないし証拠がない」

「それやのに芳原のアリバイを崩せとは、どういうことや？　けったいなことを言うやないか」

火村は、芳原のアリバイは本物だと見ていた。アリバイを偽装するのなら旅行中に友人と喧嘩別れなどという不自然なことをせず、佐用町方面に遊びに行っていたことにすれば事足りたから。

「本物のアリバイにいちゃもんを付けたい。推理作家の腕の見せどころだ。形ばかりでいいから崩してみてくれ」

「マジですか、准教授」

幾多《いくた》のフィールドワークのアシストをしてきたが、彼からこんな無茶なことを要請されたのは初めてだった。

7

日曜日の朝。

昨日までベッドを彩音に譲っていたので、二日ぶりにゆっくり寝られて、目覚めがよかった。とんでもないことをやらかした身だし、厄介事を抱えたままなので、さすがに爽快《そうかい》とは言えないが。

今日も何の予定もなく、警察の捜査の進捗《しんちょく》状況を気にしながら過ごすだけになりそうだ。カラオケで三時間ぐらい歌いたいところだが、楓が殺されたばかりでそれはできない。刑事の目に触れたらどう思われるか。

彩音にしても同じだろう。ビジネスホテルに移ってくれたが、所在なさに耐えかねて連絡を取ってきそうだ。かまわない。すべて俺のせいなのだから、彼女の相手をする責任がある。

午前中は部屋でごろごろしていた。ネットで事件のことを検索してみたりもしたが、大した情報はない。煽情的《せんじょうてき》な要素が乏しい事件なのでマスコミの食いつきは弱く、世間もそんなに騒いでいないようだ。被害者が子供だったり若い娘だったり、あるいは社会的地位の高い人物だったら、こうではなかったはずだ。

——無職の兄ちゃんが絞め殺されたぐらいでは、みんな興味が湧かんらしいわ。人間は平等と言いながら不人情なもんやな。

楓のために悼《いた》んでやった。自分を殺した相手の気持ちなど受け取ってもらえないことは承知しながら。

殺してしまわなくてもよかったのに、という後悔はしないことにした。悔いても無駄だし、やってよかった、という本音もある。楓という自分の湿気《しけ》た影が消えて、世界がさっぱりしたように感じられるのだ。やってよかった、は言いすぎだとしても、やるしかなかった。

秋晴れのいい天気だし外の空気を吸いたかったが、刑事の尾行がついていては気分転換もできない。部屋に閉じこもったまま、物憂《ものう》く長い日曜日を過ごす覚悟を固めた。

彩音からの電話は、かかってきそうでこない。ありがたかったが、何をしているのだろう、とも思う。

食欲がないので昼食はインスタントの茶漬けでさっさと済ませ、音楽でも鳴らそうかというところへ電話があった。連絡先を交換していた火村英生からだったので、わずかに緊張しながら出てみる。

「お伝えしたいことが二つあって、お電話しました」

前置きもなく犯罪学者が言うので、身構えずにおられない。何事かと思ったら、まず質問された。

「あなたがホテルに送っていった後、芳原さんから何か連絡がありましたか？」

「いいえ。……それが何か？」

「よくない報《しら》せです。今朝、彼女は警察に任意での出頭を求められて、事情聴取を受けています」

電話がかかってこなかったのは、そのせいか。

「えっ。どうしてそんなことになったんですか？」

「私にもよく判らないんです。警察が新しい事実を摑んだのかもしれません。それが知りたいんですが、部外者の悲しさで教えてもらえないんですよ」

「はあ？」

警察からの信頼が厚く、捜査への協力を求められると聞いていたのに、触れ込みとは大違いではないか。肝心なところで相手にされていない。

「だから逆にあなたにお尋ねしているんです。昨日の夜、彼女から何かお聞きになっていませんか？」

「何も。先生に心当たりはないんですか？」

「申し訳ない。私の知らないところで捜査が動いたようです。どういうことなのか探っているんですが、どうにも警察のガードが固くて」

捜査が見当違いな方向に転がりだしたのは俺としては歓迎すべきだが、そんなことは隠して不快感を表明しなくてはならない。「申し訳ない」のひと言があったが、あなたに助けを求めた翌日にこのザマか、と怒っていい場面だ。

「こちらとしても非常に不本意です。思わぬ展開ですが、至急事情を調べて対処します。私と有栖川は、芳原さんのために動くことをお約束します」

おためごかしが片腹痛い。彩音が無実であると確信できてもいないくせに、いい加減な男だ。

「逮捕されたわけではないんですね？」

「まだそこまでは。しかし、電話で聞いた南波警部補の口調がとても険《けわ》しいんですよ。参考人の一人から重要参考人に変わったことを窺わせます」

「彩音さんにはアリバイがあったはずです。そんな人を逮捕できるわけがないでしょう」

事実がどうなのか知らないままに、俺は不満と不信をぶつけてやった。スマホを片手に、ハンカチで汗を拭う火村の姿を頭に浮かべながら。

「アリバイについても、どうにも判らないんですよ。佐用町を出た長距離バスに彼女が乗ったことは認めていたのに。どこかで下りて新幹線に乗り換えた可能性を疑っているようでした。最も近い駅は姫路《ひめじ》でしょうか」

何が「姫路でしょうか」だ。嗤《わら》わせてくれる。この分では推理作家の助手も機能していないらしい。従兄にどう言われたのか知らないが、彩音もつまらないコンビに頼ったものだ。

「彩音さんがやったという証拠でも出てきたんですか？」

「さぁ」

さぁ、はないだろう。

「ないんでしょう？」

「躍起《やっき》になって探しているのかもしれません。現場になった家をあらためて徹底的に調べるんだと思います」

「無駄やと思いますけれどね」

「今はこれだけしか言えませんが、何か判ったらご連絡します。――あ、そうだ。お伝えすることがもう一つあった」

俺が河原町で落とした鍵が親切な人に拾われて、警察で保管されているという。わざわざそんなことを調べてくれた先生のズレっぷりが滑稽《こっけい》でならない。得体が知れないと感じたのは、浮世離れした間抜けだったからなのだろう。

鍵について報せてくれたことに「どうも」とだけ言って、電話を切った。ふうと吐息してから、頭の中の整理にかかる。

彩音が警察の標的にされたのは気の毒ながら、彼女はシロなのだから嫌疑はいずれ晴れるだろう。警察に全幅の信頼を寄せてはいないが、まさか起訴するために証拠を捏造《ねつぞう》するとも思えない。刑事らはいずれ誤りに気づいて彼女を放免する。

怖いのは、その後で俺が第二の標的になることだ。ここにきてアリバイがないのが弱みにならなければよいのだが。

――アリバイのことを気にしすぎやな。お前がやったという証拠がないんやから、警察はお手上げや。

もう一人の俺が楽観的に言うのが腹立たしい。爆弾の処理が済んでいないのに、ことん無責任なことをぬかす。

——爆弾が気懸りか。あれ、どうするつもりや？

早く対処しなくてはならないのは承知しているが、この三日間そのチャンスがなかった。彩音がそばにいたし、刑事に付きまとわれていたからどうしようもなかったのだ。

だが、ここにきて局面が大きく変わった。彩音は昨夜からビジネスホテルに移り、今日になってからは警察に呼ばれて取り調べを受けている。彼女が重要参考人になったのなら、現在の俺はフリーの状態なのではないか？

窓のカーテンの隙間から外の様子を窺ってみたぐらいでは張り込みの有無は判らない。少し外出してみることにした。

晴れた空の下、コンビニまでぶらぶらと歩いたが、尾行されている気配がない。さらに散歩めかして付近を歩いてみても、監視の目を感じることはなかった。どうやら俺は、調査の対象から外れたらしい。

しかし、彩音の疑いが消えたら再び俺も見張られるかもしれない。ならば、爆弾を処理するのは今が絶好の機会だ。

さらに考える。

警察は、彩音の犯行であることを証明しようとして、徹底的にあの家を調べ直すだろう、と火村は言っていた。そんなことをして何も出てこなかったら、次に彼らはどこを調べようとするか？　事件直後に彼女が身を寄せていた場所だ。そこに証拠品を隠したとにらみ、俺の部屋が家宅捜索されるのが予想できる。

今が絶好のチャンスであり、それを逃すと最悪の事態になるのだとすれば、さっさとやばいブツを片づけなくてはならない。俺の部屋からあれが出てきたら、言い逃れする道は絶たれている。どの方向から考えても俺には選択の余地はなかった。

――俺も賛成やな。

いけ好かないもう一人の俺とも意見が一致した。賛成とか反対とか言っている場合ではなく、他にどうしようもないのだ。

部屋に戻って、彩音の手が届かないところに隠しておいた爆弾を取り出して、ティッシュペーパーに包み、きつく握って丸めた。一刻も早くこいつを手放したい、と思うと気が逸《はや》ったが、どうせなら夜まで待った方が人目に付かなくてよいのでは、と考え直す。

――善は急げや。もたもたしてるうちに彩音さんの無実が証明されて、こっちに矛先《ほこさき》が向くかもしれへんのやぞ。

もう一人の俺が不吉なことを言うので迷いが生じた。あまり遅らせるのも考えもので、夜道を歩いていて職務質問に出くわしたら泣くに泣けない。夜までは待たず、日が暮れかける時分に行動を起こすことにした。

火村からも警察からも連絡がないまま時間は過ぎ、西の空が夕焼けに染まり、黄昏《たそがれ》が降りてきたタイミングで俺は丸めたティッシュをジーンズのポケットに押し込み、部屋を出た。これさえ始末できたら背中の重荷が下りる。

――罠《わな》やったらどうする？

往来を歩きだしてから、よけいな声を聞いてしまう。

――お前は火村を見くびって、痛い目に遭おうとしてるんやないか？　爆弾の処理をためらってたのは、外へ始末しに出るのが怖かったからやろう。なんで気が変わった？　警察が彩音さんに狙いを定めて、自分への監視が緩んだと思うたからやろ。そう思うように誘導したのは火村や。あいつは電話一本でお前をコントロールしてる。

鬱陶しいことを言いだした。せっかく乗りかかった船から俺を下ろそうとしやがって。

――河原町で落とした鍵のことも、おかしいやないか。わざわざ報せてくる必要がない。あれもお前を引っぱり出すためや。鍵を落としたことは、いざという時に言い逃れをする材料やった。不意に家宅捜索が入って、あれが見つけられた場合、お前はこう言うつもりやったな。『自分の留守中に俺が紛失した鍵を手に入れた何者かが忍び込んで、これを置いて行ったんです。誰かが俺を嵌めようとしている！』。それ、もうあかんぞ。落とした鍵を拾うた人間は交番に届け出て、ずっと警察で保管されてたんやからな。あれを部屋に持ち込めたのはお前と彩音さんしかいてない。警察に発見された場合、『彼女がやったんです』と言い張るのは心苦しいし、向こうにはアリバイがあるんやから——それが崩れたように火村が言っていたが信用できない——、どう考えても怪しまれるのはお前や。そういう事態を避けるために、お前があれを外に持ち出そうとするのを、火村は完全に見越してたんやないか？

敵を見くびるのは禁物だが、買いかぶるのも失敗を招く。あの犯罪学者がそこまでの策略を巡らせるだろうか？

——あいつは、全部お見通しなのかもしれへんぞ。現場の洗面所を気にしてたのはなんでや？　お前がしたことを見透かしてるからやろう。

楓を絞殺した後、確かに俺は洗濯機の中を検めた。火村は、まるでその場面を目撃していたかのようだ。

もう一人の俺に、俺は反発する。

——俺がしたことを見透かしてる、というのは言いすぎやろう。なんで洗濯機の中を見たかまで火村に判るはずがない。

——と思いたいだけやろ？　なめてたら奈落《ならく》に突き落とされるぞ。

——どんな罠が仕掛けられてるって言うんや。刑事は張りついてない。俺はこれを捨てる。手許に置いとくのは、もう嫌や。部屋に持ち帰ったとしても、そこへ家宅捜索が入ったら見つかる。

——まぁな。

——捨てたい。捨てるしかない。

——そういう状況に陥《おち》ったこと自体が失敗や。この勝負、お前に勝ち目はなかった。

——ドジは踏んでないやないか。

——運が悪かった。彩音さんが旅行を中止して帰ってくるやなんて、予想できるわけなかったわな。お前はベストを尽くして、自分ではどうしようもない理由で負けたんや。

——俺にどうせえと？

——あれを部屋に持ち帰っても、いずれ捜索の手が入って見つかる。こうなったら、強引に罠を突破するしかないか。誰も見てないところで捨てろ。

——結論がそれやったら、最初からよけいなことを言わんでもよかったんや。役立たずが邪魔ばっかりしやがって。もう黙っとけ。

頭の中の声が消えたので、俺はほっとして歩調を速めた。どこを目指しているというのでもなく、疎《まば》らな人通りが途切れる機を窺いながら。

ゴミ箱なんてものは見当たらない。近辺に川があれば投げ込みたいのだが、あいにく農業用水の水路もない。理想的なのは、長距離を走るトラックの荷台にぽいと投じることなのだが、そんなことをしたらドライブレコーダーに俺の姿が記録されてしまいそうで怖い。

トラックがいいのにな。どことも知れない遠い彼方《かなた》へ、この厄介なものを運び去って欲しい。目的地に着いてから運転手が見つけ、どうしてこんなものがあるのか判らないが頂戴しておこう、と着服してくれたら最高だ。あれは、そんなふうにして色んな人間の手から手へと渡っていくよう定められたものなのかもしれない。

買い物帰りの夫婦らしい二人をやり過ごして少し歩いたところの倉庫に2tトラックが駐まっていた。荷台には廃材が積んであり、ブルーシートが掛かっている。長距離トラックではなく京都ナンバーだが、これより都合のいい捨て場所はなかなか見つからないだろう。

俺はポケットからティッシュに包んだものを出し、通り過ぎ様に廃材の隙間へ押し込もうとした。一秒で済む作業だ。

ところが、たったそれだけのことができなかった。ポケットから出した手を持ち上げた瞬間、どこかで甲高《かんだか》い笛の音が響いたのだ。すれ違ったばかりの男女が、夫婦ではなく警察官の顔になって引き返してくる。俺は呆気に取られて、手にしたものをポケットに戻すのも忘れていた。

「持っているものを見せなさい！」

駈《か》けてくる男の方が叫んだ。俺が手にしたティッシュの塊《かたまり》からは、ペンダントのチェーンがだらりと垂れていて、もはや隠しようもない。指示に従わずポケットに戻したら、この場で身体検査をするための令状が用意されているのだろうか？　そうでないとしても、俺がアウトなのは明らかだ。

ボン！

爆発した。

——あかんかったな。

——あかんかったわ。

人気《ひとけ》の少ない道を歩いていたつもりなのに、どこに潜んでいたのか、わらわらと人が集まってくる。棒立ちになった俺を、スポットライトのように街灯が頭上から照らしていた。何のために黄昏を待っていたのやら。薄闇《うすやみ》の中、離れたところから何人もが双眼鏡などで俺を監視していたらしい。

南波という警部補がやってきて、白い手袋をした右手を差し出す。俺は無駄な抵抗はやめ、持っているものを手渡した。刑事はティッシュを開いて、中身が金貨のペンダントであることを確かめ、頷く。

「トイレに流したら詰まると思うたんか？」

南波は、こちらを見ずに訊く。

「はい。そうなったら最悪なんで、できませんでした。流れんように警察が手を打ってる気もしたし……」

「やめてくれて助かったわ。面倒やからな。――足許に煙草の吸殻を落とすのは簡単やけど、何かをこそっと捨てるのは難しいんや。やってみてよう判ったやろ」

思い知った。

南波に一つだけ尋ねてみる。

「刑事さん。俺が何をしようとしてたか、判ってます？」

ここでは俺の目を見ながら、相手は低い声で答えた。

「ああ。火村先生から聞いてる。伏見署へ同行してくれるな？」

胸の動悸《どうき》が激しくて、すぐそこにきた警察の車まで歩くことができない。脈が落ち着くまで少し待ってくれるよう頼んだ。

楓が忌《い》まわしく呪わしかったのなら、海を越えて山を越えてどこまでも俺が逃げればよかった。その存在が赦せないから殺すというのは最低のやり方だ、ということを今になって知る。殺せば憎い相手と何よりも強い絆で結ばれてしまうから。

警察は、殺害の動機について執拗《しつよう》に尋ねてくるだろうが、うまく説明する自信がない。真面目に答えても信じてもらえるか心配だ。判ってもらえない時は、あの火村英生が俺の拙《つたな》い供述から真意を汲んでくれるのだろうか？　彼ではなく、小説家の有栖川有栖が俺を理解してくれるのか？

心臓は早鐘のように打ち、まだ鎮《しず》まってくれない。

8

柳井《やない》警部は電話を切ると、振り返って私たちを見た。人相のあまりよろしくない顔の口許に笑みがある。

「火村先生が見越したとおりの形でペンダントが出ました。太刀川が手にしている現場を押さえたので申し開きはできないし、彼は観念したようです」

先ほどまで柳井は、多くの人員を割いた今回の策が空振りに終わることも覚悟していた。もしも太刀川がシロだったら、何も起こらなかったのだから。

犯罪学者は「そうですか」と感情のこもらない声で応えてから言い足す。

「現場の皆さんのお手柄ですね」

「ガサ入れの令状《フダ》を裁判所が渋ったので、助かりました。あいつの部屋でブツを見つけるのでなく、本人がブツを手にしてるところを押さえられて、完璧です。見事なお手並みでした。捜査に加わるなり、太刀川を狙い撃ちだったやないですか。ありがとうございます。有栖川さんも」

貢献度の低い私は恐縮するしかない。

「奴の言動から会うなり、こいつだ、と感じたんですか？」

警部は、福助《ふくすけ》のように広い額を撫で上げながら訊く。

「いいえ。そんな千里眼《せんりがん》みたいなものは持ち合わせていませんよ。警察の資料と現場の観察から組み立てた仮説が的中したのにすぎない」

「お見事でしたよ」警部は繰り返す。「十分もすれば太刀川がここへ移送されてきます。私は署長と打ち合わせることがあるので、ちょっと失礼」

立ち去りかけて、足を止めた。

「火村先生が自らひと芝居打ってくださったのは、太刀川に最後のチャンスを与えたかったからですね？　彼が良心の声を聞けなかったのは残念です」

問われた男は無言だった。

警部が行ってしまうと、火村と私はカフェインを求めて自動販売機へ向かった。そして、太刀川が到着するまでの間、缶コーヒーを片手に廊下の隅で立ち話をする。

「取り調べはこれからやけど太刀川は観念してるらしいから、このまま早期に解決しそうやな。結果として芳原さんの無実も証明できて、よかった。――せやけど、彼女のアリバイを形だけでも崩せ、というお前の要望に応えられへんかったのが心残りや。ミステリ作家として忸怩《じくじ》たるものがある。まぁ、こう見えて俺も人間やから能力に限界があるわけやけど」

火村は、わざとらしく頭を掻いた。

「あれはさすがに無茶な注文だったな。そんなものがなくても太刀川を操れたんだから、もう忘れてくれ」

芳原彩音は、朝からここに呼びつけられたりしていない。太刀川に電話の一本もかけなかったのは、大阪からやってきた両親と一緒に過ごしていたからだ。火村はそんなことも利用して彼を操ったのである。

太刀川は、ここまで呆気なく敗北を喫するとは思っていなかっただろう。芳原の突然の帰宅というハプニングにも拘らず、彼は彼なりに敢闘《かんとう》したのだから。

「洗面所の把手と洗濯機の蓋の指紋を拭い去ったのが命取りになるやなんてなぁ。たったそれだけのことが」

「今回は想像の連鎖がうまくつながっただけだ」

「謙遜《けんそん》するなって」

犯人が洗濯機の中を覗いていたのは、被害者が脱いだ着衣を確認するためだと考えるしかない。着衣がこの事件のポイントだと火村は見た。

「金貨に秘密が隠されてたわけでもなく、その金銭的価値が目的やったのでもなかった。犯人にとって、あのペンダントが着衣の一つやったとはな」

太刀川は何度も楓宅に出入りしていたが、洗面所の洗濯機に触る機会があったとは思えない。彼自身もそれを承知していたから犯行後に付けた指紋を拭いたのだ。あの行為が致命的にまずかった、とは今も思っていないのではないか。

火村がそうしたように、太刀川はパーカーを洗濯機から取り出して、目立った汚れがないかチェックしたと思われる。ペンキや調味料がべったり付いたりしていたら、非常に困ったことになるからだ。いつ何が原因で汚れたとも知れないのでは、その後の工作に使えない。

工作とは――

事件当日、借りていた一万円を返す際に楓がいつもどおりのパーカーを着ていたことを確認した犯人は、金貨のペンダントを奪って現場を去った後、楓に変装して彼が実際よりも遅くまで生きていたように偽装しようとしたのだ。

洗濯機に入っていたパーカーに手を着けなかったのは、それを着用して自分の毛髪や皮膚組織が付着するのを恐れたためと推測できる。ありふれた品なので、同じものを事前に購入するのは容易だったし、たまたま酷似《こくじ》したものを所持していたとも考えられた。サングラスもしかり。金属アレルギーの楓は指輪などの装飾品は着けていなかったので、彼に化けるために現場から持ち出す必要があったのはペンダントだけだった。

パーカーのフードをかぶり、サングラスを掛け、首から楓のトレードマークであるネックレスをぶら下げた犯人は、どこで誰にその姿を目撃させようとしたのか？　顔をしげしげと見られることなく、ペンダントはしっかり認識してくれる顔見知りのようでそうでもない相手はそうそういない。

偽アリバイの証人として、犯人が白羽《しらは》の矢を立てたのは〈キャメル〉のマスターだった。店内の暗さが好都合だし、メイプルリーフ金貨を縁起物にする楓という客の再来店は印象に残るに違いなく、前回どおりの無口な客で通すことができる。カウンターの隅に掛けてビールを一杯飲む間だけ、元プロレスラーのマスターを欺《あざむ》ければよい。犯行現場のテーブルにあったペーパーマッチは、まさに犯人が捜査員を聞き込みに向かわせるため、これ見よがしに置いたわけだ。

ライターのガスが減っていたからマッチを使った、と見せ掛けたつもりだろうが、火村に言わせれば「ガスが切れてなくてまだ火が点くライターを捨てないだろう。だいたい危ないじゃないか」となる。

店を出た犯人は変装を解き、どこかで自分のアリバイを作り、充分に時間が経ってから——たとえば翌日の明け方や早朝になってから——現場に舞い戻って、ペンダントを死体の首に戻しておく。これでアリバイ工作の完成だ。

楓を殺害した後、現場が物色されたように偽装しなかったのは、早く変装をして〈キャメル〉に顔を出したかったからだ。どこかでアリバイを作った後、ペンダントを戻しに現場に引き返してから部屋を荒らせばよい、と考えていたのである。

いかに火村といえども、現場写真を見ただけでそこまで推理できたはずもないが、様々な可能性を考慮していたことが今になると判る。犯人が金目のものを漁らなかったのは、時間的余裕がなかったためかもしれないし、「あるいは――」と彼が言いかけたのを覚えている。あるいは後で引き返してきてやるつもりだったのでは、と考えていたのだ。

この計画を実行するためには、犯人にいくつかの条件が要る。まず、楓と体形・体格が似通っていること。楓に成りすますため彼について熟知していること。それなりの演技力があること。〈キャメル〉のマスターが楓を認識できると知っていること。そして無論、楓が殺害された時間帯のアリバイを持っていないこと。――すべてを満たす人物は、太刀川公司のみ。

おそらく彼は、バーを出て自分の姿に戻ってから、馴染みのカラオケ店で明け方近くまで居座るつもりだったのであろう。郊外で深夜に確乎《かっこ》としたアリバイを作るのであれば、彼が趣味としていた独りカラオケほど自然なものはない。薄氷《はくひょう》を踏むがごとく危なっかしいトリックだが、彼にはうまくやる自信があったのだろうし、アリバイがなくては不安だったかもしれない。

同居人がいない夜は楓が自宅でインスタントラーメンを食べることも、計画に取り込まれている。楓がどこへ外食に出るとも知れなかったら、胃の内容物の消化状況から死亡推定時刻が狭められ、〈キャメル〉に現われたのが偽者であることがバレてしまう。

楓がバーで鯨飲《げいいん》するタイプではないことも、犯人にとっては具合がよかった。殺害前に太刀川は、ビールの空き缶を確認したか、あるいは楓がビールを飲むよう誘導したのだろう。それから変装して向かったバーで適量を引っ掛ければ、解剖の結果と矛盾《むじゅん》することがない。

太刀川にすれば、リスクを冒すに値する素晴らしい犯罪計画だったのであろう。殺害後に自宅マンションに戻り、人を殺めた動揺が鎮まるのを待って変装に取りかかった頃に芳原からの電話を受けただろうから、その驚愕《きようがく》は如何《いか》ばかりだったか。茫然自失《ぼうぜんじしつ》となった芳原が警察に通報していない、と早合点《はやがてん》したのは大きな失策である。事態の急変によってアリバイ工作を中止するしかなくなった彼は、ペンダントをポケットに忍ばせて彼女の許に馳せ参じ、こっそり現場に戻しておこうとした。うまくいけば死体の首に掛け、恐怖のあまり芳原が見落としていたことにできたかもしれないし、それは無理でもリビングの隅《すみ》に転がしておけば幻のアリバイ工作があったなど誰も想像できなくなるはずだった。

「太刀川の身になって考えたら、この数日間はさながら長い悪夢やったな。ポケットにペンダントを入れて犯行現場に呼び戻されたら刑事がうじゃうじゃ。その後は芳原が部屋に転がり込んで身動きが取れんかった。持ってることが判ったら命取りのペンダントを捨てるチャンスが見つからず、呪われたものに憑《つ》かれたに等しかったんやないか」

火村はコーヒーをひと口飲んで、天井に向かって溜め息をつく。

「自業自得としか言いようがない」

殺人を犯した時も、芳原の電話を受けた時も、ペンダントを処分できずにやきもきしていた間も、太刀川はずっと悪夢の中にいた。そんな人間の目に火村はどう映ったのだろう?

金貨のペンダントは、楓にいくらかの幸運をもたらしたのかもしれないが、最終的には非業《ひごう》の死を招いた。次に手にして太刀川もそれに苦しめられたとすると、あれは不幸を呼ぶのではないか。駅のベンチに置かれていたのは、前の持ち主——楓が見たという中折れ帽の男?——が耐え切れなくなって捨てたかもしれない。

当面は証拠物件となるが、あのペンダントの次の持ち主は誰になるのかが気になる。できるならその人物に警告を発したいほどだ。

「メイプルリーフ金貨が火村英生を呼び込んだ。太刀川にとって災難やったな。実行してないトリックを見破られてしもうたんやから」

「下手な小細工をしようとして墓穴《ぼけつ》を掘っただけだ。あれならアリバイ工作なんかしない方がましだった」

犯罪学者は、どこまでも太刀川に対して辛辣《しんらつ》だ。

「動機がよう判れへんのやけど、〈先輩〉に頭を押さえつけられて、鬱屈《うっくつ》したものがあったんかな」

さっきから、それについても考えている。犯罪学者が動機の考察を怠《おこた》っているはずがない。

「目許以外は、体つきも含めて妙に似ていたからな、あの二人」

「妙に、似ていた……」

私は、鸚鵡《おうむ》返《がえ》しに呟いてしまう。

「ああ。利害の対立や感情の衝突があったかどうかは確認できていないけれど、自分の似姿を見ながら募《つの》る不快感や怒りもあったんじゃないか。よく判らないな。そのあたりは本人の話を聞いてみるしかない」

そう言って彼は、窓の外へ目をやった。太刀川の身柄《みがら》が到着するのを待っているのか。

私がこれまでの人生で出会った数知れない人間のうち、実に不愉快だ、と感じた人物には恐ろしいばかりにきれいに共通点がある。全員が、私自身の嫌な一面を歪んだ鏡に映したようだったのだ。似たところがあるがゆえに自分と同じ環境に生息しており、切ろうとしても切りにくかったりするから始末が悪い。ここしばらくそういう輩《やから》と遭遇していないことは幸いだ。

太刀川にとっての楓が、それだったのではないか。

思慮が浅かったから〈下手な小細工〉をした、と火村は見ているようだが、はたして太刀川は愚《おろ》かしいだけだったのか？　未遂のアリバイ工作は杜撰《ずさん》でありながら意味ありげだ。

殺してから相手に化ける。互いが似ていることに苦しんだ男が、互いが似ていることを利用した殺人計画を練った。それこそが今回の事件で最も特異な点である。

犯行後に彼は、自分が殺した男に自らを寄せていこうとした。彼がやろうとしていた〈下手な小細工〉は愚かな蛇足《だそく》ではなく、どうしても計画に織り込まずにいられなかったものなのではないか。

窓の下に捜査車両が到着する。

ガラスに顔を寄せると、車から降りる太刀川の頭だけが見えた。

あるトリックの蹉跌《さてつ》

「お疲れさまでした、有栖川さん。難産でしたけれど、いい出来です」

片桐光雄《かたぎりみつお》の第一声に、安堵の溜め息が洩れた。

「どうも」とだけ応えると、わが担当編集者は元気にまくしたてる。

「校閲がスタンバイしていますから、すぐにゲラにします。夜の……そうだな、八時ぐらいまでお待ちいただけますか。で、今晩中に著者校正をして、明日の朝までにファックスで戻してください。……もしもーし、有栖川有栖センセ、聞こえていますか？　ぶっ倒れるのは著者校がすんでからですよぉ。——では」

電話を切ると、いったんソファに横になった。今回ばかりは駄目なのではないか、と思った原稿をからくも徹夜で仕上げ、五時間ほど眠ったら目が覚めてしまった。昼食を済ませたところへ担当者からの電話。

作家になって七年しか経っていないというのに、ネタに困って締切前に慌てるのはどうにかかならないものか。この体たらくでは、死ぬまで好きな小説を書き続ける、という希望をかなえるのは覚束《おぼつか》ないだろう。

おかしい、こんなはずではなかったのに。

十七歳で初めてミステリを書き、作家を志してからデビューを果たすまで十年ばかりあった。なかなか世に出られないことに苛立ちながら、いくつものアイディアを創作ノートにストックしていたのだが、いざデビューしてみると、ほとんどが使えたものではなかった。ましなものは一生懸命に磨《みが》いて何とか作品にし、残っているのはどうにもならない不良品ばかり。

頭の中に何もないわけではなく、小説の芽はたくさんある。それがすくすくと育ち、花を咲かせて実がなるまで、思っていた以上に時間がかかるのが問題なのだ。私は決して筆が遅い方ではないのだけれど、アイディアが実を結ぶまでに要する時間はとても長い。そのうち促成栽培のコツが掴めるよ、と楽観的に考えることにしているが、はたしてどうなるか……。

今回は火事場の馬鹿力でしのいだが、この次もうまくいく保証はない。プロの作家たるもの、せめて〈次の作品〉は常に用意しておくべきである。そう思い、書斎から創作ノートを何冊か持ってきて、料理の仕方次第では使える材料がないかと丁寧に探す。が——ページをめくるほどに、期待は着実にしぼんでいった。

考えてもみたまえ、有栖川有栖よ。そんな材料が見つかるわけない。このノートは、四、五日前にも苦し紛れに開いたばかりだ。

「待てよ。もう一冊あったはずや」

再び書斎に行って本棚をよく見ると、ファイルとファイルの間に古いノートが挟まっていた。これを手に取るのは久しぶりだな、とその場で開いたら、懐かしさが込み上げてきた。よくこんな馬鹿なことを考えたな、という珍妙なトリックが目白押しで、楽しくなる。どれも冗談のネタにしかならないのが情けないが。

何ページかめくり、〈詩人探偵（1）〉が出てきたところで懐旧の念は頂点に達した。大学二年の時に、短編ミステリの新人賞に投じた時のメモだ。風来坊の詩人がある事件の目撃証人となり、警察に先んじて謎を解いてしまう、というチャーミングにして稚拙《ちせつ》な作品である。

一次選考であっさりと落選したが、私にとって想い出深い一作だ。応募の締切が迫っていたものだから、愛用していた下書き用の原稿用紙の束を教室に持ち込み、授業中にせっせと書いた。高い授業料を親に出してもらいながら、不真面目な学生があったものだ。最初の十分ぐらいはちゃんと教授の話を聴いていたのだが。

だいたい法学部の主たる講義が大教室で行なわれるのがよくない。階段教室の最上段など——実は教壇からよく見えるのかもしれないが——、こそこそ内職をするのに打ってつけである。さる准教授によると、「大教室に学生を詰め込める法学部や経済学部っていうのは、総合大学にとってドル箱らしい」とのことだ。

さる准教授とは、大学時代から現在まで親交が続いている火村英生だ。後に犯罪社会学者となり、警察の捜査に協力して名探偵のごとく殺人事件の解決に貢献している彼と知り合ったのは、私が階段教室で〈詩人探偵〉執筆に没頭している時だった。

十四年前。五月七日の麗《うら》らかな日。

あの時、私が真面目に親族相続法の講義を聴いていたら、社会学部生の火村が向学心に燃えて他学部の講義を聴講にこなかったら、私たちは話すこともなく、素知らぬ顔のままキャンパスで幾度もすれ違い、二つの人生は分かれたままだったであろう。

しかし、私は小説を書き、火村はあの教室にやってきて、隣の男が何を書いているのかが気に掛かって、原稿を覗き込み——読んだ。

私たちの運命が交わった。

「その続きはどうなるんだ？」

隣に座った男子学生に訊かれて、一瞬、手が止まった。私が耳にした火村英生の第一声である。

他に空いている席がいくらでもあるのに隣の席に着いた時から、気に食わないと感じていたが、ここが彼の〈指定席〉だとしたら向こうも愉快に思っていないだろう。窓からの光が差し込み、後ろは壁という落ち着く場所だったから。

そばに人がいてもかまわずに執筆に入り、隣の男が私の書いた原稿――すでに書き上げた百枚ほどを右に重ねて置いていた――を手に取って読んでいるのに気付いても、「やめてくれ」とは言わなかった。とてもいい調子だったので、ペースが乱れるのが嫌だったのだ。

ちらりと一瞥したところ、皺が寄った白いシャツを着たぼさぼさ頭の男で、まるで見覚えがない。それが癖らしく、時折、人差し指で唇をなぞりつつ原稿を読んでいる。速読術の心得があるのか、「ふぅん」と低く唸ったりしながら猛スピードで。

私が書き上げたところまで追いつくと、こちらの手許を覗き込んでくる。無遠慮も極まるので、やめるように言いかけたところで講義終了のチャイムが鳴ったが。やれやれ、と机の上を片づけかけた時に発せられたのが、前記の言葉である。

あっと驚く結末が待っていることを告げると、「気になるな」と言う。作家志望者殺しのひと言だった。「ほんまに？」と訊けば――

なんで英語やねん、と突っ込みたくなるのを何とかこらえ、励《はげ》ましてもらったと解釈して、昼食に誘った。だから、あれは二限の授業だったわけだ。

「小説を読ませてもらった礼をするよ」

「もちろん《アブソルートリー》」

高い鼻を掻いて、そんなことを言う。無礼な奴どころか、殊勝《しゅしょう》な態度を見せたのでますます好感度が上昇した。われながら単純な男である。

地下の食堂が混雑していたので、いったん校門を出て烏丸《からすま》通を渡り、学生会館に移動した。「カレーでもいいか？」と訊くので「ええよ」と答え、向かい合って座る。

簡単な自己紹介は歩きながら済ませていた。

「いつもあんなに速いのか？　一時間二十分で十二枚も書けるんだったら、流行作家になっても大丈夫だな」

スプーンを手にした彼に、そう訊かれた。思い返せば、あの頃の私は筆が速かった。殴り書きをしていたし、描写が薄かったせいもあるが。

「さっきは特にええペースやった。第一の事件が起きて、調子が出てきたみたいや」

「第一の事件ということは、まだまだ人が殺されるんだな。連続殺人か」

この時点で、私は彼がミステリファンだと信じて疑わなかった。そうでなければ、こんなに続きを気にするはずがない。

「火村君は、あんな感じの小説が好きなんやな」

「いや、ふだんミステリはあまり読まない」

「せやったら、なんで？」

「俺は犯罪に興味がある。『五年前に起きた殺人事件』という冒頭のフレーズが目に飛び込んできたので、もしかしたら犯罪に関するレポートなのかと思って読みだしたのさ」

私は題名を決めあぐねていた。書き出しの横にミステリらしいタイトルがあったらそんな誤解は生じなかっただろう。

「社会学部や言うたな。もしかしたら、犯罪について研究してる？」

「そう。——君はミステリの熱心なファンのようだけど、現実の事件には興味がないのか？」

「特段の興味も関心もないな。人がばたばた殺される小説を読んだり書いたりしてて言うのはなんやけど、現実の殺人事件と向き合うたりしたら気分が沈んでいくわ。作家になる勉強のために、犯罪ノンフィクションに目を通すこともあるけど」

「犯罪はケガレか？　好んで観察するようなものではない？」

「ケガレって……いきなり民俗学みたいな言葉を出すやないか。そうかもしれん。現実の犯罪は、俺の心には重すぎるんや。知的で遊戯《ゆうぎ》的で、ファンタスティックなミステリが好きやから」

「現実の殺人にだって、見方によってはファンタスティックなのがあるぜ」

食事をしながらする話ではない。火村の目が笑っていたので、ミステリファンかと思ったら悪趣味な犯罪オタクかよ、と失望しかけた。そんな私の胸中を、彼は敏感に察知していたかもしれない。

「大急ぎで読んだから、よく呑み込めなかった箇所がある。有栖川君、さっきの小説をもう一度見せてくれないか？」

食べ終える前に頼まれ、「ええよ」と承知した。私の小説が気になっているのは本当らしい。

二階の広々としたバルコニーへと、彼は私を誘った。当時はそこなら煙草が吸えたのである。喫煙者の間では、〈一服ひろば〉と呼ばれていた。

一番隅のベンチに座るなり、火村は煙草を横くわえにして手を差し伸べる。早く出せ、という催促だ。

「ここまでで犯人が判ったら降参するわ。無理やろうけどな」

「来週までに脱稿させるそうだけれど、全部で何枚になりそうなんだ？」

「百三十枚ぐらいかな。賞の規定に合わせて、百枚以内に縮めなあかんのやけど」

「そりゃ苦しいな」

素人の悲しさと言うしかない。

「犯人を当てたら、明日の昼飯を奢《おご》ってくれるか？」

「なんや、火村君はギャンブラーか？」

「そういうわけじゃない。気分を害したのなら、すまん。賭けるのはやめて、純粋に遊ばせてもらうよ」

ただの軽口だったのに博打《ばくち》好きと思われたのが心外だったのか、彼はクソ真面目な一面をさらした。すまん、とはまたご丁寧な。

「ゆっくり読んでもらうのはええけど、三限の授業があるから時間がきたら返してもらうで」

彼は腕時計を見た。

「十五分で読み返すから、四分だけ考えさせてくれ」

「四分って……えらいまた半端《はんぱ》やな」

「煙草を一服する時間だ」

くせに」

「シャーロック・ホームズを気取ってんのか？　ふだんミステリは読まんって言うた
「ホームズなら小学生の頃に少しだけ読んだことがあるけれど、別にあの探偵の真似をしたつもりはない」

ならば偶然か。私をミステリの虜《とりこ》にした原点でもある『赤毛連盟《あかげれんめい》』の中で、ホームズは「パイプ三服ほどの問題だね」という名台詞を放って推理をまとめるのだが、それを意識したのでもなさそうだ。

「では、どうぞ。俺は黙っとく」

私が言うと、火村は原稿を読みだした。こちらはすることがなく、手持ち無沙汰である。俺も煙草でも吸おうか、とポケットから取り出したらちょうど切れていた。

「これでよければ」

原稿に目をやったまま火村が差し出したのは吸ったことのない銘柄《めいがら》のものだったが、ありがたく一本頂戴する。これが灰になったら暇になるな、と思ってちびちびと吸った。

自分が書いた犯人当て小説をすぐ傍らで読まれるなんて経験はもちろん初めてで、落ち着かない気分だった。待っている間、こちらはすることがない。

これと似た状況があったな、と考えているうちに思い当たった。去年の秋口から今年の一月にかけて、夏休みのアルバイト先で知り合った女の子と交際した。あまりにも短い期間であったが、お互いに入れ込んでいたわけではないから、それはどうでもいい。一対一で女の子とデートをして、男は化粧室の前で待つものだ、という宿命《さだめ》を初めて知った。今の状況はそれとはまったく異なるが、待つしかないという点では同じだ。

犯罪オタクだか何だかよく判らない男の横で煙草を吸い、神戸の大学に通う別れた女の子をしばし思い出していた。それにしても気持ちのいい日だなぁ、と皐月《さつき》の微風《そよかぜ》に吹かれながら。

紙をめくるバサリバサリという不規則な音。どのへんを読んでいるのかと窺うと、ちょうど伏線が張ってある箇所だ。火村の目玉が、そのページを行ったり来たりしているので、胸中穏やかではない。彼は顔を上げずに、短くなった煙草を吸殻入れに投じた。

その横顔、その眼光、その引き締まった唇を見ているうちに、不安が膨《ふく》らんでいった。こいつは恐ろしく頭が切れるのではないか？　考え事をしている時、こんなに目がきらきらと輝く奴とお目にかかったことがない。

犯罪オタクどころか、こんな男なら本気で犯罪について研究しているのだろう。そして、その動機は真摯なものであるに違いない。人間の本性に対する強い探究心によるのか、ごく個人的な体験に根差しているのかは判らないが。

ちょうど十五分かけて読み終えた彼は、煙草に火を点けた。推理タイムのスタートだ。私は、もう四分間だけ待たなくてはならない。

火村は足を組んで、少し遠くに視線を投げていた。私の緊張は高まり、判決が下るのを前にした被告の気分になる。

取り決めた時間が過ぎ、集中力を高めるための一本を吸い終えたところで彼はこう切り出した。

「あらかじめ言っておくけれど、君は気前よく無用のヒントをくれた。だから、俺はこの小説の真相を言い当てても勝利宣言をしない。——犯人は、三雲《みくも》瑠衣《るい》だ」

涼しげな目で言われて、私は頷いた。

「……正解や」

まだ書きかけなのに、犯人の正体を見破られてしまっては立つ瀬がない。今後の参考にするために、何を根拠にその結論に達したのかを教えてもらわなくてはならない。

「的中か？」

「ああ。伏線が張ってあると言うてもまだ仄《ほの》めかし程度やのに、こうも易々《やすやす》と真犯人を名指しされるとはなぁ」

肩を落とす私に、火村は慰めを与えてくれた。

「君が出してくれたヒントを足場にした憶測にすぎないから、まぐれ当たりみたいなものさ。自慢にならないし、君は落胆しなくてもいい」

「まぐれ当たりは謙遜《けんそん》がすぎるやろ。――さっきからヒントヒントと繰り返してるけど、それは何のこと？」

「『あっと驚く結末』と言っていたから、ここまでの時点ですでに疑わしい登場人物は犯人じゃないと見た。並列的に描かれた容疑者A、B、Cの中にも犯人はいなくて、どこか隅っこにいる人物こそ怪しい。その中の一人が、友人に誘われて現場にやってきた元美大生の三雲瑠衣だ」

「なるほど。せやけど、そこからどうやって三雲に絞り込んだ？」

「ここがポイントの一つだよな？」

彼は、私が膝に置いた原稿をめくり、じっくりと読み返していたページを開いて示す。

「何となくデリケートな筆致だったので吟味していたら、君が足を組み替えて、しきりに髪の毛を触りだした。むず痒そうだったので、ここから意味を汲み出すべきだと確信できたよ」

ボディ・ランゲージでヒントを発信していたとは、不覚極まりない。

「君が読んでる間、俺は席をはずすべきやったな。教訓にするわ」

「小説家になったら、読者が自分の本を読んでいる現場に立ち会いたいと希ってもできないんだから、そんなことは教訓にしなくてもいい」

至極もっともだ。――彼は続けて言う。

「そんなわけで、やはりこのあたりに手掛かりがあるんだな、と意識してさらによく読むと、綴られているのは主に三雲瑠衣の事件当夜の動きだ。そこに読者をミスリードする記述が紛れ込んでいるらしいので、俺は彼女をマークすることにした。すると、気がついたことがある」

「それは？」

この際、改稿に役立てるためにどんどん訊いておこう。

「他の人物については、顔や体つきや服装の描写が多いのに対して、三雲についてはは癖や経歴を中心にキャラクターが描かれている。そこに事件を解く鍵があるのでは、と目星をつけたんだ。メモ魔であるとか虫垂炎《ちゅうすいえん》で手術をしたことがあるとか。メモ魔というデータは、まだ事件とつながってこないが、どこかでカチッと嵌まるんじゃないかな。ここまでのところで意味を持ちそうなのは、彼女が元美大生だということ」

「ん、そうか？」

とぼけたら、火村はにやにや笑った。演技が白々《しらじら》しすぎたかもしれない。

「元美大生である意味については後回しにして、三雲を犯人だと見なした根拠を先に話しておくよ。ミステリの犯人当てではよくある手掛かりなんだろうけれど、彼女は口を滑らせている」

「どこで？」

「四十六枚目。被害者とは大学二年の八月末に一度だけ東京で会ったことがある、と言っていたのは事実に反する。作中で明記されてはいないけれど、三雲が虫垂炎の手術を受けたのは二十歳の八月末しかあり得ないからだ。二十歳の八月末といえば、七月一日生まれの彼女は大学二年だった。浪人していたら一年生だが、友人が三雲を紹介するシーンに『現役で美大に進んだ』とある。『現役で』は後から書き足されているから、どうでもいいことではなく、手術を受けた時期を特定するために必要だったことが窺える」

すべてお見通しなのだな、と感心した。「現役で」を挿入した痕跡を彼が指摘できたのは、生原稿がテキストだったからだが。

「被害者との面識の有無について嘘を口走ったからといって、犯人と決めつけられないけれど、この事件の場合は看過できないな」

「三雲瑠衣にはアリバイがある」

私の砦《とりで》は陥落したと認めながらも、最後の抵抗を試みることにした。ここまできたら、そこもばっさり斬ってもらいたい。

「死体を離れに運び込むチャンスがなかった、というアリバイなら崩せる。詩人が丘の上から、木箱を積んだ台車を押す三雲を見ていたけれど、実は彼女は離れに二度行っている。詩人が見たのは二度目だ。その前に、死体入りの別の箱を運んでいた」

火村は太刀筋を過《あやま》たなかった。

「自由をこよなく愛する詩人探偵は時計を持たない主義だったから、丘の上で三雲を目撃した正確な時間が判らず、結果として誤った証言をしてしまったわけだ。彼女は同じ台車を押して箱を二つ運んでおり、詩人が見なかった一つ目の箱に死体が隠されていた。違うか？」

「木箱は母屋に一つしかなかったんやぞ」

形式的に反論した。

「強調してあったから承知している。二度目に運んだのは木箱じゃない。元美大生が絵筆をふるって段ボールの箱を木箱に見せかけたのさ。暗かったし、距離があったから詩人はそれを木箱だと錯覚した」

「離れにそんな箱は残っていなかった」

「折り畳んで、窓から裏を流れる小川に捨てた。鉄格子が嵌まった窓というのが、そこで利いてくる。大きな箱でも段ボール製なら畳んで鉄格子の隙間から外に出せるし、あらかじめ網を張っておけば川下でそれを回収することもできた」

「折り畳んでも鉄格子の隙間から投げ捨てるには大きいから、段ボールを破ってから捨てたんやけどな」

どうでもいいほど細かいことだ。

「それだったら三雲のことを『いかにも非力そう』と描写しない方がよくはないか？頑丈な段ボール箱を破るのは、女にはたやすいことじゃない。弱々しい女なら、なおさら手に余る」

実感が湧かないが、そうなのか？　だとしたら訂正すべきだ。

「君のアドバイスを採用させてもらうわ。ありがとう」

「つまり、トリックは俺が言ったとおりなんだな？」

「いわゆるアブソルートトリーや」

ゲームは終わった。そこでようやく三限目が始まっていることに気づく。

「要点だけ言えばよかったのに、だらだらしゃべりすぎたな。授業に行ってくれ」

「いや」

自作の甘さをいくつも的確に指摘され、私は授業に出るどころではなくなっていた。火村が語ったことを咀嚼《そしやく》して、修正をせねばならない。

「この小説について、いったん筆を止めて考え直すわ。時間的に余裕がないから大急ぎでやらんと」

「悪いことをしたみたいだ」

「そんなことはない。君が言うてくれたことを取り込ませてもらう。三雲瑠衣が犯人というのは偽の真相で、真犯人は別にいた、というように」

「そうできたらイケるんじゃないか」

「やってみる」

と、その場で言ってはみたものの、結局は下手な弥縫策《びほうさく》しか浮かばず、作品のクオリティを大して上げられなかった。一次選考すら通過せずに撃沈し、失意に暮れておのれの才能を疑った。

「あかんかったわ」

後日に〈一服ひろば〉で火村に報告すると、さばさばした調子で言われた。

「厳しい審判が下ったか。まぁ、この次がんばれ」

以下、こんなやりとりを交わした。

「うん、がんばるしかない」

「よほどミステリ作家になりたいんだな。新人賞に通らなかったら就職はしないつもりか？」

「仕事には就く。働きながら書き続けたらええだけのことや。——君こそ、将来はどうするんや？　院に進むつもりなんは聞いたけど」

「この大学で飼ってもらおうかな」

「英都大学社会学部の教授が最終的な目標か？」

「いや。大学の教壇に立って生計を立てながら、実際の犯罪と格闘したい」

「警察の捜査に協力して、名探偵みたいに事件の謎を解くつもりか？」

「そんなフィールドワークができたらいいな」

まさか本当にそうなるとは。

随分と遠い日のことのように思える。

あの段ボール箱トリックは不出来で、作家としてデビューしてからも再利用はしていない。子供じみた思いつきにすぎないにせよ、豊かな才能のあるミステリ作家ならちゃんとした作品に使えるのかもしれないが——凡手《ぼんしゅ》には無理だ。

今度こそ完全に没にして、若気の至りの駄トリックとして封印してしまおう。これを知る者は、私以外には火村しかいない。

初めて彼と会った時、別れる前に言われた。

「ふざけてはいるけれど遊び心があって、悪くないペンネームだと思う。せっかくだから本名を教えてくれよ、有栖川有栖君」

こいつ、そんなところで事実を摑み損《そこ》ねていたのか、と私は愉快になった。一矢《いっし》報《むく》いてやれる。

「本名や」

学生証を出して突きつけると、火村は絞り出すような声で言った。

「……まいったな。あっと驚く結末だ」

トロッコの行方

1

早春の明るい光が人の疎らなキャンパスに降り注いでいた。

英都大学社会学部の火村英生准教授は、学内の図書館で借り出した数冊の本をショルダーバッグにしまうと、西門を出て信号を渡り、裏通りにある喫茶店に向かう。お気に入りの席に着いて、コーヒーを味わいながら資料を読み込みたかったのだ。

間口の狭い小さな店は隠れ家めいた穴場的スポットで、大学生にとっては心持ち値段が高いせいもあって満席になることが少ない。まして春休みの最中のこと、扉を開けてみるとテーブルが一つ埋まっているだけだった。学生らしい男女四人がとぐろを巻いている。

「あ、先生」

その一人と目が合うと、相手は反射的に会釈《えしやく》をした。火村の講義、逸脱行動論を昨年度に履修していた男子学生だ。とっさに名前までは思い出せないが、前の方でいつも熱心にノートを取り、試験の成績もまずまずだった記憶がある。

火村は無言のまま右手を挙げて応え、喫煙が許されている一番奥のテーブルへつかつかと進んだ。ブレンドを注文してから煙草をくわえ、火を点ける前に資料をテーブルの上に出す。

離れた席では、四人の先客たちが、ぼそぼそと会話を再開した。もともとそんな小声で話していたのかもしれないが、火村の耳に障《さわ》らないように配慮しているようでもある。講義中の空気に緊張感があって採点が厳しく、愛想《あいそ》に乏《とぼ》しいのが理由で、三十四歳にして若白髪が目立つ准教授は学生たちから〈強面《こわもて》の先生〉の枠に入れられていることを自覚していた。

火村准教授が読みだしたのは、犯罪の減少に連動して生じる社会の処罰感情の高まりについて書かれた英語の文献である。学術論文でありながら、ユニークなレトリックを駆使した筆致にほんのりとエッセイの趣もあって読みやすく、内容も興味深い。ページをめくるうちに、愛飲しているキャメルが二本、たちまちに灰になった。

「——って、ただの殺人やろう」

「功利主義を貫《つらぬ》いたら、そういう選択になるやないか」

殺人という言葉が耳に刺さり、火村はわずかに視線を上げた。四人連れの先客たちが議論をしているようで、だいぶ声が大きくなっている。どんな話で盛り上がっているのかは、すぐに見当がついた。

火村が三本目の煙草をくわえかけたところで、彼らはいったん声を低くして何やら協議したかと思うと、おもむろに立ち上がる。そして、見覚えのある男子学生が先頭に立って、おずおずとこちらに近づいてきた。

「お寛《くつろ》ぎのところ……あ、いえ、文献をお読みのところ、失礼します。ちょっと先生のご意見を伺ってもいいでしょうか？」

火村は煙草をパッケージに戻した。

「専門の範囲内ならコメントぐらいはするよ。えーと君は……」

「逸脱行動論を取っていた品川《しながわ》です。試験では思いがけず良をいただきました」

「良で満足していちゃ駄目だろ。——まぁ、とりあえず座って」

火村の前に品川と女子学生が一人、あとの二人は隣のテーブルの空いた席に腰を下ろした。四人とも社会学部生で、出身高校が同じなので懇意にしているという。春休みになっても帰省をしなかった同士で集まり、閑談《かんだん》に興じていたのだ。

「座ってから言うのもなんですが」品川はわざとらしく頭を掻く。「火村先生のご専門ではないことかもしれません」

「違うだろうね。君たちは、トロッコ問題について議論していたんだろう？」

「あ、聞こえていましたか」

「トロッコという単語が耳に入った。殺人や功利主義も。それで充分だ。――何がきっかけでそんな話になったんだ？」

嵐山《あらしやま》のトロッコ列車に乗る計画を立てているうちに話が逸《そ》れたわけではなかった。

「彼女が」品川は傍らの女子学生を指して「つい最近、マイケル・サンデルの『これからの「正義」の話をしよう』を読んで、そこに出てくるトロッコ問題についてみんなの意見を求めてきたんです」

同書の副題は「いまを生き延びるための哲学」。何年か前に翻訳されてよく読まれた本で、著者のマイケル・サンデル教授の講義を収録した『ハーバード白熱教室』というテレビ番組も放送された。

「白熱していたな」と火村が言うと、隣のテーブルの二人がくすりと笑う。

「話題として古いですよね」

女子学生は照れた顔をしてから、しかし隣の二人はトロッコ問題を知らなかったのだとおどけて冷やかす。おかげで、それが何であるかを一から丁寧に説明しなくてはならなかった、と。

トロッコ問題という言葉が広まったが、路面電車《トロリー》問題とも言う思考実験だ。モデルとなった事件・事故は存在しない。

トロッコが暴走を始めた。その行く手の線路上では五人が作業に没頭している。生命の危機が迫りつつあることに気づいておらず、〈あなた〉が危険を報せるために叫んでも、遠すぎてその声を五人は聞けない。〈あなた〉はポイントのそばに立っており、線路を切り替えてトロッコを待避線に誘導することができるのだが、そちらにも一人の作業員がいて、やはり「逃げろ!」の声は届かない。何もしなければ五人がトロッコに撥《は》ねられて命を落とすのは確実で、ポイントを切り替えれば間違いなく一人が死ぬが、犠牲者は五人から一人になる。どの作業員とも面識はなく、いずれも赤の他人であるとして、この状況で〈あなた〉ならどんな行動を取るか? そういう問い掛けである。

犠牲者を五人から一人に減らすためにポイントを切り替える、というのが損得を最優先にする功利主義的な態度であり、それを実行したとしても、苦渋の決断として社会から一定の理解が得られるだろう。

この問い掛けには、いくつもバリエーションがある。有名なものは、これ。

トロッコが暴走するのを、〈あなた〉は陸橋の上から目撃する。行く手には五人の作業員がいた。警告の声が届かず待避線もないのであれば、五人を救うためには一直線に突き進むトロッコをどうにかして止めるよりない。〈あなた〉のそばには、まるまると太った巨漢が立っており、暴走するトロッコを発見して橋から身を乗り出していた。その男を線路上に突き落とせば――〈あなた〉が非力であっても今なら容易《ようい》にできる――、トロッコは彼の体にぶつかって必ず停止する。〈あなた〉は、極限の利《り》他《た》的行為として自らが飛び降りることも考えるのだけれど、トロッコを止めるには体重が足りない。この状況で〈あなた〉は太った男を陸橋から突き落とすか？――四人の学生たちはその問題も話題にしていた。

「太った男を転落させたりしたら、殺人罪に問われると思うんですけれど」

「正当防衛ではないし、緊急避難にもならないような……」

隣のテーブルの二人は、そこがいたく気になるらしい。火村が即答できる問いではなかった。

「法学部の先生に訊くべきだな。私の専門外だ」

失望の表情を浮かべる者はいなかった。

「法的に処罰されないとして、犯罪の研究を専門にする火村先生ならどんな決断を下しますか？」

品川に真顔で訊かれた。

「思考実験であることを認識した上での回答ならば、五人を救うことを優先してポイントを切り替える」

「はぁ、先生でもそうしますか」

「損害を軽減させる合理的な決断だからな。ただし、現実にそんな状況に直面した場合にどうふるまうかを予想するのは難しい。瞬時に判断できず、全身が硬直してしまいそうだ。そして、ポイントを切り替えないままトロッコをやり過ごし、後日にその是非が問題になったら、恐怖で体が動かなかったことを言い訳にするかもしれない」

「火村先生なら、こんな二択問題でも何か突拍子もない答えをするのかと思ったんですけれど」

「衒《てら》わず愚直に答えた。君たちと大して変わらないだろ。おそらく、四人のうちの三人がトロッコを待避線に誘導した。あるいは、五分五分に意見が割れたのかな？」

「三対一でした。ポイント切り替え派が三人です」

「過去の調査では、九割近くがポイントを切り替えると答えている。感覚的にそれは納得しやすいらしい。大都市の中心部に墜落しそうになった飛行機のパイロットが、懸命に操縦桿《かん》を操って郊外の住宅地に突っ込んだとする。犠牲になった住人は不運と言うしかないけれど、パイロットの選択を非難する人はごく少数に留まるはずだ。それに似ている。——太った男を突き落とすかどうかになると、人間の感覚的な判断は大きく変わり、突き落としをやむなしという回答者は一割ほどしかいなくなる」

「どっちが正しい、という問題ではありませんよね」

「この事態に対処する際の考え方は人によって違い、さっき言ったようにおよそ九対一や一対九という偏りをもって見解が分かれる。一人を犠牲にして五人を救うという結果が同じであっても、罪悪感の抱き方が異なることが明らかになったわけだ」

「確かに僕にしても、ポイントのレバーを操作するのに比べて、生身の人間を自分の手で橋から突き落とす方が格段に大きな心理的抵抗を感じます」

「調査で判ったのは、人間の思考の傾向だ。その先にどんな思索を巡らせるかが本題なのは承知しているね？　トロッコ問題は性格診断じゃないし、法律問題でもなければ、犯罪の意味を問うものでもない。ましてや、六人全員を機知で救う方法を考えさせるクイズではない」

「そこがなかなか判らない奴がいまして」

品川に言われて、隣のテーブルの男子学生が苦笑する。「五人の作業員はいい人なのか？」やら「法的に問題はないのか？」やら、思考実験では捨象《しゃしょう》すべきことをさかんに気にしていたそうだ。

「彼は真面目すぎるんです」さらに品川は言う。「真剣に悩んで、挙句《あげく》に『こんな嫌な問題、よう考えたな。腹が立ってきたから、サンデルを線路に突き飛ばしてトロッコを止めたる』です」

「たまたまサンデル教授が居合わせたとしても突き落とすのは不可だ。体重が足りないだろうし、トロッコ問題はフィリッパ・フットという女性哲学者が倫理について考察するために発案した道徳的ジレンマで、彼のオリジナルじゃない」

大した示唆は与えられなかったが、彼らは犯罪学者の意見が聞けたことに満足した様子で、「ありがとうございます。お邪魔をしました」と席に戻り、すでに長居をしていたのか、じきに店を出て行った。

火村は三本目の煙草を吹かしながら、本を開くのではなく、スマートフォンに着信がないかをチェックした。と、大阪府警の鮫山《さめやま》警部補から一時間前にメッセージが届いている。店内に他に客がいないのを幸いとして、電話をかけてみた。

「少しご無沙汰《ぶさた》しています。先生からお電話を頂戴《ちょうだい》して恐縮です」

電話に出た警部補はそう挨拶をしてから、用件を切り出す。今手掛けている事件の捜査が進まなくなっている。可能であれば先生の助言をいただきたい、とのこと。現場がどこなのかをまだ聞いていないが、春休み中なので大阪まで出向くのに支障はなかった。鮫山もそれを勘案して電話をかけてきたようである。

「どういった案件でしょう？」

「お時間がありますか？　では——」

鮫山から事件のあらましを聞く間、来店する客はない。途中、准教授はコーヒーのお代りを頼んだ。

2

私、有栖川有栖に火村からの電話が入ったのは夜の九時過ぎ。夕食を終えて、リビングのソファでだらしなく寝そべっている時だった。

「おお、〈臨床犯罪学者〉からフィールドワークへのお誘いやな。どこや？」

「いきなり『どこや？』って、仕事は大丈夫なのか？」

「ちょうどええタイミングなんや。修羅場を乗り切ったところやから心配無用。先月末は焦ったわ。二月の短さは異常やで、ほんま。二月の報酬が割高になる給与生活者には判らんやろうなぁ」

「ハイになってやがる。アリス、お前、晩酌で酔っているのか？」

仕事が片づいて泣きたいぐらいほっとしているだけで、まったくの素面《しらふ》だ。

「事件の概要について、鮫山さんから聞いている。いたって地味な事件なんだけれど、話してもいいか？」

「聞こう！」

「でかい声を出すな。話すから、よけいな合いの手は控えろよ。——事件が起きたのは二月二十一日の木曜日」

「ちょうど俺が焦ってた最中《さなか》やな」

「黙って聞け！」

おとなしく拝聴することにした。

その日の午後十時過ぎ、一人の女が歩道橋から転落して死亡した。階段を転げ落ち、アスファルトの地面で頭を強打したことによる脳挫傷《のうざしょう》が死因である。

「吹田《すいた》市内の府道を跨《また》ぐ歩道橋が現場で、その時間は人通りがめっきり少なくなるため、彼女が転落するところを目撃した者はいない」

死亡したのは浮田真幸《うきたまさち》、三十一歳。吹田市内のマンションに居住していて、職業はネイリスト。半年前までは西宮《にしのみや》のサロンに勤めていた。現在は独立して自分の店を出す準備を進めていて、火・木・土曜だけ知り合いのサロンに手伝いに行っている。事件のあった日は八時に仕事を上がり、どこかで夕食を摂って家に帰る途中だったらしい。

「ちょっと待て。はっきり事件って言うたけど、人通りが少なくて転落するところを誰も見てないんやったら、ただの事故かもしれへんやないか」

黙って聞けという命令にもう背《そむ》いてしまったので、火村の吐息《といき》が聞こえた。

「今日のお前はすっかり落ち着きを欠いているな。順に説明する。——手と脚を投げ出すようにして倒れている浮田真幸の第一発見者は、たまたま通りかかった男子大学生だ。歩道橋を渡って西に三十メートルほど行ったところにあるコンビニに買い物に行こうとして、被害者を見つけたんだ。ぐったりとしていたが微かに息があったので、急いで救急車を呼んだ」

「一一九番だけで、一一〇番には通報せず？　事故やと思うたらせえへんか」

「警察にも報せるべきか迷ったらしい。すると、そこへ『どうしました？』と言いながら制服姿の警察官が駈けつけた。歩道橋を渡って」

自転車で警邏《けいら》中だった警官が二人、道路の反対側を走っていて異状に気づいてくれたのだ。大学生にすれば、さぞ心強かったことだろう。

「警官がやってきたタイミングで、浮田真幸がわずかに目を開き、何か告げようとする。その時点では、意味のある言葉は聴き取れなかった。救急車が到着すると、四十代の巡査部長が若い部下に指示をした。『自分は病院まで付き添うから、お前はこの場に残って第一発見者から話を聞け』」

「二台の自転車を道端に放置しておくのもまずいわな」

「それもあったかもしれない。とにかく、巡査部長は救急車に同乗した。浮田真幸の意識レベルは半昏睡。救急隊員が呼びかけると、何か言おうとする。隊員の背中越しに巡査部長も必死で聞き耳を立てた」

意味のある言葉が洩れた。

「かろうじて聴き取れる程度の声だったけれど、二人の救急隊員と巡査部長の証言は一致している。瀕死《ひんし》の状態にあった彼女は、切れ切れにこう言ったんだ」

――お巡りさん。

――いきなり後ろから背中を。

――コノタカリヤッテ。

――どんと突かれた。

――髪の長い。

自分が話しかけている相手が警官だと判っていたようだから、譫言《うわごと》ではあるまい。

「背中をどんと突かれて階段を落ちた、ということやな？」

「他に解釈のしようがない」

「犯人は髪の長い奴？」

「らしいな。性別は不明」

「コノタカリヤッテというのは？」

「想像してみろよ」

発語された時の抑揚《よくよう》が判らないから自信が持てないが――

「『コノタカリヤッテ』というのは、『この集り屋《たかりや》！』と相手に罵《ののし》られた、ということか？　強請《ゆす》り・集りのタカリ」

「俺にもそう思えるし、警察もそう捉えている。直接耳にした巡査部長も含めて。この言葉は重大な意味を持つ」

「それぐらい判る」

背中を突かれたというのだから、事故ではなく事件だ。彼女は過って階段を踏みはずしたのではない。そして、犯人に「この集り屋」と罵声を浴びせられたことから推《お》して、理性を失くした酔漢《すいかん》の悪ふざけや変質者による通り魔的な犯行ではない。

「犯人は被害者の顔見知りやな」

「だとしたら、犯人の名前を口にしなかったのが引っ掛かる。被害者は『髪の長い』としか言っていない」

「『髪が長い』ではなく『髪の長い』なんやから、本来はその後にまだ名詞が続くはずや。髪の長い女とか、髪の長い少年とか」

「そのとおり《イグザクトリー》」

火村は久しぶりに奇癖を発揮し、唐突に英語を交ぜた。

「どう言おうとしたんやろう？」

「今となっては永遠の謎だ。だけど、一つだけ言える」

「被害者は、犯人と面識がなかった」

彼の台詞《せりふ》を横取りしてやったつもりだったが――

「言いすぎだ。面識はあったのかもしれないが、名前を知らなかった」

「……その方がより正確やな」

しかし、犯人は被害者を「集り屋」呼ばわりしたのだから、濃密な接触があったのではないか。その相手の名前を知らないというのは、いささか妙である。

「もしかして犯人は、被害者に集られていた誰かに雇われた殺し屋？」

「そうきたか。本格ミステリの旗手らしからぬ推測だな。お前が担当しているジャンルでは、なんか野暮《やぼ》だろ、そういうの」

「野暮とか粋《いき》とかの問題やない。現実の事件について推理を巡らせてるんやないか」

「殺し屋説には、複数の観点から疑義がある」

第一に、「この集り屋」と口走ったこと。集られた人物に雇われて犯行に及んだのであれば、アクションを起こす際にそんなよけいなことは言わず、黙って被害者の背中を突き飛ばすだろう。

第二に、被害者が絶命するのを確かめずに現場から立ち去っていること。殺しのプロフェッショナルならば杜撰すぎるし、アマチュアだったとしても仕事として不完全であり、被害者が恢復《かいふく》して証言すれば自らが窮地に陥りかねないと予想できたはず。

「まだあるんか」

「第三に」

「歩道橋の階段から突き落とす、という手口が殺し屋らしくない。勢いよく転げ落ちたとしても、死ぬとは限らないだろう。打撲や骨折は期待できたにせよ、被害者が命を落とす可能性は高くない。犯行当時、現場の周辺には人の目がなかった。刃物の用意があればそれで刺せたし、後ろから組みついて頸《くび》を絞めることもできた」

なるほど。

「ということは、つまり……こういうことやないか。犯人は、浮田真幸を殺害する強い意志は持っておらず、怪我《けが》をさせるだけで充分だったんやろう。殺し屋ではなく脅し屋と言うのが適当か。ほんの軽傷で済んだとしても、被害者はショックを受けて怯える。それが目的やったとしたら、『この集り屋』は警告として発せられたと理解できるやないか」

「『調子に乗るなよ。集るのはやめろ。次はこれぐらいじゃ済まないぞ』ということか」

「そう。『今日はここまでにしといたる』ってやつや」

火村は間を措《お》かずに否定する。

「浮田真幸の命を奪うつもりはなく、恐怖心を植えつけることだけが目的だったとは考えにくい。現場検証をしたところ、被害者は階段の一番上から落ちているんだ。相当な力で背中を突かれたらしく、体が大きくバウンドしたのか踊り場でも止まらず、頭が地面に激しくぶつかるまで転落した。警察は、明白で強固な殺意があったと見ている」

「その見方は妥当かな。明白で強固な殺意があったという推測は、被害者が絶命したかどうか確かめずに犯人が現場を去ったことと矛盾《むじゅん》するやないか」

「今夜の有栖川先生は冴《さ》えてる。――にやつくなよ」

電話越しなのに、顔を見られたのかと思ってしまった。

「さっきから終始一貫して仏像みたいな真顔や。――俺の見解の方がより妥当と認めるんやな？」

「いいや」認めへんのかい。「殺意の存在と被害者の絶命を確かめなかったことは、必ずしも矛盾しない。死んじまえ、と念じながら突き落としたものの、被害者が頭から血を流しながら横たわっているのを目《ま》のあたりにして怖くなったとも考えられるだろう。歩道橋は三十四段あり、真ん中に踊り場がある。それを下って行って相手が死んだことを確認し、まだ息があったら止《とど》めを刺すというのは度胸が要るから、怖気《おじけ》づいてそれができなかった。あるいは、逆上して犯行に走ったものの、事後われに返って逃走したのかもしれない」

言われてみれば、それも筋が通っている。

「ちょっと話を整理させてくれ」

「もう？　俺の話はまだまだ先が長いんだぜ」

「最初が肝心やから、頭をクリアにしたいんや。——犯人は強い殺意とともに被害者の背中を突いたらしいけれど、事後にわれに返って、あたふたと逃げたようでもある。しかし、さっきお前が言うたとおり周囲に人の目がなかったんやから、殺す気があったんやったら別の手段を取りそうに思う。浮田真幸はネイリストやというけど、空手やレスリングの心得があって、不意打ちで階段から突き落とすしかなかった？」

「未確認だけど、おそらく違う。スレンダーでなよっとしたタイプだったらしい」

「殺意があったのか、なかったのか、どっちや？」

「考え込むようなことじゃない。犯人は、歩道橋の上で被害者への敵意が高まり、ほとんど発作的に背中を突いたんだろう。その瞬間には相手が死んでもかまわないと思ったが、やってしまってから怖くなった」

　頭の整理がついた。

「合点がいった。発作的な殺意やったから、つい『この集り屋』という声が出たんやな。とすると、誰かに頼まれてやったのではなく、犯人自身が被害者に集られていた人物」

「集られている、と感じていた人物だな。被害者の行為が集りだったのかどうか、現時点で客観的に判断することはできない」

「勘違いや逆恨《さかうら》みだった可能性もあるわけか。もしそうやったら、ひどい災難やなあ。実際に誰かに集ってたとしても、殺されたら災難やけど」

「そもそも、集るとか集っていないとか、きっぱり線を引けるものでもない。被害者が親しい人物に何かをねだり、合意の上でそれを手にしたことを不愉快に感じた者が、『あいつは集り屋だ』と思うこともあり得る」

「一般論として言うてるんか？」

「いいや。そうではなく、この事件について話している」

浮田真幸は何者かに集り屋呼ばわりされる根拠があったのだ。だとすれば、当該人物が容疑者となる。

「彼女は西宮のネイルサロンを辞めて、店を持つ準備をしていたと言っただろ。その独立計画が絡んでくる。こつこつと貯《た》めた自分の金ではなく、親密な男性に費用を出してもらうことになっていたんだ」

その男の名前は八野《やの》勇実《いさみ》、妻と死別して独身の四十八歳。豊中《とよなか》市在住で、二軒の賃貸マンションのオーナー。浮田真幸は、彼の愛人だったのである。

「賃貸マンションのオーナーというのは職業やない。マンション経営者と称するプチブルの資本家というわけか？」

「えらく僻《ひが》んだ物言いに聞こえるけれど、そういうことになるな。行政書士をしていた時期もあったらしい」

「行政書士で財を成したわけではないやろう。さては親の遺産やな？」

「六年前に、大手メーカーの役員をしていた父親からたんまりと。それを元手にマンション経営を始めて、最近まではうまくいっていた」

十七も年下の女性と親しくし、彼女が店を出す資金の援助をしてやるのだから、裕福なのだろう。しかし――

「『最近までは』というと……何かあったんか？」

「まずいことが起きた」

経営しているマンションの一つで深刻な手抜き工事があったことが発覚し、すべての住人が退去を余儀なくされたのだ。その分の家賃収入が減じただけでなく、一部住人からは急な引っ越しで逸《いっ》した利益の損害賠償を請求される始末。欠陥マンションの補修もせねばならず、その負担を負うべき工務店はすでに廃業していて、責任者の所在も知れない。八野勇実は、愛人に店を持たせる余裕を失ったかに思われた。

「ところが、八野は他にも財産を持っていた。債権の形で」

「まどろっこしい言い方をするな。債権というのは有価証券の債券のことではなく、誰かに金を貸してるとかやな？」

「それも父親から相続したものだ。生前の父が世話になった人に貸しつけたものなので、利子の催促すらしてこなかった。それを返済してもらうことで愛人にネイルサロンを持たせてやることにしたのさ」

「借金は返して当然とはいえ、これまで鷹揚《おうよう》にかまえてた債権者がそんなふうに態度を急変させたら、返済を求められた側は大変やないか。金額は？」

「三千万円」

「愛人がネイルサロンを開店するためには、どうしてもその三千万円が要るのか？」

「まだ建設中なんだが心斎橋《しんさいばし》にいい物件を見つけて、ぜひそこで店を開きたいらしい。初期投資と当座の運転資金が三千万円足りず、目下のところ手許が不如意《ふにょい》のパトロンとしては、無体《むたい》な借金の取り立てをするしかなかった」

「債務者の方に返済能力はあるのか？　なんぼ厳しく取り立てられても、持ち合わせがなかったらどうしようもない。能力があるのに、貸し手が催促してこないのをええことに、返済を怠《おこた》ってきただけということか？」

債務者は富塚蝶子《とみつかちようこ》。版画家だった亡父が遺してくれた家で手芸教室を開き、ひっそりと暮らす四十三歳の女性だという。

「約《つづ》まやかに生活しているそうだ。三千万円なんて右から左に用意できるわけがない。親譲りの土地には返済してお釣りがくるだけの資産価値があるが、そこで手芸教室を開いているんだし、想い出のある家だし、あっさり売れないよな」

「独身か？」

「旦那とは二年前から別居中だ。子供はいない。別居に至った不和の理由は性格の不一致。まだ籍は抜いていない」

富塚蝶子に警察が容疑の目を向けるのは判る。債権者が権利を行使する意思を固めたのならどうやっても借金は棒引きにならないが、八野勇実が突如として返済を迫ってきたのは浮田真幸の豪勢なおねだりが原因だ。浮田が死亡すれば八野は三千万円を必要としなくなるし、死なないまでもネイリストとして致命的な大怪我を負うかもしれない。また、いずれ恢復するとしても独立開業の時期が遅れるだろうから、時間稼ぎにはなる。

「犯人が富塚蝶子やとしたら、被害者の背中を突き飛ばしながら思わず『この集り屋』と罵声を浴びせる心理的必然性も一応はあるな。『お前がよけいなことをしたから、とんでもないことになった。どうしてくれるんだ。ええい、もう、この集り屋！』ということか」

二人の女の風貌についてはまったく知らないが、一方がもう一人を歩道橋の上から突き落とす情景をシルエットで頭に思い浮かべた。

「せやけど、何か変や」

「犯行の動機として不充分か？」

「いや、衝動的な犯行としてはアリやろう。俺がもやもやするのは、現場が人気のない夜の歩道橋だったことや。交通量も少ないんやろう。被害者は、なんでそんなところを無防備に歩いてたんや？」

「そのへんの説明が後回しになったな。別におかしなことじゃない。仕事から自宅マンションに帰る途中だったんだ」

「話を聞いた感じでは、女性の一人歩きには不向きな時間と場所に思えるけど」

「さっきパソコンで現場付近の様子を調べたところ、女性が心安らかに歩けそうな道ではないな。ＪＲの貨物線に沿った道で、歩道橋を通り過ぎて三十メートルほど行かないと店舗も民家もないので、八野勇実も夜道を心配していたらしい。被害者は『このあたりで物騒《ぶっそう》な事件が起きたという話は聞かないし、もう慣れている。それに、いつも用心のために防犯ブザーや催涙スプレーを携行しているから大丈夫』と答えていたそうだ」

「自宅に帰る途中の歩道橋が犯行現場やとしたら、犯人は待ち伏せできたわけやな」

「いや、どうかな。被害者は退社後に買物をして最寄り駅からタクシーで家に直行したり、バスを利用して別の方角から帰ったりすることも多かったみたいだから、待ち伏せは効率が悪すぎる。ずっと尾行していたと考える方が自然だ」

ここで火村は、休憩を提案してきた。まだくたびれるほど話していないぞ、と思ったが、ごく日常的な生理現象が不意に襲ったらしい。

「登場人物が会話の最中にそんなことで中座やなんて、リアリズムで描かれた小説でも映画でもお目にかかったことがないわ」

「二分で戻る。——ああ、いや、このインターバルを無駄にせず、現場の様子をお前もネットで見てみろ。話がしやすくなる」

「二分では忙《せわ》しない。十五分後にかけ直してくれ」

彼から現場の正確な住所を聞き、いったん電話を切った。

3

私は、喉が渇いたのでノンアルコールのビールを冷蔵庫から出し、仕事部屋の机に座ってパソコンを起動した。

まず地図を呼び出して現場付近の全体像を大摑みにしてから、写真に切り替える。昼間に撮影されたものだが、それを見ても車の通行量はあまり多くはなさそうだった。それなのに歩道橋が設置されている理由を推測するに、バイパスができる前はもっと交通量があったのだろう。

犯行現場となった歩道橋自体はごくありふれたもので、クリーム色の塗装がところどころで侘《わび》しく剝げている。片側《かたがわ》だけの階段は東向き。下を通る車からはどう見えるのかストリートビューで調べてみたら、白髪頭の老人らしき影が橋上に佇《たたず》んでいる画像が出た。今から車道に身を投げます、というシーンのように思えたが、よく見ると幼《おさな》い子供を胸の高さに抱き上げて「ほーら」と車を見せているらしかった。自動車が大好きな孫をあやしているのかもしれない。

歩道橋の三十メートルほど西にコンビニの〈マルシェ24〉。東に進むと道路はなだらかに左へカーブしていて、曲がり切ったあたりに最寄りの信号があった。歩道橋とは百メートルほども離れているから、車椅子の利用者はもとより足腰が弱い歩行者に対してはいたって不親切な状況である。歩道橋を渡るのを面倒に思った歩行者が交通

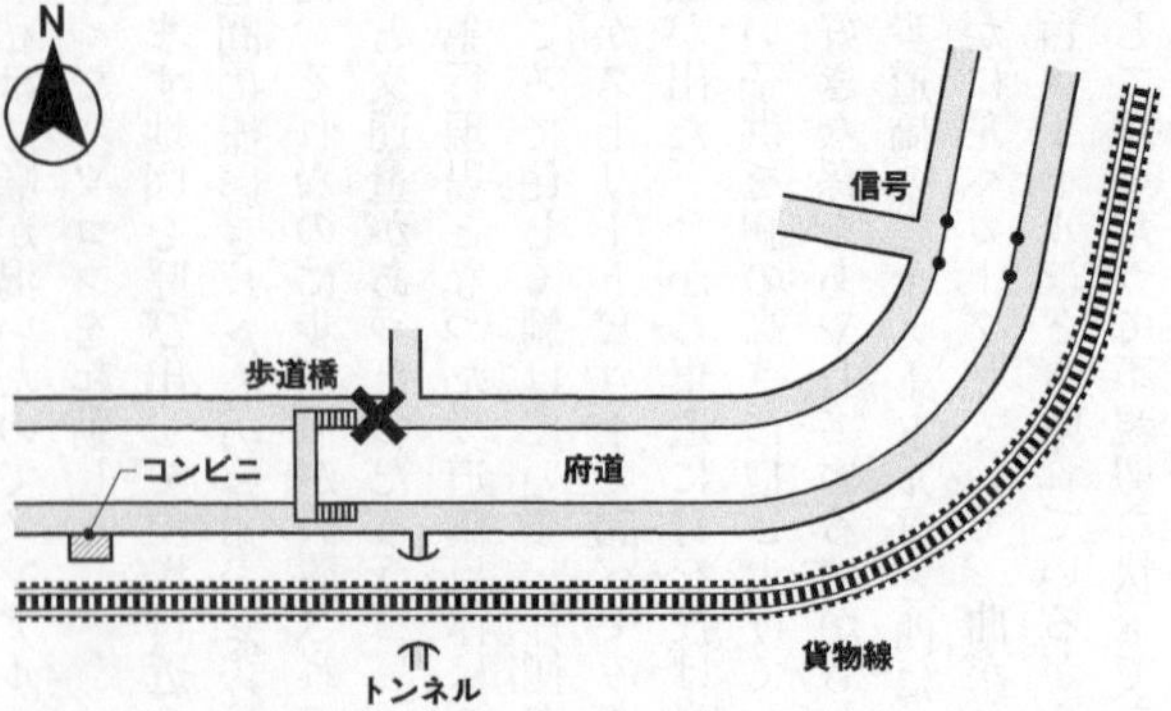

法規を無視し、車がやってきていないからと車道を横切るのは簡単ではない。片側二車線の道路の中央分離帯にフェンスが設けられているのだ。
夜の十時頃はどんな様子なのかが知りたくなった。男性でも好きこのんで一人で歩きたい道ではなさそうだ。土地勘がないため、必要以上に警戒感を抱いてしまう。
画面をストリートビューから地図に戻し、あらためてよく見ると、歩道橋のすぐ東側に府道と並行に走る線路の向こうへと抜ける短いトンネルがあるのに気がついた。盛り土の下を抜けた先もおよそ賑やかではないが、地元民にとっては便利なトンネルなのだろう。
パソコンの傍らに置いたスマートフォンに、火村からの電話がかかってきた。長電話になるだろうし、話しながら調べものができるようハンズフリーに設定しておいた。

「ネットで地図と写真を見た。淋しげなところやな」

「昼間の写真だろ？　夜はもっと淋しいはずだ」

「車の通行量が少ないらしいのも判ったけど、田舎の山道やない。犯行時間に何台かは通りかかってるはずやろう。車載カメラに決定的瞬間が映ってるんやないか？　計画的犯行やったら犯人は車の運転者の目や車載カメラを気にしたやろうけど、そんなことを忘れて衝動的に手を出したみたいやから」

「警察が喉から手が出るほど欲しがっているのがソレだ。現場を通りかかる車を停めて、懸命に探している。特に西へ向かう車のカメラの映像を。今のところは発見に至っていないが、捜索は継続中だ」

「犯人が被害者の背後に近づいたのは、歩道橋の東の信号が赤で、橋の下を車がまったく通ってなかった時かもな。道路が緩くカーブしてるから、信号で停止した車からは歩道橋が見えん」

「冴えまくりだ」

お褒めの言葉をいただきながら、ビールをぐびりと飲んだ。

「忠告しとくけど、何べんも言うたら嫌みになるぞ。——犯行の瞬間を捉えた映像が存在しないとしても、その直前を撮影したものは探したらあるんやないか？　被害者が歩道橋の階段を上っているところとか。もしかしたら、その後ろをついて行く髪の長い人物も映ってるかもしれん。あったら有力な手掛かりになる」

「現時点ではそういうものも見つかっていない。ただ、被害者の死の直前の様子は判っているんだ」

「さてはコンビニに寄ったか？」

「放つ矢がどれも的に当たるな。そう、〈マルシェ24〉という店でメンソール煙草を買い、予約していたコンサートのチケットを発券機で受け取り、顔馴染みの店員と『ネットで注文したまま、忘れるところだった』と話したりもしている。それが九時五十分」

「店の中や外のビデオ映像から、正確な時間が判ったわけや」

「さらに駄目押しがある。会計を済ませたところで浮田真幸のスマホに電話がかかってきた。店員が証言しているし、通話履歴が残っているし、かけてきた相手にも確認が取れている。浮田が自分の新しい店に引き抜こうとしていた元同僚からの電話で、『例の件だけど、オープンの時期はまだ決まらないの？』といった問い合わせだった」

浮田真幸が短い悲鳴も発しなかったとしたら、その元同僚が被害者の声を聞いた最後の人間だろう。

「通話時間は三分間。被害者は電話を受けると店を出て、灰皿の横で煙草を吸いながら話した。店外のビデオ映像でも確認できている。同僚によると被害者の話しぶりに変わった点はなく、『誰かに尾行されている』と不安を訴えたりもしていない。ただ、ちょうどその時にハプニングが一つ」

妙なタメがあったので、「何や？」と訊いてしまう。

「お前はマンションの七階に住んでいるのに、先月二十一日の午後九時五十二分に西の空で天体ショーがあったのを見逃したか？　二階建ての下宿の部屋にいた俺は、まったく気づかなかったんだけれど」

すぐに思い当たった。

「赤い流れ星か。それやったらテレビのニュースでしか観てない。窓の向きもぴったりやのに惜しいことをした」

その夜、西日本の広範な地域で夜空を横切る赤い火の玉が目撃された。ＵＦＯか、燃え尽きながら墜《お》ちる人工衛星か、と街行く人たちがざわめく様子をニュース映像で観た。正体は、火球と呼ばれる流星の一種だった。

「通話中にそれを見て、『うわ、何、あれ？』と被害者は叫んでいる。見逃した元同僚に『きっと明日になったらテレビのニュースで観られるよ』と言って電話を切ったのが九時五十三分だ。そこから歩道橋までは、普通に歩けば二分もかからない。犯行時刻は九時五十五分頃と推定される。電話を切ってから煙草をもう一服、なんてやっていたら少し後ろにズレるけれどな」

人生を断ち切られる数分前、浮田真幸が仰ぎ見たのは夜空を流れる閃光《せんこう》。不吉な予兆だとは思わなかったのだろう。その美しさ、珍しさに感嘆して間もなく、凶手が彼女を襲う。まだ赤い残像が瞼の裏にあったかもしれず、火球に連れ去られたかのようだ。

「大学生が被害者を発見したのは何時やった？」

「十時頃としか判らない。発見者は大まかな時刻しか意識せずに歩いていた。ヘッドホンで音楽を聴いていたから不審な物音も聞いていないし、無理もないことだけれど、倒れた被害者を見つけるなり警察官のごとく時刻を確かめてもいない。警邏中の警官がその現場に遭遇したのは十時一分だった、と記録されている」

「大学生がヘッドホンで音楽を聴いてたんやとしても、目はふさがってないから歩道橋の様子が見えたんやないのか？」

「彼は府道を東から西へと歩いていたのではなく、北からやってきて歩道橋の手前で右折したんだ。だから、何も目撃していない」

何時何分とまでは確定しないが、犯行時間は非常に絞られている。九時五十五分から十時の五分間だ。

「コンビニの防犯カメラに怪しい人物は映ってないんやな？」

「ああ。犯人は、被害者が店から出てくるのを外で待っていたんだな。地図を見たら、歩道橋のそばに線路の盛り土の下をくぐるトンネルがあっただろ。そこに潜《ひそ》んでいたのかもしれない。というか、他に身を隠す場所がない」

「被害者がコンビニまで歩いてくる姿は、どこかに記録されてないのか？」

「ない。浮田はトンネルの向こう側から歩いてきたはずなんだが、そのあたりに防犯カメラが設置されていないんだ。従って、彼女の後ろをついて歩いている人物も記録されていない。逃走する姿も同様」

犯行前後の状況について火村が語るべき情報を出し切ったところで、私は〈集り屋〉に話を戻す。

「八野勇実から三千万円の返済を迫られた富塚蝶子が、浮田真幸を恨んでいた可能性については聞いた。その版画家の娘のアリバイはどうなんや？　犯行推定時刻の幅が狭いから調べやすいやろう」

「その時間には、学生時代からの友人と一緒だった。八時半に会って、十時過ぎまでカフェで話し込んでいたそうだ。『そのとおりです』と友人は証言している」

「友情の偽証ではないんやな？」

「第三者の証言がないので、疑問の余地は残る。二人がいたのは大勢の客でごった返す店で客席も多く、従業員の記憶には残っていない」

「学生時代の友人が証人では、信憑《しんぴょう》性が不充分やな。――その友人は、殺人事件の捜査と承知して答えてるのか？」

「もちろん」

「ははぁ。唯一の容疑者のアリバイが曖昧《あいまい》で、警察が手詰まりになってるということか」

勝手に納得しかけたが、そうではなかった。

「他に容疑者がいないとは言ってないぞ。被害者を集り屋呼ばわりしそうな人物は、富塚蝶子だけじゃない」

蝶子にすれば夫婦関係はすでに破綻《はたん》しているが、別居中の富塚兼良《かねよし》――デザイン事務所に勤務する商業デザイナー、四十四歳――は未練たらたらで、縒《よ》りを戻したいと希《ねが》っているそうだ。となると、妻の危機は看過できない。ネイリストが死ぬか、死なないまでも独立開業が困難になるような怪我を負わせれば借金の返済を免《まぬが》れる、と考えたかもしれない。

「浮田真幸に襲いかかるつもりはなく、八野勇実の態度を変えさせたのがどんな女なのか知りたい、と思って尾行しているうちに、『今ならやれる』という千載一遇のチャンスに巡り合ってしまい、やらかした。あり得るだろう」

「判る。富塚兼良のアリバイはどうなってるんや？」

「蝶子のケースと似ている」

八時に退社して独りで夕食を摂った後、梅田《うめだ》の阪急《はんきゅう》東通《ひがし》りをうろうろしていたら、五年前にリタイアした先輩デザイナーとばったり会った。「久しぶりに飲もう」と誘われ、十時半まで居酒屋で歓談したと言うのだが、これまた確たる証人はそのデザイン事務所の先輩ただ一人しかいない。

「学生時代からの友人より少しばかり信憑性が高そうやけど」

「先輩はかなり年齢が上で、現在は七十歳。『このところ記憶力がめっきり弱ってしもうて』とかで、隠居生活でしょっちゅう梅田界隈《かいわい》をうろついているから、後輩と会ったのが何曜日だったかを覚えていない」

「全然あかんやないか。どこが証人や」

「曜日を覚えていなくても、何月何日だったかは特定できるんだ。その日の富塚兼良の服装……というより、身に着けていたものによって。——今、お前のパソコンに写真をメールで送った」

きた。紋章のようなものが。奇怪な二匹の獣が、帆船をあしらった盾を両側から挟んで向かい合っている。盾の下の横文字に目を凝らすと、FAMA ET PROGRESSUS。ラテン語なのだろうが、似た英語から類推すると〈名声と進歩〉といった意味か。ETはフランス語のANDだし。

「何や、これは？」

「三十四年間、大阪市民をやっていても普通は知らないだろうな。大阪港のエンブレムだとさ。船の上に錨《いかり》のマークがあって、その先っぽが大阪の市章になっている」

港にエンブレムがあるとは知らなかった。確かに大阪市章の〈みおつくし〉が含まれているが、両脇のおかしな獣の正体が判らない。

「鵺《ぬえ》だよ。頭が猿、脚が虎《とら》、尻尾《しっぽ》が蛇になっているだろう」

「言われてみたら。けど、源頼政《みなもとのよりまさ》が鵺を退治したのは京都の御所《ごしょ》や。大阪と鵺に何の関係がある？」

「札幌《さっぽろ》生まれの俺に訊かれても困る。——興味がある者は自分で調べておくように」

〈大阪港紋章〉

教壇に立った時の口調で言われ、答えは授けられなかった。

「富塚兼良は、ネクタイピンの蒐集を趣味にしている。大阪港の紋章をあしらったものがあると知って取り寄せ、入手したのが二月二十日。職場で話のタネにするため翌日だけそれをネクタイに着けて出社し、帰りに先輩と会ったそうだ。『お、何やそれは？』『大阪港のエンブレムです』と話題になったことからして、再会の日が二十一日の木曜日であることが推認された」

突っ込めそうだ。

「どこが売り出してるのか知らんけど、市販されてるものやったら二十日以前に購入することもできたやろ。小細工ができそうや」

「記憶力の減退した先輩なら日付を錯覚させられると考えて、アリバイを偽装したとでも？　一緒に飲んだのは、実は水曜日だった？　無理があるんじゃないか。富塚兼良が阪急東通りで先輩とばったり出会ったのは偶然だ」

「偶然を装ってるだけで、ほんまは相手の行動をリサーチしてたんかもしれん。あるいは、もし先輩と出会えへんかったら、他の誰かを偽装アリバイの証人に仕立てるつもりだったんや。記憶力が確かやない行きつけの飲み屋の大将とか」

「綱渡りみたいな偽装工作だな。事前に偽のアリバイを準備しておくというのは、発作的な犯行という見方と食い違うけれど、そこはいいのか？」

「冴えてないな、火村先生。富塚兼良が事前にアリバイを用意したとは限らん。事件を起こしてしもうてから、『まずいことになった。アリバイが欲しい』となって、悪知恵を働かせたんや。ネクタイピンを着けて出社したのは二十一日だけで、その翌日はポケットに入れて持ち歩いた。それを退社後に着けて、適当な証人を漁ったんやろう。たまたま先輩と会うたんで利用した、というところかな。断定はできへんけれど」

「いや、それはない」

「なんで？」

「二十二日の金曜日、兼良は残業で十時近くまで中津《なかつ》のデザイン事務所にいたことが確認されている。その日はご隠居とは会えなかった。ちなみに十九日の火曜日も遅くまで残業していたそうだ」

先輩と飲みに行けたのは二十日か二十一日で、その時に兼良が鵺のネクタイピンをしていたのなら二十一日しかない、ということだ。

火村がうっすらと笑う顔が目に浮かぶ。

「すっきりせんアリバイやけど、もやもやするのはひとまず措いて、容疑者は富塚蝶子と兼良の二人なんやな。互いに別の証人を立ててるから、共謀したふうでもない」

「疑わしい人物はもう一人いる。八野由潤《ゆじゅん》という女子大生だ」

「ユジュン？　韓流《ハンりゅう》ドラマか。八野ということは、もしかして――」

「八野勇実の娘だ。ユジュンは自由の由に潤《うるお》う。摂津《せっつ》大学総合コミュニケーション学部の二回生、二十歳」

「その子になんで容疑が？」

「マンションに欠陥が見つかって大変な時だというのに父親が愛人にめろめろで、大金を貢《みつ》ごうとしているのに立腹していた。余った金を一時的に融通してやるだけならまだしも、恩ある人の娘さんから強引に借金を取り立てるという行為が赦しがたいらしい。貸した金を返してもらうのは正当な行為だが、経緯とやり方が気に入らない、と」

「しかし、せやからと言うて父親の愛人を階段から突き飛ばすか？　……場合によってはやるな。父親が愛人を持っていること自体、かねて赦しがたいと思うてたら」

「だろ？　事件当夜、由潤は外出せずに自分の部屋でずっとゲームをしていたと証言している。学校帰りに買った新作のアドベンチャーゲームで、『白熱裁判3』。マイケル・サンデル教授が出てきそうなタイトルだな。ミステリ作家なら知ってるか？　大人気らしいぞ」

面白すぎると仕事の妨げになるからゲームで遊ぶことはあまりないが、仕事柄それは無視できないから知っている。プレイヤーは正義感みなぎる検事となり、法廷でのらりくらりと言い逃れをする狡猾《こうかつ》な被告をロジックで追いつめるゲームで、謎解きの興趣が濃いらしい。たまには仕事を投げ出して、そんなゲームに没頭してみたいものだ。

「自分の部屋でゲームをしてたんやったら証人はなしか？」

「微妙なところで、九時前にラクロスサークルの友人と電話で短いやりとりをしていた。その際、『「白熱裁判3」をやってるから切らせて。ごめん。もうスマホの電源オフにするね』と応えている。この電話については、当該友人にも確認済みだ。電源を切ってから急いでアクションを起こしたら、ぎりぎりで犯行に間に合ったかもしれない」

電話会社の記録を調べれば、通話の時間だけでなく八野由潤が本当に自分の部屋にいたかどうか確かめられることは承知の上の証言だろう。また、友人から電話の後、大急ぎで部屋を飛び出したとしても、それまで自室にいたのなら浮田真幸の動きを摑めていないから、犯行は困難だ。

「三人とも動機らしきものは持ってるけど、アリバイらしきものもあって、いずれが怪しいとも言いかねるなぁ」

そこで、ある事実を思い出した。

「三人のうち、髪が長いのは誰なんや？」

これは冴えた質問ではなかったらしく、火村から邪険に返事を投げつけられる。

「訊くまでもないだろう。全員だ」

4

翌日、私は早起きを余儀なくされた。火村に「九時半に捜査本部が置かれている吹田署にこい」と命じられたからだ。九時と言われたのだが、いじましくも三十分だけ遅くしてもらった。

スキンヘッド・太鼓腹・サスペンダーの船曳《ふなびき》警部と火村よりも学者然とした風貌の鮫山警部補に「ご無沙汰しています」と迎えられる。京都・大阪・兵庫の警察から捜査協力の要請を受けてフィールドワークに乗り出す火村だが、大阪府警からお声が掛かったのは三ヵ月ぶりだった。ご無沙汰というのは大袈裟な気もする。

「だいぶ春めいてきましたなぁ」

船曳警部は、ここで火村のジャケットをちらりと見る。先生の白いジャケットが似合う季節がきましたね、と言いたいのかもしれない。この犯罪学者は、年がら年中このスタイルで通しており、ネクタイのだらしない締め方もいつもどおりだ。

「地味ながら厄介な事件でして、火村先生と有栖川さんにお力添えいただけると幸いです」

そう言う鮫山の眼鏡の奥で、きらりと目が光った。教育的指導として若い部下を叱り飛ばす以外は物静かな警部補だが、この人は胸の裡《うち》に熱いものを秘めている。

事件の概要は二人とも頭に入れてきたので、繰り返してもらうには及ばない。本日は、最新情報を踏まえた捜査の進捗《しんちょく》状況のレクチャーを受けた後、犯行現場を実地で見分してから、事件の関係者たちに話を聞いて回ることになっていた。警部は「ほな、頼むわ」と警部補に言って退室した。

「船曳警部殿は一課長との打ち合わせです。先生方には、これをご覧いただきましょう。大したものは映っていませんけど」

事件当夜、現場を走っていた車の車載カメラが捉えた映像がいくつか入手できているというので、捜査本部の片隅で鮫山から見せてもらう。

一つ目は、午後九時五十一分に撮影されたもの。二十メートルほど前方を軽トラックが走っている。歩道橋の下をくぐり、〈マルシェ24〉の前で、スマホを片手に煙草を吸っている女性が確認できた。顔立ちまではよく判らないが、コートを羽織《はお》っていてもほっそりとした体形なのが見て取れる。

「浮田真幸です」と鮫山が指差した。

その後、数十秒してから無言だった運転者が「あっ」と声を発する。画面の外で火球が流れたのだろう。

二つ目は、九時五十五分に撮影されたもの。歩道橋を上りかける浮田真幸を捉えているが、犯人らしき者は姿を現わしていない。この時点では、まだ線路下のトンネルに留まっていたものと思われる。

「この車は後ろ向きのカメラも搭載していて、後続の車両が途切れたのが記録されています。これが通過した後で信号が赤に変わったんです」

そして、三つ目は九時五十七分に撮影されたもの。限りなく犯行時刻に近い。男性の運転者と助手席にいる女性の同乗者が何やら話していた。中年夫婦のようだ。

——明日でもええんと違《ちゃ》うの？

——もうひと袋も残ってないから、リッキーがかわいそうやわ。ただでさえ今日は留守番が長《なご》うて淋しがってるのに。

愛犬にお気に入りのドッグフードを買って帰ってやるかどうか、が話し合われているらしい。

「これを見てください」

鮫山が注意を促したのは、歩道橋の北側の階段だった。その一番下に、黒っぽい塊《かたまり》がある。あっと、身を乗り出した次の瞬間には通過してしまう。何かの影のようでもあったが、先ほどの映像にはそれはなかった。

「夜のことで暗いし柵が邪魔で判りにくいですが、人間の頭にも見えましたね」

火村が言うと、鮫山は映像をリピートする。これが転げ落ちた浮田真幸の頭だとしたら、まさに犯行が行われた直後だ。橋上や南側の階段に犯人が映っていてもおかしくないタイミングだが、何者の姿もない。

「ちょうど決定的なシーンが抜けています。犯行時刻は五十六分だ。赤信号で車が途切れている間」

最寄りの信号の周期は九十秒だそうで、赤から青に切り替わるまで四十五秒を要することになる。その周期がわずかに違っていたら、どの車かのカメラが犯人を捉えていたのだろう。

「いくら探しても、この映像よりも犯行時刻に近いものは見つからないでしょう。赤信号に引っ掛かって、通行している車がありませんから」

残念がる鮫山に、私は素朴なコメントをする。

「こうして見たら、歩道橋の階段というのは勾配《こうばい》が緩やかですね。足を踏みはずした時の安全性を考慮してのことでしょうけれど」

「通常の事故であれば、下まで転げ落ちるということはありません。強く背中を突かれたのは明らかです。それにしても、一番下までというのは落ち方がよほど悪かったんでしょうね。被害者が着ていたコートの背中から犯人のＤＮＡが採取できればよかったんですが、科捜研ががんばっても検出できない。手袋の繊維なども出ず。背中を階段で擦って汚損したせいです」

一つ尋ねる。

「対向車からの映像はないんですか？」

「調べはしましたが、役に立ちませんね。歩道橋の階段が死角になっているので」

「橋の上に人がいたら映ってるかもしれませんよ」

「ええ、映るでしょう。しかし、それを捉えた映像は見つかりません。西からの車も赤信号で途切れている間の犯行だったということです。被害者は自分のペースで歩いていたわけですから、そういうタイミングになるように計算するのは難しい。犯人は幸運に恵まれました」

ただ幸運に恵まれただけでなく、絶好のチャンスだと直感的に判断したのだろう。元同僚からの電話がなかったら浮田真幸は車が通行している間に歩道橋を渡り、何事も起きなかったかもしれない。いや、電話がなかったとしても、赤い流れ星が歩道橋の上で彼女の足を止めさせ、結果は同じだったのか……。

「浮田真幸に恨みを持っていた人物は、やはり見つかりませんか？」

火村の問いに、警部補は頷く。

「勤めていたネイルサロンで揉め事があったわけでもなく、円満退職しています。同僚の引き抜きについても黙認されている。私生活でも問題はなかったようで、彼女を嫌っていたのは八野の娘ぐらいですね。ごく普通の大学生のようですが、頭に血が上ったら人間はとんでもないことをやりかねません」

これから対面するので八野由潤は観察することができる。私は、被害者の人となりが知りたかった。

「活発で、声が大きくて、活き活きした女性だったそうですよ」鮫山は言う。「『甘え上手で男のあしらいがうまかった』という知人の証言もありますが、男を頼りに生きてきたのではなく、ちゃんと自立しています。ネイリストとしての腕や接客の姿勢も申し分なかったということです」

「八野勇実とはどこで知り合って、どういう関係だったんですか？　昨日のお電話では、そのあたりを詳しく伺っていません」

昨日の鮫山と火村は二回に分けて長電話をしたらしいが、それでも省略された情報は多いのだろう。

「引っ越しを希望していた浮田が部屋探しをしていて、八野勇実が所有する物件に興味を持ち、面談したのが馴れ初めです。結局、広さが足りないとかでその部屋には入居しなかったんですが、雑談をしているうちに話が弾み、『一度、お食事でも』ということになったのだとか。もちろん、誘ったのは八野です。ひと目惚れしていたのかもしれませんね」

それが七ヵ月ほど前のこと。以来、二人の親密の度は増していき、二ヵ月もしないうちに愛人関係となる。どういう関係をそう呼ぶのか定義はないが、頻繁に逢引《あいび》きをする見返りに、男の側から金銭的なサポートを保証したのだ。双方にどれだけの精神的つながりがあったのかは、当人同士にしか判らない。

「どちらも独身だったんですから、その交際自体に問題はない。愛人ではなく恋人と呼ぶのが適切なのかもしれません。娘のお気に召さなかったとしても」

独立してネイルサロンを開業する話が出たのは交際が始まった三ヵ月後というから、その頃にはすっかり八野勇実は籠絡《ろうらく》されていたわけだ。

「被害者は、野心家ではあったようですね。『いつか自分の店が持ちたい。場所は必ず一等地』と同僚たちに洩らしていたようですから。一等地となると目標は遠くて、彼女の預金の額はまるで足りなかった。パトロンが見つかって小躍りしていた、という証言もあります」

　事実がどうであったかは知らないが、浮田真幸はパトロンに執拗《しつよう》に集っていたようでもない。犯人は、表面に出ていないことの次第をすべて知悉《ちしつ》していて、被害者のふるまいが集りだと思ったのか？

「これ以上のことは当人から聞いてください。訪問のアポイントは取っています」

　鮫山が言ったところで、パンツルックの高柳真知子《たかやなぎまちこ》が「失礼します」と入ってきた。捜査が忙しい時は美容院に行く間も惜しみ、伸びた髪を括《くく》ることもある彼女だが、今日はすかっとしたショートヘアだ。短い前髪の間からは聡明《そうめい》さの象徴のような広いおでこが露出していて、私としては好もしい。

「コマチが車を運転して、先生方を犯行現場と八野の家にご案内します。私が説明不足の点があれば彼女が補うでしょう」

　真知子をもじったコマチが彼女の愛称である。船曳班に配属されたのは最も遅いが、警部の信任は篤《あつ》い。

「八野さんとのアポは十一時です。今からだと現場をご覧いただく時間は十五分ほどしか取れませんけれど、かまいませんか？」

　運転席でシートベルトを着けながら高柳が言い、助手席で同じ動きをしながら「結構です」と火村が答えた。私は後部座席を一人でゆったり使わせてもらう。

「私は、八野親子について洗っています」発車させてから刑事は言う。「富塚夫妻の方は森下《もりした》の担当ですので、彼が先生方をアテンドします。夫妻といっても別居中ですけれど」

「この事件、コマチさんはどう見ているんですか？」

意見を求めると、彼女はルームミラーの中の私をちらりと見る。

「全体的にぼんやりしていて、摑みにくいですね。私が何度か面談している八野由潤については——彼女が怒る気持ちも判る」

「愛人に誑《たぶら》かされた父親というのは、娘の目からはやっぱり醜悪ですか」

「娘さんは、その点については捌《さば》けているんです。病気でお母さんが亡くなったのが十年前。お父さんがいい人と出会って再婚したがるのなら祝福する、と思っていたそうで、相手が二十近く年下でもかまわない、と。怒っているのは、その女性のために不人情な借金の取り立てを始めたことです」

八野勇実の父——由潤の祖父——は、不用意に連帯保証人になったことが禍《わざわい》して、破産の危機に瀕したことがあり、友人だった富塚蝶子の亡父の経済的援助で救われた。ぽんと投げ出した額は三千万円どころではなかったらしい。後年、その立場が逆転した時は、嬉々《きき》として恩を返した。

「それは返済する義務があり、父親のプラスもマイナスも込みで遺産を相続した蝶子が返していないのは法的に問題があります。でも、債権者は『余裕ができてからで構わない。余裕ができなかったら仕方がない』と考えていて、その遺志を八野勇実は引き継いだ。今になって急にそれを覆《くつがえ》すのは天国のお祖父《じい》さんが赦さない、というのが由潤の気持ちです。彼女はお祖父さんが大好きで、今も尊敬しているんですね」

さらにこんな事情もあった。

「八野勇実さんにとっても苦しい決断だったようです。気前がいいのか、これまでよほどお金に余裕があったのか、彼は友人に二千五百万円を融通していたんですが、そちらも返済が済んでいません。貸した相手が病気に罹《かか》ってしまったからです。元気だったら返済できなくもなかったんですが、今取り立てをするのは、文字どおり病人の布団を剝ぐことになる。薄情すぎてそれはできないので、やむなく矛先《ほこさき》を父の恩人の子である蝶子さんに向けた。随分悩んだと言っていますが、いったんそう決めると、『住んでいる家を売れば返せないこともないだろう。今まで催促されなかったのを感謝しろ』という気になったようです」

などと話しているうちに、〈マルシェ24〉の前を通り過ぎて現場に着いた。ビデオで見覚えのある歩道橋の袂《たもと》。浮田真幸が転落した地点に立つ。大小の花束《はなたば》が供えられていた。

「大きいのは八野さんが手向けたお花です。小さいのはご近所の方がお供えしたんでしょう」

そう言ってから高柳が手を合わせたので、私も倣った。火村は、階段をにらみ上げている。その上に犯人の幻影を視《み》ているのか。

犯罪学者は階段を上って行き、橋上から四方を見渡す。風があるせいで、髪がなぶられていた。高柳と私は、そんな彼を黙って見ている。やがて彼は腕時計を一瞥《いちべつ》し、道路の反対側へと歩きだした。階段を下りて、線路の下をくぐるトンネルに視線を投げてからコンビニの方へ向かうので、高柳と私は追いかける。

立ち止まるなりまた時計に目をやったところからすると、所要時間を計ったのであろう。引き返す際に私も時計を見てみたら、コンビニの前から被害者が突き飛ばされた場所まで、心持ちゆっくり歩いて一分五十秒。

被害者は九時五十三分までコンビニの前にいたから、それに一分五十秒——およそ二分——を加えると九時五十五分になる。そして、先ほど見た映像によると、五十七分には階段から落ちていたようだ。となると、やはり犯行時刻は九時五十六分か。しかし――

「分単位で犯行時刻を絞る意味があるんか？　容疑者三人のアリバイは、どれもざっくりしてるぞ」

火村は「判ってる」と短く答えてから、高柳に訊く。

「念のために伺いますが、この歩道橋におかしな細工はなかったんですね？」

「細工とは？」

「通りかかった人間を突き落とす仕掛けのようなもの」

「有栖川さんの小説に出てくるようなものですか？　あれば、倒れている被害者のところへ駈けつけた警察官が見ているはずです」

私は小説にそんな仕掛けを出した覚えはないのだが、彼女はそういうイメージを持っているのだろう。事件が途切れず忙しいだろうし、捜査一課の刑事はミステリに興味がないかもしれないが、ともに犯人を追う仲なのだから、スープの味見をするぐらいには読んでみて欲しい。

火村の現場検証はそれで充分だったらしく、「行きましょうか」と促す。高柳は次の信号で方向を転換し、歩道橋の下をくぐって車を豊中方面に走らせる。

5

「さっきの話の続きですが」助手席の男が言う。「八野勇実がまとまった金を手に入れるには、二つの道があったわけですね。三千万円の返済を富塚蝶子に迫るか、二千五百万円の返済を友人に求めるか」

「さんざん悩んでから、三千万円を選んだそうです。富塚蝶子と違い、その友人は奥さんと子供さん三人を養わなくてはならないので、借金で潰したら五人が路頭に迷う。だから、とてもではないけれど催促できなかったんです」

「五人と一人。……まるでトロッコ問題だ」

火村は呟いた。

「え？」と高柳。

「昨日、喫茶店で会った学生とトロッコ問題について話したところです。ご存じありませんか？」

私は薄《う》っすらと聞き覚えがある程度だった。高柳は、後輩刑事の森下とその問題について話し合ったことがあるという。

「二人とも知っているなら話が早い。今回の事件に当て嵌めると、八野勇実はポイントを切り替えて、犠牲者を五人から一人に減らしたつもりなのかもしれない」

言われてみれば状況が似ている。八野勇実は、本人が望んだわけではないのにポイントのそばに否応《いやおう》もなく立たされてしまったかのようだ。決断を下すにあたって逡《しゅん》巡《じゅん》したというから、正当な権利を行使しただけとはいえ、運命の理不尽さを呪《のろ》ったことだろう。

二軒のマンションのオーナーは、静かな住宅地に自らの邸宅をかまえていた。さほど大きくはないが、いかにも金のかかった造りで、庭の手入れもよく行き届いている。

アポを取っていたので、訪問者の車を迎え入れるべく車庫のシャッターが開いていた。高柳は慎重にステアリングを操り、赤いＢＭＷの隣の窮屈なスペースに車を駐めて、ふうと息を吐いた。

ドアホンを鳴らすなり角ばった顔の男が出てきて、「どうぞ」と私たちを中に通す。八野勇実その人だ。来客の素性と用向きからして仕方がないことながら、浮かぬ表情をしていた。手抜き工事の発覚で手を焼いている最中に愛人が非業《ひごう》の死を遂げたのだから、精神状態はひどいものだろう。

三つのソファがコの字形に配置された広い応接室で話を聞く。火村と私は、主の真正面に腰を下ろした。お茶を運んできた通いの家政婦らしい女性がさっさと退いたところで、「何度もお邪魔して恐縮です」と高柳は軽く頭を下げた。

勇実は、太いガラガラ声で応じた。

「真幸をあんな目に遭わせた犯人を捕まえようとしてくださっているんですから、恐縮していただかなくても結構ですよ。協力は惜しみません。ただ、娘にまで疑いの目を向けるのは勘弁してもらえますか。あの子は真幸によくない印象を持っていたようですけど、階段から突き落とすやなんて乱暴な真似をするわけがない。親の私が保証します。腕に蚊が留まっても叩いたりできへんから、こんなふうに息で吹いて飛ばすぐらい優しい子なんですわ」

言いながら、ふっと自分の二の腕を吹いて見せる。高柳は小さく頷いてから、

「それを承知した上で、後ほど由潤さんからもお話を伺いたいのですが」

「部屋にいます。お呼びがかかるまでゲームをしながら待機しているそうです。警察の方がくるとなると、落ち着かんのですよ」

まずは浮田真幸との関係について、高柳に問われるままに勇実は答えていく。ここへくる車中で得た情報を大きく超えるものは出ず、故人については「努力家で、自分

の気持ちに正直で、潑剌《はつらつ》としていた」と語った。「そこに惹かれた」とも。

「ゆくゆくはご結婚なども考えていたんですか？」

「答えるのが難しいですね。自分でもよく判りませんわ。ましてや、彼女がどう考えていたのかは」

彼にはいくらかその気があったようにも取れた。そこまで真剣だったから、債鬼となるのも厭《いと》わなかったのだろう。

「浮田さんとの交際をお嬢さんがよく思っていなかったことについては？」

「親子間のデリケートなことなのはお判りでしょう。ノーコメントです。しかし、いい感情を持っていなかったとしても、自分の意思を通すため暴力に訴えるわけがない。警察の捜査というのはそういうものなんでしょうけど、発想が突飛すぎますね」

事件当夜、彼はこの家に不在だった。引っ越しをする羽目になった損害賠償を求めている元住人の求めに応じ、今後について話し合うため市内の転居先まで出向いていたのだ。相手の都合に合わせたので晩い時間の面談となり、帰宅したのは十一時過ぎ。その証言が事実であることを警察は確認済みである。

「由潤さんは、浮田さんと会ったことはないんでしたね」

「はい。この前、刑事さんにお話ししたとおり。不倫のような疚《やま》しい間柄でもありませんから、娘と引き合わせても平気だったんですけど、その機会がなかった。真幸の方は、娘の顔を知っていましたよ。娘と一緒に撮った写真を見せたことがあるので」

「その写真を見せていただきたいんですが」

「変なことを言いますね。かまいませんけれど」

勇実はスマートフォンを取り出し、しかるべき写真を呼び出して示した。入学式の時のものらしく、父娘《おやこ》は大学正門に並んで立っていた。通りすがりの人に撮ってもらったそうだが、どちらもいい笑顔だ。由潤は、ほぼストレートの長い髪を両肩に垂らしていて、和風の小づくりな顔立ちをしている。

本人の特徴をよく捉えた写真だという。もしそうであれば——この後、彼女と会えば判る——、死の前に浮田真幸が犯人の名前を口にしなかったのは不自然である。とっさに名前が思い出せなかったとしても、「八野さんの娘」などと伝えることはできた。一瞬のことで、加害者が何者なのか認識できなかったとも考えられるが。

浮田真幸に敵がいたとは思えない、と勇実は言い切り、「捜査してみて、どうですか?」と逆に訊いてくる。「今のところ見つかりません」との高柳の返事に、彼は「そうでしょう」とにらむような目をした。

「真幸が最後の力を振り絞って遺した言葉からすると、犯人は逆恨みをした富塚蝶子しかいません。あるいは、その亭主。別居中とはいえまだ夫婦だそうですから、二人がグルだという可能性もある。──そちらの先生方、どうお考えですか？」

火村と私にガラガラ声で訊いてきたので、犯罪学者に答えを任せた。

「お互いにアリバイを証言し合ったりしていませんから、グルではないでしょうね。これから会うので、注意して観察するつもりです」

「ぜひそうしてください。先生は学者さんだそうですが、目付きが刑事より刑事らしくて頼もしい。いや、高柳さんが刑事らしくないとか、頼りなく見えるというわけではありませんよ」

すかさず言い添えるところからして、気を遣うタイプのようだ。

頃合いを見て、由潤との面談を高柳が所望した。

「私は同席していない方がよろしいんでしょう？　呼んできますわ」

一分もしないうちに入ってきたのは、スマホの写真で見たままの女子大生だった。就職試験の面接に臨むかのように、一礼してから父親が座っていたところに着席する。

「何回いらしても、同じご質問には同じ答えしかできませんけれど」

それが第一声だった。細いのによく響き、父とは似ても似つかない美声である。どちらかというと華奢《きやしや》で、手荒なことをするようには見えない。階段から人を突き落とすのは可能だろうが。

高柳が私たちを紹介すると、由潤は私に関心を抱いたようだ。

「ミステリ作家ということは、『白熱裁判』シリーズのことはご存じですね？」

「はい。人気ソフトですね。プレイしたことはありませんが」

「ああ……」

そんな奴に興味はない、と思われたか。

浮田真幸に対する気持ちを、由潤は問われるまま真摯《しんし》な口調で話してくれた。父親と年齢が離れているのが気になるが、それだけで嫌ったりはしない。交際している相手に何千万円もの金銭的援助を頼むから信用できない、自分とは常識が違う、悪い影響を与えて父が父らしい態度を取れなくしたことが悔しいのだ、と。

「亡くなった方のことを悪く言うのは、ここまでにします。あんな目に遭って、本当にお気の毒です。早く犯人が捕まって欲しいと思います」

当夜のアリバイについても、はきはきと答える。どれだけゲームに夢中だったかについて。ストーリーの詳細を交えての熱弁だったが、内容が正確だったとしてもあまり意味はない。新作ゲームの中身については発売直後からネット上で盛んに語られているだろうし、事件後に彼女自身がたっぷりプレイするだけの時間があった。

「友だちから電話がかかってきたのは、目が疲れて休憩している時でした。そうでなかったら絶対に無視しています」

「急を要する用だったんですか？」

火村が聞き手になる。

「彼女にすれば、そうだったようです。その日に学校でランチを食べた後、そっけない態度で席を立ったことを気にしていて、『ちょっと急いでただけで悪気があったわけやないねん。ごめんね』という謝罪でした。小学生みたいですけど、繊細な子なんです。こっちは全然気にしていませんでした。明るい声でそう伝えてから、『ごめん、「ハクサイ3」をやり込んでるところやから切るね。しばらく電源オフにしてスマホを見ないから、よろしく』と言って切りました。――これ、刑事さんにも見てもらいましたけれど」

スカートについたポケットからスマホを出して、通話履歴を私たちに見せる。当夜の八時五十四分に〈なっぴー〉とやりとりしていた。犯行時刻のほぼ一時間前である。

「浮田さんが突き落とされた歩道橋がどこにあるのか聞きました。うちから一時間で行くのはきついです。私、自転車を持ってないから最寄り駅まで歩いて十五分。電車がくるのを待って、梅田へ出て、阪急からJRに乗り換えてたら九時半になって、また電車を待って、それを下りてからも歩いて十五分ぐらいかかるんですよね。何時何分に事件があったのか知りませんけど、無理です」

ごもっともなのだが、直線距離にすれば八キロも離れていない。長距離走の選手なら、梅田方面に向かうことなく現場までひとっ走りで時間内に着いてしまうだろう。仮に走れたとしても、由潤には被害者の当夜の動きを掌握《しょうあく》する術《すべ》がなかったわけだが。

「玄関先に警備会社のシールが貼ってありました。お父さんの帰りが晩くなりそうだったのなら、警備のシステムを作動させていたのでは？　その記録を調べれば、あなたが外出しなかったことがはっきりします」

「在宅で警備のシステムを入れたら、父が帰ってきた時に私が解除することになります。それで中座するのが面倒だったから、何もしませんでした」

「とても説得力がある」

火村のひと言に、彼女は微笑《ほほえ》んだ。この先生はちゃんと判ってくれるじゃないの、というところか。

「だけど、お父さんが出掛ける際に、外出用の警備にしておけばよかった気もする」

「駄目です。父が出掛けたのは七時過ぎだったので、そんなことをしたら私がちょっとコンビニに出る時に解除してやり直すことになるから不便です。ずーっとゲームをしていて、コンビニにも行きませんでしたけれど」

由潤はそう答えてから、火村にすがるように言う。

「死んだ人のことを悪く言うのは控えるつもりでしたけれど、自分の店を開きたいからといって付き合っている男性に大金をねだるような人は、人間関係で色々と問題を持っていたんやないですか？　父に乗り換える前に付き合っていた男性に恨まれていたとか。警察がまだ見つけていないだけです。そちらをもっと調べてください」

「お父さんが誑かされていた、というのはあなたの決めつけではないですか？」

「事情をよく知らない人に言われたくありません。父が理性的なままだったら、祖父がお世話になった人の借金を今になって取り立てたりしませんよ。父らしくない。本来は義理とか人情とか、とても大切にする人ですから」

父によく懐いていて、横からすっと出てきた女性が望むままに振舞うのが不愉快だった、というのが実態で、恩人の娘への不義理云々《うんぬん》は後付けのものなのかもしれないが、それらの感情がどれぐらいの割合でブレンドされているのかは窺い知れなかった。

「お父さんが、富塚さんではない方に借金の返済を求めたとしても、お気持ちは変わりませんか？」

捜査に寄与しないであろうことを、私は訊いてみた。

「同じです。もし、どうしても浮田さんを金銭的に援助してあげたかったのなら、父は他の方法で何とかすべきでした」

「具体的にどうすれば？」

「知りません。何か……自分だけが痛みを感じる方法です。好きな女性を助ける時も親譲りのものに頼らないと何もできないのか、と言いたいです。そんな父親に庇護《ひご》されて、ぬくぬくと育てられた娘が言うのも生意気ですけれど……」

最後に含羞《がんしゅう》の笑みが浮かんだ。

6

いったん吹田署に引き上げる。

「どうでしたか？」

途中、高柳が助手席に感触を問うた。

「八野由潤のアリバイには作為の形跡がない。友人からの電話は、まったく予期せぬものでしたから」

「そもそも、あれってアリバイですか？　急げば犯行時間に現場に立てます」

「諜報《ちょうほう》部員じゃあるまいし、自宅にいながらにして浮田真幸の動きを探知していたはずもない。探知していたと仮定しても、友人からの電話を受けて『よし、これを利用したらアリバイができる』と考えて家を飛び出すとも思えません」

「由潤はシロですか。私は外れくじで、当たりは森下君が引いたのかな」

吹田署の食堂で昼食を済ませて刑事部屋に行くと、君付けされた後輩刑事はすでにスタンバイしていた。いつもアルマーニのスーツを着込んだ船曳班最年少の爽《さわ》やか系はりきりボーイ——聞き込みで「刑事さん、ジャニーズに入れるんと違う？」と言われることもある——は、久しぶりに火村に会うのを楽しみにしていたようである。

「今回の事件における八野勇実の決断はトロッコ問題に通じるものがある、とコマチさんと話したんですよ」

私が振ると、彼は「ああ、そうですね」と同意して、トロッコ問題について高柳と交わした話をしてくれる。

「あれって、『ポイントを切り替えるか切り替えないか』の二者択一しかない場面で、あなたならどうしますか、という問い掛けですよね。『切り替えるなんて無理』というのなら、消極的に切り替えないのを選んだことになってしまいます。それなのにコマチさんはどちらからも逃れようとするんですよ。『トロッコがポイントに差しかかった時にレバーを操作したら、トロッコが脱線してみんな助けられる』と。『反則です』と言ったら嫌な顔をされました」

「反則をしたくなる気持ちは判りますけれどね」

「それでは思考実験にならないことを承知しながら、どうにかならないか、ともがくところがコマチさんらしいな、と思いました」

「森下さんの選択は？」

「一人を犠牲にする……かな。みすみす五人を見殺しにするわけにはいきません。罪のない一人を死なせたことが申し訳なくて、一生、重い十字架を背負うでしょうけれど。火村先生はどちらを選びますか？　脱線はなしです」

森下の問いに友人がどう答えるか、私には見当がついていた。

「学生に訊かれた時は何の気の迷いか多数派ぶって、五人を救うように答えてしまったんですが、わが手で一人を死に追いやることはしません。ポイントを切り替えることは、できない」

予想どおりだ。

自分が本気で人を殺したいと思ったことがあるのが赦せず、学者として犯罪を研究しながら殺人者を狩り立てる彼は、どんな条件下にあってもポイントのレバーを引けないのだ。

彼が死刑存置論者であることと矛盾するようにも思えるのだが、そこでは別の論理が発動するらしい。殺人を犯しながら自らが死刑に処されることを逃れようとするのは不可で、人々が権力を委託した国家による処刑は〈社会的生物である人間が乗り越えるべき矛盾〉とする。死刑を〈人間が乗り越えるべき誤った制度〉とは考えない。

そんな彼は、警官隊に包囲されながら銃の発砲をやめないテロリストを射殺するのを断じて認めない。人質を取っていないのであれば無力化が可能なのに射殺するというのは、どう言い繕おうと単にコストの節約を目的にした〈虐殺〉にすぎない、と言うのだ。これについては私も同意する。

「なんか……空気が重くなりましたね」

ジャニーズ系刑事が頭を掻いたので、トロッコ問題を話題に出した私が詫びた。

土曜日だが富塚兼良は事務所に出ているそうで、森下が運転する車は淀川《よどがわ》を越えて中津に向かう。兼良が勤めるデザイン事務所は、まだ新しそうなビルの三階にあった。私たちは、さして広くないオフィスの応接スペースで対面する。

「出勤しているのは僕だけなので、気兼ねなくお話しできます」

独りきりで来客もないというのに、大きな黒縁眼鏡を掛けた商業デザイナーはスーツにネクタイ姿だった。パーマの掛かった頭髪は肩に届くぐらいで、男性としては「髪が長い」の部類に属するだろう。面立ちは柔和で、物腰も穏やかである。

まず質問してくる。

「殿村《とのむら》さんの話は確認していただけましたか？」

殿村というのが、彼の先輩デザイナーでアリバイの証人だった。森下が答える。

「はい。富塚さんから伺ったお話のとおりでした」

「僕を見つけたのも、声を掛けてきたのも、飲みに誘ってきたのも殿村さんからです。その点も証言してくれましたね？」

「はい」

「ああ、よかった。あの人、だいぶ記憶が鈍っているようでしたから。昔は剃刀《かみそり》みたいに切れるタイプだったんですけれどね」

「ただ、何日だったとか何曜日だったとかは曖昧なままです」

「うーん、やっぱりそこは駄目でしたか。でも、これのことは覚えてくれていたんですよね？」

彼は、派手な萌黄色《もえぎ》のネクタイの先をつまんで振る。大阪港の紋章とやらをあしらったピンが付いている。刑事が訪ねてくるので、今日はそれを選んで出社したのだそうだ。

「はい。『珍しいネクタイピンだったので印象に残っている』と。鵜について話したことも覚えていました」

「でしたら二十一日だったのは間違いない」

その一点でこちらを言いくるめたがっているようなので、どうにかして彼の言い分を突き崩したくなるのだが、これが容易ではない。

「鵜について、どんな話をしたんですか？」

森下がそんなことを訊くのは、殿村から聞いた話と突き合わせるためだろう。

「大阪港の紋章に鵜が採用された理由を話したら、面白がってくれましたよ。御所の紫宸殿《ししんでん》で源頼政に討たれた鵜の死骸は、市中を引き回されてから川に捨てられて、大阪まで流されてきた。あまり知られていませんが、大阪と鵜は縁があるんですね。都島《みやこじま》区にはそれを祀《まつ》った鵜塚があるそうで、一度訪ねてみたいと思っています」

大阪と鴎の結びつきは判った。古来、大阪はまさに京都の川下の街で、都から流れてきたものを珍重する。西区《にし》の九条《くじよう》という町――かつては島だった――は、五摂家《ごせつけ》の一つである九条家の木笏《もくしやく》が流れ着いたことがその名の由来になっていると聞く。天神祭においては、しかるべき鉾《ほこ》が流れ寄った場所を斎場として行なう神事があるし、水の都らしく漂着に意味を置きたがるようだ。

「はぁ、なるほど。私は、大阪港に紋章というものがあるのも知りませんでした」

「海外の港にはそういうものがあるので、交流のために制定したそうです。東京港のシンボルは竜神、神戸《こうべ》港は海馬《シーホース》、そして大阪港が鴎。大阪のものが一番古いといっても一九八〇年の制定で、神戸は二〇一七年にできました。どこにでもあるわけではなく、このような西洋風の紋章を持つ港は三つだけ。横浜《よこはま》や長崎にないのが意外ですね」

よくしゃべる男だ。蘊蓄《うんちく》の披露が好きなだけ、あるいは緊張の反動で妙に口数が多くなっているのかもしれない。

「鵺について、殿村さんが雑学を話したそうですね。覚えていますか？」

「えーと、何だったかな。鵺というのは想像上の怪物として知られていますが、実在の鳥の名前でもあるそうですね。虎鶫《とらつぐみ》でしたっけ。横溝正史《よこみぞせいし》の推理小説にも出てくるデザイナーが私に視線を向けたので、「『悪霊島《あくりょうとう》』です」と答えた。

「問題は、富塚さんがそのネクタイピンをいつ入手なさったかです。宅配便の配達記録は確認させてもらいましたけれど、それ以前からお持ちだった可能性もあります」

「ええ、ありますね。しかし、これは知る人ぞ知るもので、公式ホームページでしか買えないレアアイテムです。販売元の大阪港振興協会に問い合わせてみてください」

販売ルートが限られている品であったとしても、どこで手に入れる機会があったか知れたものではない。何年も前にフリーマーケットでたまたま買ってコレクションに加えたものをアリバイ工作に利用したのでは、とミステリ作家は疑ってしまう。おそらく刑事や臨床犯罪学者も同じことを考えているだろう。

ただ、昨日の電話で火村が言っていたとおり、「二十一日の午後十時頃に悪さをするから、このネクタイピンを利用してアリバイを偽装しよう」と事件前日に考えついたというのは理屈に合わない。

「いきなりアリバイの話になってしまいましたが」森下が仕切り直す。「富塚さんは、『自分には浮田という人を殺す理由がない』とおっしゃっていましたね。そこは、われわれと見解が異なります」

デザイナーは、眼鏡のブリッジを中指で押し上げる。

「妻のためなら人を殺《あや》めかねない、と？　そりゃ、彼女の心身に危険が迫っていたら、助けるために手段は選ばないでしょう。体に危害を加えようとする奴がいたら叩きのめすし、金がなくて破滅しそうになったら、場合によっては自殺して生命保険金が渡るようにします。でも、今回の借金は自分の財産を売って返すしかない。彼女自身、その負債を判った上で父親の遺産を相続したんですから返済すべきです。たとえ愛人に貢ぐための金だとしても」

「愛人に貢ぐどうこうは、法律的には関係ありませんしね」

「さっさと処分するしかないんです。身《み》の丈《たけ》に合った借家に引っ越して、そこで手芸教室を続けることもできる。それでは生活が苦しくなるとか将来が不安だとか言うのなら、僕はいつでも家に戻りますよ」

別居中の現在も彼女に仕送りをしたいのに、拒絶されているという。

「嫌われたものですね。暴力をふるったり浮気をしたりしたわけでもなければ、酒やギャンブルに溺れたわけでもないのに。『会話が噛み合わない』と言われても、戸惑うばかりです」

夫婦のことだから私には何とも言えないのだが、暴力や悪い遊びなど決定的な理由もないのに拒まれるのならば、妻から存在を疎まれたわけで、復縁の可能性はほとんどなさそうに思う。目の前の彼は、仕草にいささか気取ったところはあるが、決して不愉快な人間に見えないのだが。

「事件後、蝶子さんと連絡を取りましたか？」

　火村が尋ねる。

「電話を二回かけました。刑事さんの前で失礼ですが、『警察がきただろう？　こっちにもきたよ。嫌なもんだね』と」

「蝶子さんは何と？」

「電話だから顔は見えませんが、困惑していました。『君は、独りで家にいたんだろうね。昼間だったら手芸教室の生徒さんがアリバイの証人になってくれたのにね』と言うと、『その夜は白井《しらい》さんと会っていたから大丈夫』と聞いて、ひと安心したんですけれど」

　白井さんとは、当夜に蝶子と会っていた友人の名前だった。

　妻のことを気にする夫に、火村は蝶子と白井の関係について質す。

「白井さんのことをご存じのようですね。蝶子さんの親しい友人ですか？」

「ええ。何ヵ月かに一度、ランチに行く付き合いでした。時々、電話で話したりもしないのかな」

親密だったことを強調しすぎると白井のアリバイの証人としての評価が下がりかねない、と案じたのか、「まぁ、その程度です」と兼良は付け足した。

「事件の前に蝶子さんと連絡を取ることは？」

「たまに。しかし、電話に出てくれないこともありました。話したくないので居留守をつかわれたらしいな、と思うことが」

「傷つきましたか？」

「そうですね、正直なところ。ですが、いつか彼女の凍った心が解けると信じています。夫婦には、うまくいかない時期もあるものです」

氷を解かすために何かをしているわけではなく、ひたすら待っているらしい。そんな状態を打破するため、思い切った行動に出たということは？——考えにくいか。借金苦から救われたとしても、頼みもしないのに自分のために殺人を犯した男を妻は恐れるに違いない。兼良もそれぐらいは判るだろう。

「八野さんから突然に借金の弁済を求められたことについて、あなたは不快の念を持たなかったんでしょうか？」

火村がそう尋ねる意図は理解できた。妻を助けるというより、妻を苦しめる元凶に憎しみを抱いた末の犯行ということもあり得る。

「困ったな、とは思いましたよ。腹が立つとか不愉快だとか、そういう問題ではありません」

そつのない答えだ。

「亡くなった浮田真幸さんと会ったことは？」

「もちろん、一度もありません。会う機会がなかったので。家を追い出されて蚊帳《かや》の外ですから、お金の借りがある八野さんという方のお顔も知らない」

浮田と面識がまったくないことは犯人の条件に該当する。

「奥さんは、今回の件であなたに頼ってきてはいないんですね」

「ええ。僕としては、はなはだ不本意です」

私たちにとっても不本意なことに、会見は実りのないまま終わりを迎える。

「昨今、ネクタイピンは流行《はや》っていませんけれど、森下さんも火村先生も着ければいいのに。男性にとって、ごく気軽なお洒落ですよ。細かなデザインを愛《め》でるのも楽しい。お薦めします」

このアドバイスをもって収穫とは言えなかった。

7

「殿村という証人は、そんなに茫洋《ぼうよう》としているんですか？」

移動の車中で火村が尋ねると、森下は首を振る。

「いやぁ、受け答えはしっかりしていますよ。ただ、日付や曜日に関しては『勤めを辞めてから、情けないほど頼りない』と自分で言っています。『富塚さんと会ったのは火球騒ぎがあった夜でしたか？』と訊いても、『店にいたから見ていないので、そんな尋ね方をされても記憶をたどる手掛かりにならない』です。態度からして嘘をついているようには見えないんですけどね」

私は言わずにおれない。

「そんな頼りない人をアリバイ工作に利用しようとは思わんでしょう。もし自分やったら、殿村から声を掛けられても『あ、この人はあかん』と思うて避けますよ。曖昧なところに信憑性があって、彼のアリバイは本物かも」

「でも有栖川さん、富塚兼良がアリバイ工作をしようとしたのなら、頼りない人こそ証人にふさわしいんですよ」

「あ、そうか」

「ちょうどいい塩梅《あんばい》やなんていう人、何を基準に見分けたらいいんでしょうね」

そんなものはない、が火村の見解だった。つまり、富塚兼良のアリバイは信じられる、ということだ。

「森下さんは、火球のトピックに言及しながら殿村氏に日付を確認したんですね？」

「はい。彼らが飲んでいたという時間のことですが、『その日、家に帰ってからテレビで観た』とか『そのニュースを観たのは、富塚さんと会う前の日だった』とか思い出してくれたらいいな、と考えたんです」

「私は、殿村氏がグルである可能性も頭に置いていました。曖昧さの残る証言で警察を焦《じ》らしてから、『思い出しました。彼と会った夜、帰ってから火球のニュースを観ました』とやれば真実味が増す。そう考えた上で高等戦術を練ったのでは、と」

「高等か？」と私。

「有栖川先生から見たら浅知恵だろうけれど、彼らがそう考えたかもしれないってことだ。——しかし、そうではなかったようですね。火球の話が出ても『さあ』では、『思い出しました』と言うきっかけがないのではありませんか？」

「『きっかけがない！』と言い切れんか？」

「トリックがないことの証明は難しいから、慎重を期したまでだ。言い切ってもかまわない。富塚兼良のアリバイは本物だ」

ルームミラーに映る森下は、口許をほころばせていた。

「となると、富塚蝶子が怪しくなりますね。彼女が嘘をついていることを、火村先生がずばり指摘する現場が見たいものです」

火村はというと、過度に期待されることを警戒した。

「そちらのアリバイも曖昧さを伴っていましたね。証人は学生時代からの友人だけ。綿密な打ち合わせをして口裏を合わされたら、突き崩すのは厄介です」

「先生ならば」

「嘘が見破れたとしても、それでたちまち蝶子が犯人だと決定するわけでもないでしょう」

「はい。でも、犯人だったら偽アリバイが崩れたことに激しく動揺しますよ。脆《もろ》くなったところへ私たちが総力を挙げて攻撃します」

「脆くするだけでええんやったら、なんぼか気が楽やろう」

私が言うのに応えず、火村は窓を向いたままだった。蝶子たちとの対面を前に策を練っているようにも見える。

　富塚蝶子の家は、八野邸と同じく閑静なエリアにあった。和洋折衷《わようせっちゅう》のどっしりとした家ではあったが、補修が追いつかずに老朽化による傷みが隠せない。森下によると、二つのアトリエを含めた独特の間取りだというから改築も難しく、売るとしても土地の値しかつかないらしい。付近の相場からして、それでも四、五千万円にはなると見込まれていた。

　外から見ただけでは判らないが、中に通されると富塚邸は広い中庭を抱き込んでいた。四月になれば春咲きの花々が色彩豊かに花壇を飾り、五月になれば薔薇《ばら》棚が華やぎ、明るい日差しを浴びて蝶たちが舞うことだろう。

　亡き画伯は蝶をいたく愛したそうで、田園や深山の渓谷のみならず海原を描いた作品でも画面のどこかに蝶が飛んでいる。娘の名前も、蝶子以外には考えられなかったのかもしれない。

　四方の壁に六枚の版画が掛かった応接室。そこで私たちは二人の女性と相対することになった。蝶子が友人の白井美澄《みすみ》をその場に立ち会わせるべく呼んでいたのだ。

「お二人からは、別々にお話を伺いたかったんですけれど……」

　勝手なことをしやがって、ということなのか、森下はこの展開を歓迎しなかった。招いてしまったのは仕方がないので、個別に話を聞く必要が生じたらもう一人に席をはずしてもらう、ということになった。

　富塚蝶子は四十三歳と聞いていたが、若々しくて三十代半ばに見える。お嬢様育ちらしいおっとりとした落ち着きを漂わせた細面《ほそおもて》の美人だった。美人という表現は作家として芸がないが、そう評するのが一番早い。ひらひらとしたラッフルカラーの白いブラウスがよく似合っていて、控えめに色香が滲《にじ》み出ていた。長い髪は束ねて背中に垂らしている。ソファに腰を下ろす際、友人の白井美澄が軽く手を貸した。

「ありがとう」

「今日はまた調子が悪いみたいやね」

　そんなやりとりが交わされる。私たちに聞かせるために言ったようにも聞こえた。

「蝶子さんは、ふだんこんな感じです。立ったり座ったりもスムーズにいかない。膝の具合がよろしくないので、手荒なことはできません」

　白井は、きっとした目で私たちに言った。

　こちらは長身でショートヘア。やや肉付きがよく、存在感がある。顔の輪郭は丸みを帯びていて、蝶子と対照的だった。カールした睫毛《まつげ》の下のぱっちりと大きな目がしきりに瞬《まばた》くのは、緊張のせいと思われる。

「階段の上り下りにも苦労しますか？」

火村が尋ねた。

「上りはそうでもありませんけれど、下りる時は一段ごとに膝に響きます。まだ四十三なのに、こんなことでは先が思いやられますね」

「治療はなさっているんですか？」

「はい。一年前に市立病院で関節リウマチと診断されました。筋力のトレーニングを続けていて、できることなら手術は避けたいと思っています」

「男性より女性の方が膝に問題を抱えることが多いと聞きます。お大事に」

二人の女性は、ちょっと顔を見合わせた。この犯罪学者の先生とやらは紳士じゃないの、と好感を持たれたのかもしれない。

白井美澄が、両膝に手を置いて言《よ》う。

「事件の現場は歩道橋でした。選りによって歩道橋。蝶子さんがそこで誰かに暴力を振るうやなんて、考えられません。階段を上ったり下りたりするのが苦手なんですから」

「よく承知しています」森下はいったん認めて「しかし、階段の上り下りが困難とまではお見受けしません。寝室はこのお宅の二階だそうですから、日常的に階段をお使いでしょう」

白井の口が、まあ、と言う形になった。声は出さずに。

「膝が痛むようになったからといって、寝室を一階に移すのは大変です。だから、蝶子さんは手摺《てす》りに摑まって毎回ゆっくり上り下りしているんですよ。それを刑事さんはご覧になっていないでしょう」

蝶子が友人の背中を軽く叩くと、スイッチを押されたかのように白井はぴたりと黙った。

「警察は、リウマチのことをご存じなのに、私に疑いの目を向けたままなんです。どうしたら事件と無関係だと判ってもらえるんでしょう。事件の夜は美澄さんと一緒だった、と言ってもアリバイを認めてくれません。自分の無実を証明する方法が見つからず、弱っています」

蝶子は、火村と私の顔を交互に見ながら言った。森下が渋い顔になると、今度はそちらに、

「警察は、美澄さんをアリバイの証人とは認定しないんですね？　友人だから偽証しているのだろう、と決めつけるのは納得できません。私たちが嘘をついているとおっしゃるのであれば、痛いところを突いてぎゃふんと言わせてみてください」

いささか挑発的だったが、まったくもってそのとおりである。もしも彼女が真犯人

だとしたら、堂々たる宣戦布告である。

火村は気負った様子もなく、緩い調子で応じた。

「事件があった二月二十一日の夜、お二人が梅田のカフェで一緒だったことを証言してくれる第三者がいれば万事解決なのですが、お心当たりはありませんか？」

「しつこく訊かれて、美澄さんと二人でよくよく考えました。皆さんがいらっしゃるまでもその話です。お店の従業員さんが覚えてくださっていたらよかったんですけれど、大きなお店でお忙しくなさっているから、駄目だったんですね。となると、他には……」

「……ねえ」

二人で嘆《なげ》く。

「意外なところに証人がいるかもしれませんよ。諦めるのは早い」

「早いだなんて言われても、さんざん考えました」

「逆に考えましょう。カフェにいる間に、周囲で何か記憶に残る出来事はありませんでしたか？　ウェイトレスがグラスを落としたとか、お客が口論を始めたとか」

「そういうハプニングはありませんでした」

「隣の席にどんな人が座っていたか、覚えていませんか？」

「空席ではなかった、ということしか……。何回か人が入れ替わった気もします」

白井も隣で頷いていた。

「こんなやり方では、埒《らち》が明きませんね。やはりお二人に別々にお訊きした方がよさそうだ」

火村が言い終えるなり、白井が腰を浮かせる。

「私が席をはずしましょう。お庭にでも出ています」

「待って」蝶子が止める。「あなたが先に先生方と話してちょうだい。私は教室に行って、明日の準備をする。その間にエアコンを入れて部屋を暖めておくから」

「それがええの？」

「そうして」

友人を了解させた蝶子はそろりそろりと立ち上がり、応接室を出て行った。

「では、何でもお尋ねください」

白井は居住まいを正し、質問を促した。これから囲碁か将棋の対局が始まるかのようだ。

「お二人は、よく会ってお話しなさるんですか？」火村がまず一手。

「以前は数ヵ月に一度ぐらい。彼女が兼良さんと別居を始めてからは、月一度ぐらいのペースで」

「親しくなさっているわけですね」

「はい。だけど、仲のいい友人だからこそ彼女が罪を犯したのなら迷わず自首を勧めます。アリバイ作りの片棒を担《かつ》いだりはしません」

威勢よく胸を叩かんばかりに、きっぱりと断言した。さらに言う。

「私は竹を割ったような性格で、嘘が言えません。お話しするのはすべて本当のことです」

「大いに助かります。――蝶子さんとは高校時代の同級生ですね？」

「はい。その頃は、あまり親密ではありませんでしたけれど」

卒業した三年後の同窓会で話が弾み、一緒に旅行をする仲になって、結婚後も交遊が続いている、と語る。白井が結婚生活に悩み、離婚に踏み切る際は親身になって相談に乗ってくれた、とも。

専業主婦だった白井は、離婚後、人材派遣会社に紹介される短期の事務職で生計を立てているが、契約が切れてここひと月はフリーだった。節約に慣れているし、不倫が原因で別れた夫から得た慰謝料が手つかずで残っているため、生活苦には陥っていないそうだが、先行きは何かと不安だろう。目下、介護士の資格を取るため自宅で勉強中だという。

「女二人で何とかやっていっています。私は、蝶子さんに何の借りもありません。ただの対等な友だち。警察に嘘をつくよう頼まれたとしても、素直に従う義理もないんです」

そこだけは誤解しないでくれ、という訴えだった。

「判りました。――二十一日に会ったのは、ただおしゃべりをするためですか？」

「友人とのおしゃべりは最高の気晴らしです」

「いつも延々と雑談を？」

「最近は深刻な話題も出ます。蝶子さんがお父さんから相続した借金について。お金のことですから私は何の力にもなれず、困ったねぇ、としか言ってあげられませんでしたけれど」

「蝶子さんは、どうするおつもりだったんでしょう？」

「考えたって解決策は一つしかないんです。この家を売却すること。『せめてその決心が着くまで時間が欲しい』と、淋しそうな顔をしていました」

「浮田真幸さんが亡くなって、売却の必要はなくなったようですが」

「それで喜んでいるわけでもありませんよ。警察に痛くもない肚《はら》を探られて、精神的にダメージを受けています」

「返済を迫ってきた人について、何か聞いていますか？」

「八野さんとおっしゃるんでしょう。聞いていますよ。『生前に父が借りたお金を返す義務が私にはあるけれど、父は貸してくれた人が困っている時に金銭的な援助をして、その分を返してもらっていない。向こうはそれと相殺《そうさい》したつもりだったはずなのに、息子さんが態度を変えた』と愚痴《ぐち》っていましたね。人生は浮いたり沈んだり、助けたり助けられたり。それを都合のいいところで切られてはかなわないな、と私は思います」

蝶子にも大いに言い分があるようだ。

「亡くなった浮田真幸さんについても、蝶子さんからお聞き及びですか？」

「ネイリストだそうですね。ええ、聞きました。蝶子さんは、その人への恨み言などは洩らしていませんでしたよ。ただ溜め息をつくばかりでした」

「二十一日に会うことは、どちらの提案だったんですか？」

「私です。一週間ほど前に声を掛けました」

「どうせなら夕食もご一緒すればよかったのに」

「当初は行きつけのレストランに行くつもりだったんですけど、私に仕事の口が入りかけたので、間際になって時間を変更し、お茶だけになりました」

「お勤め先が見つかったんですね？」

「いいえ。こちらの早とちりで、まとまりませんでした」

「レストランの予約はキャンセルしたんですか？」

「予約は入れていなかったんです。いつも席がふさがらない店なので」

「何というレストランですか？」

「〈パトゥリア〉。カジュアルなイタリア料理店です」

「就職についての用事がなくなったのなら、蝶子さんに電話して夕食に誘うこともできたのではありませんか？」

「予定がころころ変更になったら迷惑だと思って、しませんでした。この頃は、お茶を飲んでだらだらしゃべるのが私たちの流儀ですし」

「いつもお茶だけですか。お酒を飲みには行かない？」

「蝶子さんはお好きなんですけど、私は下戸《げこ》なので」

こんな話を続けて何か判るのだろうか、という気がしてくる。森下も焦れているかもしれない。

「カフェで話している時、別居中の兼良さんのことは話題に出ましたか？」

「『復縁を期待しているみたいで鬱陶《うっとう》しい』といった意味のことを」

「未練なのは旦那さんだけですか。何が原因でそうなったんでしょうね」

「もともとは、駆け出しデザイナーだった兼良さんがアルバイトをしていた画材屋に買い物にきた蝶子さんを見初めて、彼女は押し切られたんですよ。女は好かれて結婚するのが一番、なんて古い言い草を信じたのが間違い。兼良さんの人間性について、私はよく存じ上げませんけれど、蝶子さんの目には細かな言動がいちいち無神経でがさつに映るようです。彼なしで生きていけたらどんなに清々《すがすが》しいだろう、と思ったら我慢ができなくなって、ああいうことに」

「難しいものですね」

「先生は独身ですか？　ええ、時として結婚生活というのは難しいですね。私の場合は、亭主が浮気性だったので離縁した理由が判りやすいんですけれど」

「色々とデリケートなお話をなさったようですが、どうせならもっと静かな落ち着いた店を選べばよかったのでは？」

「騒がしいぐらいのカフェがいいんです。隣の席に声が届きませんから。長居ができるのが肝心」

「いつも同じ店で会うんですか？」

「蝶子さんのお気に入りです。梅田に出たらしょっちゅう独りで入るそうですよ」

「しつこくて恐縮ですが、二十一日という日付に相違ありませんね？」

「はい。木曜日で、火球が落ちた夜」

「それはご覧になっていないのでしょう？」

「店を出たら、街を歩いている人が話していました。『さっきの火の玉は何やったんかな』『隕石《いんせき》やろう』と。最近、HEP NAVIOのあたりでよくヴァイオリンを弾いている外国人がいます。南米系らしい男性です。帰りしなにその横を通り過ぎようとしたら、『星に願いを』を演奏していました。それが上手なんです。十人ぐらいの人が『ロマンティックやわぁ』と言いながら聴いていて、曲が終わったら大きな拍手が沸いていました」

極めて具体的な証言だ。白井美澄が嘘をついていないとすれば、日付を錯誤している可能性はなくなった。

「『星に願いを』というのは、どんな曲でしたっけ？」

「有名なディズニー映画の主題歌ですよ。『ピノキオ』やったかしら」

彼女が正確な音程でハミングしたのは、まさにその曲だった。

「そのミュージシャンに訊いたら、あなたと蝶子さんのことを覚えてくれているかもしれませんね」

「無理ですね。人がいっぱい集まっていたし、何日も前のことやし、私たち、その人の前には立ちませんでしたから」

「さっさと通り過ぎた？」

「少し歩調を落としたかもしれません」

「ミュージシャンの服装は？」

「覚えていませんよ」

当夜のことを火村はさらに訊いたが、取り留めのないやりとりにしかならない。やがて質問も尽きたようで、白井の協力に礼を述べた。

「もうよろしいですか？　では、蝶子さんと交代します」

わずかに安堵の表情を浮かべて、彼女は出て行った。森下は、火村に感触を尋ねようともしない。まるで手応えがなかったことに失望しているらしかった。

8

膝をかばいながら腰を下ろした蝶子は、「始めてください、先生」と火村に言った。彼が質問者であることを、白井から聞いたのだろう。

「梅田方面によくいらっしゃるようですね。白井さんと会ったのは行きつけのカフェだとか」

前置きなしに胸を衝《つ》かれた気がしたのか、蝶子の眉間が曇る。

「色々なお店を覗きながら街をぶらぶら歩くのが好きなんです。膝が悪いと言いながら変だ、と思われますか？　平らなところはへっちゃらです。この頃はバリアフリー化が進んでいて、いたるところにエレベーターやエスカレーターが設置されています」

「広いお宅に独りで暮らしていらしたら、掃除だけでも大変でしょう」

「だからまったく行き届きません。ローテーションを決めてお掃除をしているんですけれど、油断をすると空き家でもないのにすぐ蜘蛛《くも》が巣を張る。蜘蛛というのは本当に失礼ですね。季節ごとの花を植えたりはしますが、素人《しろうと》が片手間にいじるだけなので庭も荒れてしまいました」

「でも、この家に深い愛着を感じておられる」

「両親との、特に父との想い出がありますから。童謡の歌詞ではありませんが、私の成長を記した柱の瑕《きず》も残っています。この古い家でこの庭を見ながら細々と暮らせたかったそうですが——」

「八野さんから返済を迫られたお金を返すには、この家を売却する以外に選択肢はなかったそうですが——」

「諦めるしかありませんでした」

「浮田さんがお亡くなりになった後、八野さんから連絡はありましたか?」

「一度だけ。『あの件は、ひとまず棚上げにします』とのことでした。『感謝いたします』とも言えず、私、何と申したらいいのか判りませんでした」

「このまま立ち消えになるかもしれない」

「どうですか。虫のいい期待はしておりません」

兼良との別居についての質問には、不快感を露《あら》わにし、事件の捜査に関係ないことを理由に返答を渋ったが、ついには言いにくそうに語る。

「あの人との生活は何かと気詰まりだったんです。趣味も合わず、わくわくする瞬間もない。それだけが理由で別れたがるのはひどい身勝手なんでしょうけれど、一度だけの人生ですから、満たされぬ気持ちのまま我慢を続けることはできませんでした。——美澄さんに言わせると、そうなった根底にあるのは私のファーザー・コンプレックスなのだそうです。私自身にそんな意識はなかったんですけれど……父とあの人を比べる癖《くせ》はありました」

火村や私と同じく独身の森下が「はあ……」と神妙な顔で聴き入っていた。

「借金の件を兼良さんに相談なさったりもしていないんですね？」

「言うまでもありません」

〈あの人〉でしかなくなった男に頼るほど鉄面皮《てつめんぴ》ではない、と言いたげだ。

愛する家が守られた今の心情については、「ほっとしています」とだけ答えた。

事件当夜の話に移るが、蝶子にいくらしゃべらせても白井の証言と齟齬《そご》がなく、細部まで口裏を合わせているのだとしたら実に巧《たく》みだ。会ってそんなに時間が経っていないが、この二人にはそういう几帳面さがあるようにも見受ける。

「カフェにいる間に、何か変わったことはありませんでしたか？　お客同士が口論するとか」

「ございませんでした。あればアリバイを認定してもらいやすかったのですけれど」

聞いているうちに、じわじわ違和感が込み上げてきた。二人の受け答えは、あまりにも見事に一致している。覚えていること、覚えていないことがまったく同じなのだ。普通であれば、多少は記憶していることに違いが出そうなものなのに。やはり入念な口裏合わせをしている気配があるが、返答が合致しているから嘘をついていると結論づけるわけにもいかない。

　蝶子と火村のやりとりは快調なテンポになり、いつしか二人の顔には薄っすら笑みが浮かんでいた。テニスか卓球の練習でラリーを楽しんでいるような感じに陥っているのだとしたら、捜査にならない。

　ストリートミュージシャンが『星に願いを』をヴァイオリンで弾いていて、その前を足早に通り過ぎた話になっても、証言にブレは生じない。

「どんな曲か歌っていただけますか？」

「恥ずかしいですね。アリバイを証明するためなら歌いましょう」

　彼女がハミングし、途中から火村も合わせて、ますます空気が和む。いつにないことで、森下は戸惑っているようだ。

「立ち止まって聴いている人たちは、どんな反応をしていましたか？　その時の様子を思い浮かべながら答えてください」

「『ロマンティックね』と言いながら十人ほどが聴き入っていて、演奏が終わるとパチパチと拍手をしていました」

「火球を見たばかりの人は、特に楽しんだでしょうね。――演奏は上手でしたか？」

「とても。ぽーっとなりそうでした。お酒が入っていたせいもあるかしら」

ふっ、と火村が息を吐いた。

「お茶だけでアルコールは口にしていなかったはずですが」

しくじりに気づいた蝶子の口許から笑みが消えた。黙り込むのもまずいと思ったか、失言を取り繕おうとする。

「ええ、はい。あのカフェはお酒を出しませんものね。別の時の記憶と混ざってしまいました。——まさか、今のひと言だけで私のアリバイが崩れたなんておっしゃらないでしょう、先生?」

火村は、人差し指で唇をなぞりながら答える。

「私たち以外に二人がこの場に立ち会っていますが、あなたが『あら、そんなこと言いましたか?』と否定なされば水掛け論になる。録音していませんでしたからね」

「おかしなことを申して、失礼しました」

蝶子は、森下と私にも詫びたが、どう反応していいか判らない。容疑者のとぼけた弁を押し返さなくてはならない場面なのに、さらりと流されてしまいそうだったが、火村は摑んだ尻尾を離さなかった。

「何回もアリバイという言葉を口にしますね。その有無だけで犯人かどうか決まるわけでもないのに」

「アリバイの証明こそが、無実だと判ってもらう早道でしょう。おかしな態度だとは思いません」

蝶子は、強風に耐えるように表情を強張《こわば》らせて言い返した。平静を保とうとしているが、動揺の色は隠せない。

「富塚蝶子さん」

あらたまって名前を呼び掛けられ、彼女は身構える。

「何ですか？」

「私は、あなたは犯人ではないと考えています。不確かなアリバイを立証してあげようとしていたんですよ。なのに、思わぬところで口を滑らせましたね」

「はい？」

この声は蝶子ではなく、森下が発したものだった。犯罪学者が何を言おうとしているのか、私にも判りかねる。

「……どういうことですか？」

「ご説明しますよ。――ただし、その前にあなたの告白を伺いたい。事件のあった夜、白井さんと一緒だったというのは事実ではありませんね？」

「事実ですよ」

「少しは考えて答えたらどうです？　繰り返しますが、私はあなたが犯人ではないと考えていて、警察に説明することができる。信じてください」

森下が慌てた。

「先生、それなら今ここで話してください。状況に付いていけません」

若い刑事をやんわりと制して、火村は蝶子の説得を続けた。

「外聞《がいぶん》を憚《はばか》る事情があるのでしたら、秘密は固く守ります。背負っている荷物を降ろしましょう」

汗をかいているわけでもないのに額を何度も擦りながら、彼女はしばらく逡巡していた。火村が差し向けた船に乗るべきか乗らざるべきか、決断できず迷っているふうだ。

「ああ、ためらっていますね。これまでの供述が事実ではないことを打ち明けたのも同然です。話すなら今ですよ。私があなたに面談できる機会は何度もないし、話してくださらなければ警察にプライバシーを徹底的に洗われかねません」

「もう洗われていますけれどね」

皮肉を一つこぼしてから、蝶子は火村の説得に応じた。これまでの話は事実ではない、と。

「誰と、どこに、いらしたんですか？」

火村は、すかさず尋ねる。

「梅田にいたというのは本当です。一緒にいたのは美澄さんではなく、男性です。四十代半ばぐらいで、背の高い人で……そういう人です」

うまい婉曲《えんきょく》表現が思いつかなかったのだろう。〈行きずりの男性〉という言い回しを避けるのが精一杯だった。

火村は淡々と尋ねていく。

「どうやって知り合ったんですか？」

「バーで隣に座った方です。ふと言葉を交わしたら話が合ったもので、店を替えて遅くまで一緒に――」

「何時から何時まで？」

「九時過ぎから夜が更けるまで、です」

「終電近くまで飲んで別れたんですか？　あるいは、その後も？」

「……ご勘弁いただけますか」

火村は相手が根負けするまでじっくりと粘《ねば》り、彼女が初対面の男性と入った店のみならず、ホテルの名前まで聞き出した。蝶子は苦痛に感じたであろうが、ホテルにチエックインしたのなら防犯カメラに録画されたはずで、アリバイを立証できる。

「お相手の名前や連絡先を教えていただけますか？」

森下がソフトに尋ねるが、名前は聞いたが覚えておらず、携帯電話の番号を書いたメモも捨てたと言う。事後にわれに返り、付きまとわれるのが怖くなったという理由で。しかし、ホテルのカメラに彼女が映っていれば問題はない。

「お願いですから、秘密は必ず守ってください。あの人に知られたら、離婚の申し立てに際して私の希望が通りにくくなります」

蝶子は、汗のない額をハンカチで拭《ふ》いていた。

「ご心配なく」森下が確約する。「捜査上の情報は外部に漏洩《ろうえい》させません」

浮田真幸が転落死した件で警察から連絡があった際、蝶子は狼狽《ろうばい》した。ネイリストが死んだ夜の所在を訊かれるのは必至で、それはどうしても秘したい。事件と無関係なのにプライバシーを侵されるのに耐えられなかった彼女は、心安い友人に「一緒にいたことにして欲しい」と頼み、口裏を合わせてもらったのだ。片棒を担いでもらうにあたって、ただ「男性といた」とだけ明かして。

「美澄さんは、警察に嘘をつく手伝いを頼まれて、びっくりしていました。でも、わけを話したら『そのことが巡り巡って兼良さんの耳に入ったらまずいね』と言って、無理を聞いてくれたんです。彼女は悪くありません。お怒りは私だけに向けてください」

座の空気が弛緩《しかん》していったせいで、私はつまらぬコメントをする。

「お二人とも演劇部だったんですか？　息がぴったりでした」

「演劇の経験なんて二人とも学芸会だけです。打ち合わせからはずれたことは言わない、想定外の質問には『判りません』としか答えない。その方針を通しただけです」

火村は、ソファにもたれかかって腕を組んだ。

「その夜、実際に梅田にいたあなたが白井さんに『こんな感じでお願い』と台本を渡し、呑み込んでもらったようなものですか。白井さんの負担は大きかったでしょうね」

「無茶を言ったものです」

「彼女は、一つもミスを犯しませんでした」

「私がしくじっていたらお笑い種《ぐさ》です。何をさて措いても、嫌なことを頼んでしまった美澄さんに謝ってきます。ちょっと失礼して、席をはずさせてください」

やけに性急だが、火村は蝶子を止めない。

「もう小細工をなさる意味がなくなりましたから、かまいませんよ。嘘をつかなくてよくなったことを伝えたら、また入れ替わりに白井さんにきてもらいたい。一つだけ、私から白井さんに確認したいことがあるんです」

「かしこまりました」

彼女が部屋を出たところで、たまりかねたように森下が立ち上がった。

「様子を見てきます。先生は気前よく了承なさいましたけれど、新たな嘘の打ち合わせをされたらたまりませんから」

ドアが閉まるなり、私は火村に尋ねずにはいられない。

「なんで彼女がシロやと思うんや？　ここへくる車の中では、八野由潤と富塚兼良のアリバイはトリックで偽装されたとは考えにくいと言うてたから、蝶子が犯人と絞り込んだのかと思うたのに」

「絞り込んだりせず、虚心に彼女と向き合った。すると、いきなり知らない事実が出てきたじゃないか。彼女は膝が悪かった。一年前に病院で関節リウマチと診断されたそうだから、事件の容疑者になることを想定して身体的ハンデを負っているふりをしているのでもない」

「リウマチというても重症でもない。寝室は二階やし、頻繁に出歩いてるんやから、浮田真幸を歩道橋の階段から突き落とすぐらいはできたやろう。どういう根拠をもって犯人やないと考えた？」

「車載カメラの映像と照らし合わせると、犯人たり得ない」

吹田署で鮫山警部補が三つ見せてくれたが、犯人の影さえも映っていなかった。私には無価値に思えたが、彼はそこから意味を汲み上げたらしい。

「映像1は重要じゃない。九時五十一分に被害者がコンビニ前で煙草を吸いながら電話をしていたことは、電話の相手の証言があって確認済みだ。五十五分に撮影された映像2には、歩道橋を上っていく被害者が映っているから重要」

「五十七分に撮られた映像3の重要度も、大して高くはないな。階段の下に落ちた被害者の頭らしきものを捉えてたけど、犯人の姿が映ってない。犯行時刻が五十六分頃やというのは、映像2で判ってる」

この解釈が違った。

「重要なんだよ、映像3は。犯人が映っていないことに意味がある」

「突き落として、大急ぎで逃げたから映ってないんやろう。車が途切れてる間に」

「五十五分に階段をゆっくりと上りかけている被害者を撮影した車が通過した後、信号が赤に変わって車が途切れる。だから、被害者が橋の南側から北側に移動し、犯人がそれを追うところを撮った映像は存在しない。そして、人間もカメラも見ていない間に、橋の北側で犯人は階段から突き落とす。被害者が南側の階段をゆっくり上って北側の階段の上にたどり着くまで、三十秒はかかったはずだ。被害者が絶命したかどうかも確かめることなく犯人が身を翻《ひるがえ》したとする。南側の歩道橋を駈け下り、トンネルに姿を消すまで何秒かかっただろう？」

「……三十秒近くかかるかな」

「合わせると約一分。だとしたら、映像3に映っていなくてはおかしい。赤信号が青信号に変わるまでは四十五秒しかないんだから」

説明は容易につく。

「信号が変わって車がきた。運転手に見られたらまずい。車載カメラに映るのもまずい、と犯人が思うて、とっさに屈んだんやろう」

「素早く屈めないだろ、富塚蝶子は」

「ああ……」彼が言わんとするところは理解した。「素早くは無理でも、そーっと屈むことはできたやろう。で、そのままごそごそと南側へ移動する。南から誰かやってきたら困ったことになるけど、そうするしかない。歩道橋の端から端まで動くのに一分以上かかったかな。膝が痛んで、屈んだまま歩くのが無理やったら、じっとして次の赤信号を待ったらええ」

「結果として、南からやってきた通行人はいなかったけれど、それじゃ駄目なんだ。信号が再び赤に変わるのを待ち、車が途切れてから階段を下りようとしたら、もう手遅れだ。東から警邏中の巡査二人が接近しつつあったから。巡査らは不審な人物を目撃していない。犯人は、すでにトンネルの向こうに去っていた。つまり、膝の悪い蝶子にできない動きをしていたんだ」

「そういうことか」

パタパタというスリッパの音が近づいてきて、白井美澄が神妙な顔で現われる。ぬけぬけと嘘を積み重ねていたので、非常にバツが悪そうだった。森下に背中を押されるようにして部屋に入り、ソファに腰掛ける。

「本当のことをお話ししていませんでした。申し訳ありません」

深々と頭を下げたが、火村は「それは結構です」と撥ねつけるように言う。不遜《ふそん》とまではいかずとも、邪険に思えた。警察に代わって遺憾の意を表明しているわけでもあるまい。

「お怒りはごもっともです。大変失礼なことをしてしまいました」

「蝶子さんに頼まれて、ひと肌脱いだんですね？」

「長いお付き合いです。助けてあげるのが友だち甲斐《がい》だと考えまして……」

「警察を相手にひと芝居を打つのは度胸が要ったのではありませんか？　よく引き受けましたね。頼まれた時は驚かれたでしょう」

「それはもう。ありのままを警察に話すように助言すべきでした。すみません」

重ねて低頭する相手を見据えて、火村は言い放つ。

「済んだことは、もういいんです。お訊きしたいことが一つあるので、今度は正直に答えてください。——二月二十一日の午後十時頃、あなたが梅田のカフェにいたというのは事実ではありませんでした。では、どこにいたんですか？」

彼女は、膝のあたりに視線をやったまま目を見開く。

「……私のことをお尋ねですか？」

「ええ。あなたがどこで何をしていたのかが知りたいんですよ」

あんたが犯人なんだろう、と糾弾《きゆうだん》するに等しい尖った語調だった。

9

二月二十一日の夜、十時頃まで一緒にいたことにして欲しい。浮田真幸さんが殺された時間のアリバイを作りたいので。

富塚蝶子から相談を持ち掛けられた時、白井美澄は愕然《がくぜん》とし、「わが耳を疑った」と証言した。それはそうだろう。浮田を殺害したのは他ならぬ白井自身だったのだから。

蝶子の身に降りかかった災難を知った白井の胸の裡で、激しい怒りの炎が熾《お》こった。友人を見舞った理不尽への憤《いきどお》りではない。自分がひそかに当てにしていたものを強奪されることに激怒したのだ。

友人の言質《げんち》を得るには至っていなかったが、白井はこっそりとある計画を立てていた。夫と別居して気ままな独り暮らしを楽しむ友人も、日々の暮らしに追われる自分も、いずれは高齢者となって身寄りのなさを不自由に思う時がくる。その時、気の置けない同士が生活をともにして助け合えたらどんなに都合がよいであろう。蝶子は四十代前半にしてもう膝の具合が悪く、様々な体の不調が出てきて悩むことが予想される。そんな彼女の広すぎる家に自分が同居し、世話を焼いてやれたら互いにメリットが大きい。あるべき理想の未来図に思えた。介護士の資格を取得しようと勉強を始めたのも、そんな未来図の実現へのステップのつもりだった。

ところが、計画を根底から覆す危機が訪れる。ある女の〈集り〉にも似たおねだりが元で、蝶子が家を売り払わなくてはならない雲行きになってきた。あの家を彼女が手放すことはあってはならない。何の約束もしていないけれど、自分の計画が崩れてしまう。

蝶子から悩みを打ち明けられた後、白井は〈集り屋〉のネイリストの身辺を調べだした。愛人としての瑕疵《かし》——若い恋人の存在など——があれば、証拠を握ってパトロンに告げ口し、おねだりを無効にしてやろうと考えたのである。失職中だったおかげで、自由な時間はたっぷりあった。

尾行の際は、人込みに紛れやすいように特徴のない地味な服を選んだ。また、跡をつけているのがバレかけた時のために、数年前にハロウィンパーティの仮装で使ったヘアウィッグ——『リング』の貞子《さだこ》に扮《ふん》した時のもの——を着用した。怪しまれたら、ウィッグを取れば別人にすぐ変身できるように。

二月二十一日は、何度目かの尾行だった。浮田の弱みを握れず、苛立ちが高じているところへ絶好のチャンスが訪れる。夜の歩道橋の上で、彼女と自分の他に誰もいない時間と空間ができたのだ。

あの背中に小走りで追いつき、思い切り突いて、階段から転落させる。殺すとか死なせるとか考えもしなかったが、ネイルサロンのオープンどころではない事態を招けることだけは確信できたという。

こう証言している。

「私に対して意地悪ばっかりしてきた運命が、初めてチャンスをくれたようでした。『ほーら、今だよ。突き飛ばしても誰も見ていない。早くしないと信号が変わるよ』と。うかうかと乗ったのが間違いです。人としてやってはいけないことだったし、運命が親切をしてくれるはずもありません。罠に嵌《はま》った気分です」

この集り屋！

怒声とともに憎い背中を押した後、脱兎《だっと》のごとく逃げようとしたが、信号が変わって車が流れだしたので、いったん屈んで身を隠した。次の赤信号を待ち、階段を駈け下りてトンネルの向こうへ走り抜けたのだが、際どいタイミングだった。現場からの離脱があと一分遅かったら、警邏中の警官たちの目に触れるのは避けられず、不審者として追跡されていたかもしれない。

白井美澄が自供したのは、私たちが会った三日後のことである。鮫山警部補からその報せを受けた火村は、その夜、私にかけてきた電話の結びに言った。

「最後までトロッコ問題だったな」

蝶子の家を守るため、白井は兼良の死を希ったそうだ。彼が急死すれば、借金の返済額に匹敵する生命保険金が蝶子に渡り、すべて解決するからだ。しかし、そんな奇跡は起きないし、まさか自分が兼良を殺害できるわけもない。暴走トロッコを止めるため、太った男を陸橋から突き落とすような真似は無理だった。

「トロッコ問題を真剣に考えすぎた学生の一人が、罪のない太った男ではなく出題者のサンデル教授を突き落としたがった。もちろん、冗談だけれどな。白井美澄も似たような発想をしたんだろう。そもそも悪いのは誰なのか？　トロッコを暴走させた人物だ。ならば、そいつのいる場所へ向けてレールを敷いてポイントを切り替え、トロッコをぶつけて責任を取らせるのが最適の解である、と考えた結果がこれだ」

彼女にとって計算外だったのは、浮田真幸を撥ねてもトロッコが止まらず、方向を転じて自分に突進してきたことだろう。そのように火村がレールを敷いたからだ。

今度こそ暴走はやみ、トロッコはもう動かない。

あとがき

このシリーズの短編集は、本によって収録作の本数や長さがまちまちなのだが、今回は中編三本とコンパクトな短編二本を交互に並べてまとめた。エラリー・クイーンにも同じような構成の本があり、ポーカーの手役になぞらえて『クイーンのフルハウス』と題している。

「船長が死んだ夜」は、『7人の名探偵　新本格30周年記念アンソロジー』のために書き下ろしたものだ。参加作家は、私以外に麻耶雄嵩《まやゆたか》・山口雅也《やまぐちまさや》・我孫子武丸《あびこたけまる》・法月《のりづき》綸太郎《りんたろう》・歌野晶午《うたのしょうご》・綾辻行人《あやつじゆきと》の各氏。新本格30周年＝『十角館の殺人』の出版から三十年というわけで、先の作家の並びはデビューが早いほど後ろになっている。

書名に〈名探偵〉と掲げられているので、火村とアリスのコンビでストレートな犯人当て小説を書いてみた。作中の笠取町は架空の町。後で調べてみると名古屋市に同じ名前の町が存在すると知ったが、「離れているし、まぁいいか」とそのままにした。アリスのしくじりについては作者が言うのもおかしいが、「またかよ」である。

「エア・キャット」は、「オール讀物」誌から「猫特集を組むので猫にまつわる小説を」との依頼を受けて書いた。ミステリを頼まれたわけではなかったが、「猫を絡めて書くなら火村か」ということで、このようなコント風のミステリができた次第である。作中の火村と同じことを私も考えたことがある。まさかそれが小説のネタになるとは。

本書に収録した他の作品には、火村とアリス以外には刑事と事件関係者しか出てこないので、婆ちゃんと朝井小夜子という準レギュラーが登場するこの小品を加えたかった。本作は、文春文庫の一冊として編まれたアンソロジー『猫が見ていた』に収録されていて、同書の巻末には澤田《さわだ》瞳子《とうこ》氏によるブックガイド「猫と本を巡る旅　オールタイム猫小説傑作選」が添えられている。

表題作「カナダ金貨の謎」は、アリスの視点で語られるパートも半分あるが、国名を冠した作品で初の倒叙もの（犯人の視点から描かれたミステリ）。まずタイトルが浮かび、「カナダ金貨がどう事件に関係するんだ？」と自問自答しているうちに、プロットができていった。作中で言及されている「スイス時計の謎」も同じようにして書いたので、読み心地はまるで違うが、二つの作品は姉妹編とも言える。

「あるトリックの蹉跌」は、ＪＴとタイアップしたもので、全体の五分の一が活字になって「ダ・ヴィンチ」誌とそのウェブサイトに掲載された。続きはＪＴ「ちょっと一服ひろば」というサイトにアップされたのだが、そこに入るためにはＩＤ登録の必要があり、未成年は不可という条件がついている。読みたくても読めない方に対して申し訳なく思っていたので、本書に収録できて、ほっとした。煙草《たばこ》にまつわる物語で、作中に〈一服ひろば〉という言葉を出すことをクライアントに求められた。そして、この企画は「おなじみの作品のあの人物たちがスピンオフで登場します！」と謳《うた》われており、火村を登場させるように要請されていた。

ご指名をいただくまでもなく、猫ときたら火村で、煙草ときても火村である。まことに便利な男と言うしかない（自動車のメーカーや販売店のタイアップ広告には決してお声が掛からないだろうが）。「どういう話にするかなぁ、〈一服ひろば〉ってどこだ？」と考えているうちに大学時代の学生会館が頭に浮かび、「あのバルコニーを〈一服ひろば〉にして、そこで学生時代の火村とアリスに何か演じてもらおうか。で、何を？」となり、「ささやかなトリックの案が手許《てもと》にあったな。ささやかすぎて使いかねていたのを投入するとしたら……。もしかして、それこそアリスが講義中に書いていた小説か？」と思いつき、こうなった。二人の出会いのシーンは、シリーズ第一作『46番目の密室』で描いていたが、その時のアリスがどんな小説を書いていたかなど作者自身が考えていたわけもなく、二十四年後に「これだったのか」と発見して不思議な気分になった。

「トロッコの行方」は、トロッコ問題にある状況をミステリに落とし込めないか、と、いうのが着想の起点だった。ドイツ人作家フェルディナント・フォン・シーラッハの『テロ』が同じ思考実験を扱っていたことを執筆後に気づいたが、まったく別の物語である。同書は、テロリストにハイジャックされ、七万人の観客がいるサッカースタジアムに突っ込もうとする旅客機を撃墜した空軍少佐の決断の是非を巡る法廷劇。舞台化（観客が参審員として評決に参加する）され、日本を含む世界各国で上演されている。

この作品の原稿を送信した際、担当編集者の小泉直子《こいずみなおこ》さんは「まだ終わりそうにないのに残りの枚数が少ない。何枚かプリントアウトし忘れた？」と思ったそうだ。作者が狙ったのはトロッコが車輪を軋《きし》ませながら急停止するような幕切れだった。

国名シリーズも本書で十冊目となり、キリがいいのだが、使っていない国はまだまだたくさんある。もっと色んな国名が並んでいる方が賑《にぎ》やかでいいかな、とも思うので、何冊で打ち止めとは決めずに、しばらく続けたい。どうかお付き合いくださいますように。

装画・装丁は、今回も藤田新策《ふじたしんさく》さんと坂野公一《さかのこういち》さん。いつもありがとうございます。お二人にもっと自著を飾っていただきたい、というのも国名シリーズを続ける大きな理由です。今後ともよろしくお願いいたします。

それぞれの作品の初出時には各社の担当編集者の方にサポートをいただき、本書をまとめるにあたっては先にお名前を出した講談社文芸第三出版部の小泉直子さんに大変お世話になりました。感謝に堪えません。

そして最後になりましたが、お読みくださった皆様へ、カナダの二つの公用語で御礼を申し上げます。

Thanks《サンクス》 & Merci《メルシー》!

二〇一九年八月五日

有栖川　有栖

文庫版あとがき

わが国では、エラリー・クイーンの国名シリーズは『ローマ帽子の謎』（一九二九年）から『ニッポン樫鳥の謎』（三七年）までの全十作と久しく思われてきたが、『ニッポン』の原題は『The Door Between』で、勘違いからカウントされてきたことが周知されるようになった。とすればシリーズは全九作。

巨匠の顰《ひそ》みに倣った有栖川版国名シリーズ（長編・短編集の混合だが）は本書『カナダ金貨の謎』が十作目なので、数だけは追い越したことになる。

読み返してみると、あの手この手で本家と差別化を図っているらしい（作者だからそのつもりで書いた覚えがあるのですが）。

「船長が死んだ夜」は、容疑者たちの中から真犯人を特定していくスタイルで、これだけはクイーン流の形式と言えるが——

小品の「エア・キャット」と「あるトリックの蹉跌《さてつ》」は、探偵役の火村にアリスという相棒にして友人（名探偵エラリーに欠けた存在）がいたから書けたものだ。ことに相棒との出会いのエピソードを描いた後者は。

表題作「カナダ金貨の謎」のごとき倒叙形式の作品をクイーンは書いていない。「トロッコの行方」については短くコメントしにくいのだが——まぁ、クイーンならこんなまとめ方はしない。

クイーン流の推理に心酔しつつ、シャーロック・ホームズ&ジョン・H・ワトソンというコンビと一人称の本格ミステリが好きだから、「好きなスタイルを混ぜたらこうなった」「もっと色々なことができるかもしれない」を表現しているのである。

「まだ書けるだろ」

「次は何をやらせるねん？」

と火村・アリスが言っている気がするが、彼らの物語は続きます。国名シリーズも。

文庫化にあたり、クイーン作品を次々に新訳（コクがあるのにキレがある）なさっている越前敏弥《えちぜんとしや》さんに解説をお引き受けいただけたことに感激しています。なんと海外ミステリへの案内付きです。

装画の藤田新策さんと装幀の坂野公一さんには、ノベルス版とはまた趣の違う素敵な表紙を創っていただきました。これは美しくてミステリアス。

また、講談社文庫編集部の栗城《くりき》浩美《ひろみ》さんに（今回も）大変お世話になりました。
ありがとうございます。

二〇二一年七月七日

有栖川 有栖

解説

越前敏弥（翻訳家）

エラリー・クイーンつながり。

有栖川有栖さんとわたしの関係をひとことで言えば、そうなる。この十年余りのあいだにわたしはクイーン作品十八作の新訳を担当し、そのあいだにオンラインも含めて三回お目にかかったが、すべてクイーンがらみのイベントでだった。

たったそれだけのことで、有栖川さんご自身の国名シリーズの記念すべき第十作の解説に指名してくださったのは、身に余る光栄と言うほかない（クイーンのほうの国名シリーズが全部で何作なのかは、説明が長くなるので割愛。数え方によっては九作から十一作のどれとも言えるのだが、ここでは同じ十作ということにしよう）。一介の翻訳者としては、たいしたことを書けそうにないが、有栖川さんの精緻《せいち》な作品とあたたかい人柄の一ファンとして、少しばかり書かせていただく。このあとの文章では、わたしの知るあの気配り上手な心やさしい紳士を「有栖川さん」、作中に登場する名探偵の愉快な相棒を「アリス」と呼ばせてもらおう（ちょうど、作者「クイーン」と探偵「エラリー」の関係のように）。

白状すると、わたしはミステリーの読者としては、受け身の立場に身を置くことがほとんどだ。懸命に知恵を絞って犯人やトリックをあてようと試みるよりも、捜査の細かい過程をじっくり楽しみつつ、話の流れに身をまかせながら、終盤に探偵（役）が披露する快刀乱麻を断つごとき推理にただ耳を傾けるのが楽しくてたまらない。つまるところ、謎を解くよりも「解いてもらうのを見守る」のが好きなのだ。エラリー・クイーンの訳者がそれでいいのかと叱られそうだが、「読者への挑戦」が飛び出しても、受けて立とうという気はあまりなく、さあ、お待ちかねの時間がやってきた、ここまで読んできたご褒美をいただこうとつぶやいて、圧巻の解決編に身を委《ゆだ》ねる。探偵が関係者を一か所に集め、真相を明かそうと言って、それでいてなかなか本題にはいらない、あのじれったい瞬間こそが至福のひとときだ。覇気のないやつだと言われそうだが、事実だから仕方がない。

ところが、以前のリモート対談で、有栖川さんはご自身もそうだとおっしゃっていた。数十年にわたって新本格のトップランナーでありつづけている大作家の口からそんなことばを聞いたのは驚きだったが、同時に、心底ミステリーを愛している人なんだな、とも感じた。物語の終盤が来ると、作品の読者は探偵を囲む登場人物たちと百パーセント同化する、そんな幸福なひとときが訪れる文学のジャンルは本格ミステリーだけだ、という趣旨のこともおっしゃったので、いよいよそう確信した。「坐して聴く」立場に徹する快楽を知りつくした人だからこそ、みずから聴きたいものをひたすら追い求めて、その成果を最良の形で読者に提供できるのだろう。

有栖川さんの作品を読んでいると、折り重なった帳《とばり》が一枚一枚取り去られていくあの瞬間の愉悦、エラリー・クイーンの作品で言えば「怒濤《どとう》の傍点」が立てつづけに文面に躍るあの瞬間の興奮が、しばしば蒸留されたかのように訪れる。もちろん、作者としてそれを実現するには、堅牢なロジックや創意豊かなトリックや計算ずくの伏線が不可欠なのだが、それらを引き立たせているのは、あの悠揚迫らぬアリスの語りだ。アリスはしじゅう脱線して雑学を披露したり軽口を叩いたりするが、そのどれもいやみがなく、適度なユーモアを含んでいて、きたるべき大爆発の瞬間へと心地よい緊張とともにいざなう。言ってみれば、読者の側は、深みがあるのにさわやかなコーヒーを飲みながら、極上のクッキーをときどき食し、炎のショータイムがはじまるのを楽しみに待つ気分だ（有栖川さんはかつて『Xの悲劇』の解説で、わたしの訳文を評して「ビールのCM風になるが、とてもクリアで喉ごしがいい。それでいてしっかりコクとキレがあり」と書いてくださったので、そのお返しのつもりで書いてみた）。

もうひとつ、作者と同名の小説家がワトソン役をつとめ、しかも火村シリーズのアリスが（おそらく）江神の作品を書き、江神シリーズのアリスが（おそらく）火村の作品を書くという、よく考えるとメビウスの輪やクラインの壺みたいなちょっと不気味な時空のねじれた設定が、リアルとファンタジーのあいだの絶妙の空気感を生み出している（この設定はエラリー・クイーンとはかなり異なる）。そのせいもあって、探偵役の外見についての描写が意外に少ないにもかかわらず、圧倒的な存在感を持ち（ここまではエラリーも同じだ）、しかも謎めいた過去をかかえているらしいところ（これはエラリーにはあまりあてはまらない）が、読者を癖にさせる大きな要因のひとつだと言えるだろう。

有栖川さん自身があとがきで「フルハウス」（中編三本と短編二本）と呼ぶ今回のアンソロジー『カナダ金貨の謎』のなかで、最も印象に残ったのは、短編「あるトリックの蹉跌《さてつ》」だった。『46番目の密室』で描かれた火村とアリスの出会いの裏話というか外伝というか真相というか、ファンにとっては最高のサービス作品であると同時に、有栖川さんとアリスの小説作法や謎を組み立てる秘訣を垣間《かいま》見ることができるからだ。

先ほど、わたしは徹頭徹尾受け身の読者だと書いたばかりだが、翻訳者の立場ではそうとばかりは言っていられない。ミステリーを翻訳するときは、つねに作者と読者、両方の視点から作品を読みこんで日本語で再生していく必要がある。たとえば、初読の読者にとってはなんの変哲もなく感じられる物体が実は凶器であったり、犯人の正体を見破る手がかりであったりという場合（『Yの悲劇』のあの凶器とか、『エジプト十字架の謎（秘密）』のあの小道具とか）、作者はそれを目立ちすぎず埋もれすぎず、さりげなく文中に配しているわけだから、翻訳者としてもそれと同レベルの、明瞭すぎず曖昧《あいまい》すぎない訳語を選ばないと、作品全体を台なしにしてしまう。言うまでもなく、エラリー・クイーンは作中の至るところにその種のデータを巧妙に埋めこんでいるから、それらを注意深く掘り出して並べなおすのが訳者の仕事だ。

だから、アリスによる未完の習作の犯人を導き出すにあたって、途中で書き加えられた形容詞ひとつを推論の大きな手がかりとした火村の思考には、大いなる親しみを覚える（つまり、自分がふだんやっていることにかなり近い）。さらに言えば、火村がこの作品で示したほかの解明法のひとつは、翻訳者としての精読において日ごろから（純文学やノンフィクションを読む際にも）実践していることだ。となると、自分も受け身ばかりではなく、「探偵読み」へ転向してもいいのかもしれないが、やはり観客に徹する悦楽にまさるものはない。

ほかの掲載作品にも簡単にふれよう。お節介かもしれないが、ご参考までに、その作品が好きな人なら、エラリー・クイーンをはじめとするこんな海外ミステリーも気に入るかもしれないという例をいくつか付記する（独断と偏見とこじつけによるものも多いのでご注意を）。逆に、それらの海外作品の読者は、ここに掲載された中短編をまちがいなく気に入るはずだ。

「船長が死んだ夜」は、容疑者のちょっとした属性が手がかりとなって鮮やかな解決が導き出されるお手本のような中編。魚の小骨が歯にはさまったように気になっていた些細な問題が最後に解決して、すっきりした。謎めいた船長に興味を持った人は、『Yの悲劇』をぜひどうぞ。そう言えば、有栖川さんはキャラクターについてはクイーン作品をあまり参考にしていないそうだが、わたしのなかで、野上巡査部長はヴェリー部長刑事とぴったり重なり合う。野上萌えの人はかなり高い確率でヴェリー萌えになれるので、『アメリカ銃の謎（秘密）』あたりからどうぞ。
短編「エア・キャット」は二重構造の不思議な語りに気をとられていると、思わぬ方向へ事件が転がっていく。半常連の朝井小夜子と篠宮の婆ちゃんと再会できるのがうれしい。テイストが似ているのは『隅の老人』（バロネス・オルツィ）あたりか？ 翻訳者としては、この作品を英訳しろと言われたら困るだろうな、と思ったものだ（特に結末部分）。

表題作「カナダ金貨の謎」については後述する。

中編「トロッコの行方」は、人命のかかった二者択一の思考実験を手がかりに、実際の事件へと敷衍《ふえん》していった異色作。わたし自身は、320ページのコマチさんと同じ選択をしてしまいそうな気がする（TVの〈火村英生の推理〉シリーズに、野上とよく似た性格の愛称「コマチ」という、優香さん演じる小野刑事が登場するのは、みなさんもご存じですね）。あとがきにもあるとおり、究極の ethical dilemma（倫理のジレンマ）であるトロッコ問題を突きつめたのがフェルディナント・フォン・シーラッハの『テロ』という戯曲で、これは観客全員が評決に参加するため、上演される回によっても国によっても結末が大きく変わるのがおもしろい、と訳者の酒寄進一《さかよりしんいち》さんからうかがったことがある。これに近いテーマを大西洋上の救命ボートを舞台に描いたのが『ライフボート』（シャーロット・ローガン）で、そこに「信頼できない語り手」の問題もからめたお勧めの力作だ。

ついでに、本作は有栖川さんの国名シリーズの十作目にあたるのだから、ここまでの十作についても、同じような感じで、ひとことずつ。中編・短編の場合は、アンソロジー全体ではなく表題作（つまり国名のついた作品）にのみ言及する。

「ロシア紅茶の謎」は、毒殺トリックをメインに据えた切れ味鋭い短編で、結末に哀愁が色濃く漂う。クイーンは中期の『災厄の町』『フォックス家の殺人』でつづけてこのトリックを扱っている。

『スウェーデン館の謎』は、文字どおり「スウェーデン館」と呼ばれる裏磐梯の邸宅を舞台とした長編で、国名シリーズのなかで最も詩情豊かな味わいがある。序盤の和やかな自然描写に心を引かれた人には二〇一九年の大ベストセラー『ザリガニの鳴くところ』（ディーリア・オーエンズ）をお勧めしよう。有栖川さんの国名シリーズはクイーンのそれとは重ならないように国が選ばれているが、『中途の家』のいわば副題（俗題？）は「スウェーデン燐寸《マッチ》の謎」であり、ニアミスだったと言えなくもない（そちらはスウェーデンとはなんの縁もない話だが）。

この作品のメインに据えられているのは「雪の上の足跡」トリックだ。これはチェスタトンやカーなどが使っているし、有栖川さんご自身の「人喰いの滝」(『ブラジル蝶の謎』所収)もそうだ(最近わたしが訳したフレドリック・ブラウン『真っ白な嘘』にも「笑う肉屋」という秀逸な短編がある)。これだけ多くあれば、ある程度似かよった使い方になるものだが、この作品ではテーマと強く結びついた必然性と独創性を感じる。

短編「ブラジル蝶の謎」は、犯人を特定する手がかりも、犯人の使った眩惑的な技巧も、どちらもみごとだと感じた。蝶に囲まれた眩惑の空間に身を置きたい向きには、ドット・ハチソン『蝶のいた庭』をお勧めしよう。

「英国庭園の謎」は、宝捜しや暗号文やアナグラムが詰まった緊張感あふれる中編。メインの暗号について、有栖川さんはあとがきで、作るのは簡単だったと書いているが、いやあ、そんなことはないでしょう、やっぱり。英国庭園なら、クリスティのマープル物との親和性が高そうだが、ここはやはりダン・ブラウン『ダ・ヴィンチ・コード』を推しておこう。舞台がイギリスからフランスへ移るところも似ているし、ほかにも共通要素として、薔薇とか、アレクサンダー・ポープとか……(おっと、これ以上書くとまずいか)。

短編「ペルシャ猫の謎」は、禁じ手すれすれの結末に賛否が分かれるかもしれない。わたし自身は、そんなことより作中に二度出てくる『黒猫の殺意』という翻訳ミステリーの「ひどい駄作」の内容が気になって仕方がなかった。よりによって、「黒猫」（エドガー・アラン・ポー）と『殺意』（フランシス・アイルズ）という大傑作をふたつ組み合わせたタイトルの作品が駄作なんて……。

『マレー鉄道の謎』は日本推理作家協会賞を受賞した長編。「目張り密室」を扱った海外作品として、作中でもカーター・ディクスン（ディクスン・カー）の長編とクレイトン・ロースンの短編が紹介される。あとがきでも言及されているが、クリスティとカーとクイーンのそれぞれの長所を研究しつくし、そこにオリジナルの要素をたっぷり加味した作者による、本格ミステリーの最高峰と呼ぶべき作品である。翻訳者としては、西洋人の名前にまつわるちょっとした聞きちがいが巧みに利用されていることにうならされた。

中編「スイス時計の謎」は、序盤のミスリードの巧みさも、解決編の強靭《きょうじん》さも、国名シリーズ中随一だと思う。わたしは一度読んだだけでは火村の推理についていけず、再読してその美しさに息を呑んだ。作中にもあるとおり、ある小道具が消失したという些細な事実から論理を組み立てていく構成は、クイーンで言えば『ローマ帽子の謎（秘密）』を髣髴《ほうふつ》させるが、パズラーとしての難度では国名シリーズ最難関の『ギリシャ棺の謎（秘密）』クラスの重量級なので、「スイス時計」にはまった読者のかたはぜひ『ギリシャ棺』の鍵を開いてもらいたい。

「モロッコ水晶の謎」は、「ロシア紅茶の謎」以来の毒殺トリックを用いた中編。そんな動機がありうるのか、と個人的に戦慄した作品だ。

長編『インド倶楽部の謎』は、「モロッコ水晶」から十数年を隔てて書かれた久々の国名シリーズ作品（中断していたことに格別の理由はないそうだ）。作中にもあるとおり、クイーンは「インド倶楽部の謎」というタイトルの作品を書こうとして果たせなかったので、半世紀以上の年月を隔てて最適の後継者によって世に出たことを、ダネイもリーも喜んでいるにちがいない。これは、読者としてのわたしが「最も予想しなかった方向」へ転がっていって驚かされた作品だ。

そして、このアンソロジーの表題作である中編「カナダ金貨の謎」。謎のタイプとしては「スイス時計」と同じだが、話の展開も謎解きのスタイルもまったく異なる。国名シリーズとしてははじめての倒叙型、正確には半倒叙型の作品だ。半倒叙と言っても、いきなり犯人側の計画のほころびからはじまるところがおもしろい。また、倒叙のパートは語り手がアリスではないから、火村とアリスについて、ほかの作品にまず見られない描写が多出して、シリーズのファンにはたまらない魅力がある。

この「ほころびからはじまる半倒叙型」を気に入ったかたは、ぜひリチャード・ハルの作品（翻訳されているのは『伯母殺人事件（伯母殺し）』『他言は無用』『善意の殺人』の三作）を見つけて読んでもらいたい。どれも、コロンボや古畑任三郎のスタイルとはひと味ちがう「変格倒叙」の傑作で、未訳の作品にもいくつか独創的なものがある（いつの日か、日本で紹介したいものだ）。


なんだか脱線ばかりしてしまったが、どれかが読者のみなさんの好奇心のアンテナのどこかにふれて、有栖川さんとクイーンの国名シリーズをとことん読み比べてみようと思ってくださるようならうれしい。

ところで、ひょっとしたら有栖川さんは、これまで選んだ十か国の名前にひそかに暗号でも仕込んでいたのではないだろうか。頭文字を並べてみると、こうなる。

ロスブエペマスモイカ。

アナグラムをいろいろ試してみたが、残念ながら、かろうじて意味を成したのは「ロペスV《ブイ》！　燃えますか」だけだった。

だが待てよ、十一作目、十二作目が書かれれば、真のメッセージがあぶり出しのごとく浮かびあがるのかもしれない(有栖川さんのあきれた顔が目に見えるようだ。くだらないことばかり書いてごめんなさい)。

そんなわけで(などとまとめていいのか)、国名シリーズもほかの作品も、次回作を楽しみにお待ちしています。

最前列にすわって。

有栖川有栖 著作リスト（2021年8月現在）

★…火村英生シリーズ　☆…江神二郎シリーズ

〈長編〉

月光ゲーム――Yの悲劇'88――☆　東京創元社（'89）／創元推理文庫（'94）

孤島パズル☆　東京創元社（'89）／創元推理文庫（'96）

マジックミラー　講談社ノベルス（'90）／講談社文庫（'93）／講談社文庫（'08新装版）

双頭の悪魔☆　東京創元社（'92）／創元推理文庫（'99）

46番目の密室★　講談社ノベルス（'92）／講談社文庫（'95）／講談社文庫（'09新装版）／角川ビーンズ文庫（'12）

ダリの繭★　角川文庫（'93）／角川書店（'99）／角川ビーンズ文庫（'13）

海のある奈良に死す★　双葉社（'95）／角川文庫（'98）／双葉文庫（'00）

スウェーデン館の謎★　講談社ノベルス（'95）／講談社文庫（'98）／角川ビーンズ文庫（'14）

幻想運河　実業之日本社（'96）／講談社ノベルス（'99）／講談社文庫（'01）／実業之日本社文庫（'17）

朱色の研究★　角川書店（'97）／角川文庫（'00）

幽霊刑事《デカ》　講談社（'00）／講談社ノベルス（'02）／講談社文庫（'03）／幻冬舎文庫（'18新版）

マレー鉄道の謎★　講談社ノベルス（'02）／講談社文庫（'05）

虹果て村の秘密　講談社ミステリーランド（'03）／講談社ノベルス（'12）／講談社文庫（'13）

乱鴉《らんあ》の島★　新潮社（'06）／講談社ノベルス（'08）／新潮文庫（'10）

女王国の城☆　創元クライム・クラブ（'07）／創元推理文庫（'11）

妃は船を沈める★　光文社（'08年）／光文社カッパ・ノベルス（'10）／光文社文庫（'12）

闇の喇叭　理論社（'10）／講談社（'11）／講談社ノベルス（'13）／講談社文庫（'14）

真夜中の探偵　講談社（'11）／講談社ノベルス（'13）／講談社文庫（'14）
論理爆弾　講談社（'12）／講談社ノベルス（'14）／講談社文庫（'15）
鍵の掛かった男★　幻冬舎（'15）／幻冬舎文庫（'17）
狩人の悪夢★　ＫＡＤＯＫＡＷＡ（'17）／角川文庫（'19）
インド倶楽部の謎★　講談社ノベルス（'18）／講談社文庫（'20）

〈中編〉
まほろ市の殺人 冬　蜃気楼に手を振る　祥伝社文庫（'02）

〈短編集〉
ロシア紅茶の謎★　講談社ノベルス（'94）／講談社文庫（'97）／角川ビーンズ文庫（'12）
山伏地蔵坊の放浪　創元クライム・クラブ（'96）／創元推理文庫（'02）
ブラジル蝶の謎★ 講談社ノベルス（'96）／講談社文庫（'99）
英国庭園の謎★　講談社ノベルス（'97）／講談社文庫（'00）
ジュリエットの悲鳴　実業之日本社（'98）／実業之日本社ジョイ・ノベルス（'00）／角川文庫（'01）／実業之日本社文庫（'17）
ペルシャ猫の謎★ 講談社ノベルス（'99）／講談社文庫（'02）
暗い宿★　角川書店（'01）／角川文庫（'03）
作家小説　幻冬舎（'01）／幻冬舎ノベルス（'03）／幻冬舎文庫（'04）
絶叫城殺人事件★　新潮社（'01）／新潮文庫（'04）
スイス時計の謎★ 講談社ノベルス（'03）／講談社文庫（'06）
白い兎が逃げる★ 光文社カッパ・ノベルス（'03）／光文社文庫（'07）
モロッコ水晶の謎★講談社ノベルス（'05）／講談社文庫（'08）
動物園の暗号★☆　岩崎書店（'06）
壁抜け男の謎　角川書店（'08）／角川文庫（'11）
火村英生に捧げる犯罪★　文藝春秋（'08）／文春文庫（'11）
赤い月、廃駅の上に　メディアファクトリー（'09）／角川文

庫（'12）
長い廊下がある家★　光文社（'10）／光文社カッパ・ノベルス（'12）／光文社文庫（'13）
高原のフーダニット★　徳間書店（'12）／徳間文庫（'14）
江神二郎の洞察☆　創元クライム・クラブ（'12）／創元推理文庫（'17）
幻坂《まぼろしざか》　メディアファクトリー（'13）／角川文庫（'16）
菩提樹荘の殺人★　文藝春秋（'13）／文春文庫（'16）
臨床犯罪学者・火村英生の推理 密室の研究★　角川ビーンズ文庫（'13）
臨床犯罪学者・火村英生の推理 暗号の研究★　角川ビーンズ文庫（'14）
臨床犯罪学者・火村英生の推理 アリバイの研究★　角川ビーンズ文庫（'14）
怪しい店★　KADOKAWA（'14）／角川文庫（'16）
濱地健三郎の霊《くしび》なる事件簿　KADOKAWA（'17）／角川文庫（'20）
名探偵傑作短篇集 火村英生篇★　講談社文庫（'17）
こうして誰もいなくなった　KADOKAWA（'19）
カナダ金貨の謎★　講談社ノベルス（'19）
濱地健三郎の幽《かくれ》たる事件簿　KADOKAWA（'20）
〈エッセイ集〉
有栖の乱読　メディアファクトリー（'98）
作家の犯行現場　メディアファクトリー（'02）／新潮文庫（'05）＊川口宗道・写真
迷宮逍遥　角川書店（'02）／角川文庫（'05）
赤い鳥は館に帰る　講談社（'03）
謎は解ける方が魅力的　講談社（'06）
正しく時代に遅れるために　講談社（'06）
鏡の向こうに落ちてみよう　講談社（'08）
有栖川有栖の鉄道ミステリー旅　山と溪谷社（'08）／光文社文庫（'11）
本格ミステリの王国　講談社（'09）

ミステリ国の人々　日本経済新聞出版社（'17）
論理仕掛けの奇談　有栖川有栖解説集　KADOKAWA（'19）
〈主な共著・編著〉
有栖川有栖の密室大図鑑 現代書林（'99）／新潮文庫（'03）／創元推理文庫（'19）　＊有栖川有栖・文／磯田和一・画
有栖川有栖の本格ミステリ・ライブラリー　角川文庫（'01）　＊有栖川有栖・編
新本格謎夜会　講談社ノベルス（'03）
有栖川有栖の鉄道ミステリ・ライブラリー　角川文庫（'04）　＊有栖川有栖・編
大阪探偵団　対談 有栖川有栖 vs 河内厚郎　沖積舎（'08）　＊河内厚郎との対談本
密室入門！ メディアファクトリー（'08）／メディアファクトリー新書（'11）（密室入門に改題）　＊安井俊夫との共著
図説 密室ミステリの迷宮　洋泉社MOOK（'10）／洋泉社MOOK（'14 完全版）　＊有栖川有栖・監修
綾辻行人と有栖川有栖のミステリ・ジョッキー①　講談社（'08）
綾辻行人と有栖川有栖のミステリ・ジョッキー②　講談社（'09）
綾辻行人と有栖川有栖のミステリ・ジョッキー③　講談社（'12）　＊綾辻行人との対談＆アンソロジー
小説乃湯　お風呂小説アンソロジー　角川文庫（'13）　＊有栖川有栖・編
大阪ラビリンス　新潮文庫（'14）　＊有栖川有栖・編
北村薫と有栖川有栖の名作ミステリーきっかけ大図鑑
ヒーロー＆ヒロインと謎を追う！
　第１巻 集まれ！ 世界の名探偵
　第２巻 凍りつく！ 怪奇と恐怖
　第３巻 みごとに解決！ 謎と推理　日本図書センター（'16）
　＊北村薫との共同監修
おろしてください　岩崎書店（'20）　＊市川友章との絵本

初出誌一覧

「船長が死んだ夜」
〈『7人の名探偵　新本格30周年記念アンソロジー』2017年9月〉

「エア・キャット」
〈「オール讀物」2017年4月号〉

「カナダ金貨の謎」
〈「メフィスト」2019 VOL. 2〉

「あるトリックの蹉跌《さてつ》」
〈「ダ・ヴィンチ」2016年8月号、
ＪＴウェブサイト「ちょっと一服ひろば」〉

「トロッコの行方」
〈「メフィスト」2019 VOL. 1〉

●本書は2019年9月、講談社ノベルスとして刊行されました。

|著者|有栖川有栖　1959年大阪市生まれ。同志社大学法学部卒業。在学中は推理小説研究会に所属。'89年に『月光ゲーム』で鮮烈なデビューを飾り、以降「新本格」ミステリムーブメントの最前線を走りつづけている。2003年に『マレー鉄道の謎』で第56回日本推理作家協会賞、'08年に『女王国の城』で第８回本格ミステリ大賞、'18年に「火村英生」シリーズで第３回吉川英治文庫賞を受賞。近著に『濱地健三郎の幽《かくれ》たる事件簿』『論理仕掛けの奇談　有栖川有栖解説集』などがある。

カナダ金貨《きんか》の謎《なぞ》

有栖川有栖《ありすがわありす》

2021年８月12日第１刷発行
2024年10月２日第４刷発行

発行者――篠木和久
発行所――株式会社　講談社
東京都文京区音羽2-12-21　〒112-8001
電話　出版（03）5395-3510
　　　販売（03）5395-5817
　　　業務（03）5395-3615

Printed in Japan

講談社文庫
定価はカバーに表示してあります

KODANSHA

デザイン―菊地信義
本文データ制作―講談社デジタル製作
印刷――――株式会社KPSプロダクツ
製本――――株式会社KPSプロダクツ

ISBN978-4-06-523823-3

講談社文庫刊行の辞

二十一世紀の到来を目睫に望みながら、われわれはいま、人類史上かつて例を見ない巨大な転換期をむかえようとしている。

世界も、日本も、激動の予兆に対する期待とおののきを内に蔵して、未知の時代に歩み入ろうとしている。このときにあたり、創業の人野間清治の「ナショナル・エデュケイター」への志を現代に甦らせようと意図して、われわれはここに古今の文芸作品はいうまでもなく、ひろく人文・社会・自然の諸科学から東西の名著を網羅する、新しい綜合文庫の発刊を決意した。

激動の転換期はまた断絶の時代である。われわれは戦後二十五年間の出版文化のありかたへの深い反省をこめて、この断絶の時代にあえて人間的な持続を求めようとする。いたずらに浮薄な商業主義のあだ花を追い求めることなく、長期にわたって良書に生命をあたえようとつとめるところにしか、今後の出版文化の真の繁栄はあり得ないと信じるからである。

同時にわれわれはこの綜合文庫の刊行を通じて、人文・社会・自然の諸科学が、結局人間の学にほかならないことを立証しようと願っている。かつて知識とは、「汝自身を知る」ことにつきていた。現代社会の瑣末な情報の氾濫のなかから、力強い知識の源泉を掘り起し、技術文明のただなかに、生きた人間の姿を復活させること。それこそわれわれの切なる希求である。

われわれは権威に盲従せず、俗流に媚びることなく、渾然一体となって日本の「草の根」をかたちづくる若く新しい世代の人々に、心をこめてこの新しい綜合文庫をおくり届けたい。それは知識の泉であるとともに感受性のふるさとであり、もっとも有機的に組織され、社会に開かれた万人のための大学をめざしている。大方の支援と協力を衷心より切望してやまない。

一九七一年七月

野間省一

我孫子武丸　探偵映画
我孫子武丸　新装版 8の殺人
我孫子武丸　眠り姫とバンパイア
我孫子武丸　狼と兎のゲーム
我孫子武丸　新装版 殺戮にいたる病
我孫子武丸　修羅の家
有栖川有栖　ロシア紅茶の謎
有栖川有栖　スウェーデン館の謎
有栖川有栖　ブラジル蝶の謎
有栖川有栖　英国庭園の謎
有栖川有栖　ペルシャ猫の謎
有栖川有栖　幻想運河
有栖川有栖　マレー鉄道の謎
有栖川有栖　スイス時計の謎
有栖川有栖　モロッコ水晶の謎
有栖川有栖　インド倶楽部の謎
有栖川有栖　カナダ金貨の謎
有栖川有栖　新装版 マジックミラー
有栖川有栖　新装版 46番目の密室
有栖川有栖　虹果て村の秘密
有栖川有栖　闇の喇叭《らっぱ》
有栖川有栖　真夜中の探偵
有栖川有栖　論理爆弾
有栖川有栖　名探偵傑作短篇集 火村英生篇
浅田次郎　勇気凛凛ルリの色
浅田次郎　霞町物語
浅田次郎　ひとは情熱がなければ生きていけない〈勇気凛凛ルリの色〉
浅田次郎　シェエラザード(上)(下)
浅田次郎　歩兵の本領
浅田次郎　蒼穹の昴 全四巻
浅田次郎　珍妃の井戸
浅田次郎　中原の虹 全四巻
浅田次郎　マンチュリアン・リポート
浅田次郎　天子《てんし》蒙塵《もうじん》 全四巻
浅田次郎　天国までの百マイル
浅田次郎　地下鉄《メトロ》に乗って〈新装版〉
浅田次郎　おもかげ
浅田次郎　日輪の遺産〈新装版〉
青木玉　小石川の家
天樹征丸 画・さとうふみや　金田一少年の事件簿 小説版〈オペラ座館・新たなる殺人〉
天樹征丸 画・さとうふみや　金田一少年の事件簿 小説版〈雷祭《いかずちまつり》殺人事件〉
阿部和重　アメリカの夜
阿部和重　グランド・フィナーレ
阿部和重　ABC〈阿部和重初期作品集〉
阿部和重　ミステリアスセッティング
阿部和重　IP/NN 阿部和重傑作集
阿部和重　シンセミア(上)(下)
阿部和重　ピストルズ(上)(下)
阿部和重　アメリカの夜 インディヴィジュアル・プロジェクション〈阿部和重初期代表作Ⅰ〉
阿部和重　無情の世界 ニッポニアニッポン〈阿部和重初期代表作Ⅱ〉
甘糟りり子　産む、産まない、産めない
甘糟りり子　産まなくても、産めなくても
甘糟りり子　私、産まなくていいですか
赤井三尋　翳《かげ》りゆく夏
あさのあつこ　NO.6〔ナンバーシックス〕#1
あさのあつこ　NO.6〔ナンバーシックス〕#2
あさのあつこ　NO.6〔ナンバーシックス〕#3

講談社文庫　目録

あさのあつこ NO.6〔ナンバーシックス〕#4
あさのあつこ NO.6〔ナンバーシックス〕#5
あさのあつこ NO.6〔ナンバーシックス〕#6
あさのあつこ NO.6〔ナンバーシックス〕#7
あさのあつこ NO.6〔ナンバーシックス〕#8
あさのあつこ NO.6〔ナンバーシックス〕#9
あさのあつこ NO.6beyond〔ナンバーシックス・ビヨンド〕
あさのあつこ 待　っ　て　る〈橘屋草子〉
あさのあつこ さいとう市立さいとう高校野球部 (上)(下)
あさのあつこ 甲子園でエースしちゃいました〈さいとう市立さいとう高校野球部〉
あさのあつこ お　れ　が　先　輩？〈さいとう市立さいとう高校野球部〉
阿部夏丸 泣けない魚たち
朝倉かすみ 肝、　焼　け　る
朝倉かすみ 好かれようとしない
朝倉かすみ ともしびマーケット
朝倉かすみ 感　応　連　鎖
朝倉かすみ たそがれどきに見つけたもの
朝比奈あすか 憂鬱なハスビーン
朝比奈あすか あの子が欲しい

天野作市 気高き昼寝
天野作市 みんなの旅行
青柳碧人 浜村渚の計算ノート
青柳碧人 浜村渚の計算ノート 2さつめ〈ふしぎの国の期末テスト〉
青柳碧人 浜村渚の計算ノート 3さつめ〈水色コンパスと恋する幾何学〉
青柳碧人 浜村渚の計算ノート 3と$\frac{1}{2}$さつめ〈ふえるま島の最終定理〉
青柳碧人 浜村渚の計算ノート 4さつめ〈方程式は歌声に乗って〉
青柳碧人 浜村渚の計算ノート 5さつめ〈鳴くよウグイス、平面上〉
青柳碧人 浜村渚の計算ノート 6さつめ〈パピルスよ、永遠に〉
青柳碧人 浜村渚の計算ノート 7さつめ〈悪魔とポタージュスープ〉
青柳碧人 浜村渚の計算ノート 8さつめ〈虚数じかけの夏みかん〉
青柳碧人 浜村渚の計算ノート 8と2分の1さつめ〈つるかめ家の一族〉
青柳碧人 浜村渚の計算ノート 9さつめ〈恋人たちの必勝法《マーチンゲール》〉
青柳碧人 浜村渚の計算ノート 10さつめ〈ラ・ラ・ラ・ラマヌジャン〉
青柳碧人 霊視刑事夕雨子《ゆうこ》1〈誰かがそこにいる〉
青柳碧人 霊視刑事夕雨子2〈雨空の鎮魂歌《レクイエム》〉
朝井まかて 花《はな》　競《くら》　べ〈向嶋なずな屋繁盛記〉
朝井まかて ちゃんちゃら
朝井まかて す　か　た　ん

朝井まかて ぬけまいる
朝井まかて 恋　歌
朝井まかて 阿《お》蘭《らん》陀《だ》西《さい》鶴《かく》
朝井まかて 藪医《やぶい》　ふらここ堂
朝井まかて 福　袋
朝井まかて 草　々　不　一
歩《あゆみ》　りえこ ブラを捨て旅に出よう〈貧乏乙女の"世界一周"旅行記〉
安藤祐介 営業零課《ぜろか》接待班
安藤祐介 被取締役《とりしまられやく》新入社員
安藤祐介 おい！　山　田〈大翔製菓広報宣伝部〉
安藤祐介 宝くじが当たったら
安藤祐介 一〇〇〇ヘクトパスカル
安藤祐介 テノヒラ幕府株式会社
安藤祐介 本のエンドロール
青木　理 絞　首　刑
麻見和史 石　の　繭〈警視庁殺人分析班〉
麻見和史 蟻《あり》　の　階　段〈警視庁殺人分析班〉
麻見和史 水　晶　の　鼓　動〈警視庁殺人分析班〉
麻見和史 虚　空　の　糸〈警視庁殺人分析班〉

麻見和史　聖者の凶数〈警視庁殺人分析班〉
麻見和史　女神の骨格〈警視庁殺人分析班〉
麻見和史　蝶の力学〈警視庁殺人分析班〉
麻見和史　雨色の仔羊〈警視庁殺人分析班〉
麻見和史　奈落の偶像〈警視庁殺人分析班〉
麻見和史　鷹《たか》の砦《とりで》〈警視庁殺人分析班〉
麻見和史　凪《なぎ》の残響〈警視庁殺人分析班〉
麻見和史　天空の鏡〈警視庁殺人分析班〉
麻見和史　賢者の棘《とげ》〈警視庁殺人分析班〉
麻見和史　深紅の断片〈警防課救命チーム〉
麻見和史　邪神の天秤〈警視庁公安分析班〉
麻見和史　偽神の審判〈警視庁公安分析班〉
有川　浩　三匹のおっさん
有川　浩　三匹のおっさん　ふたたび
有川　浩　ヒア・カムズ・ザ・サン
有川　浩　旅猫リポート
有川ひろ　アンマーとぼくら
有川ひろ　みとりねこ
有川ひろほか　ニャンニャンにゃんそろじー

荒崎一海　門前仲町〈九頭竜覚山　浮世綴㈠〉
荒崎一海　蓬萊橋雨景〈九頭竜覚山　浮世綴㈡〉
荒崎一海　寺町哀感〈九頭竜覚山　浮世綴㈢〉
荒崎一海　小《お》名《な》木《き》川《がわ》〈九頭竜覚山　浮世綴㈣〉
荒崎一海　一色町雪花〈九頭竜覚山　浮世綴㈤〉
朱野帰《かえる》子《こ》　駅物語
朱野帰子　対岸の家事
東　浩紀　一般意志2・0〈ルソー、フロイト、グーグル〉
朝倉宏景　白球アフロ
朝倉宏景　野球部ひとり
朝倉宏景　つよく結べ、ポニーテール
朝倉宏景　あめつちのうた
朝倉宏景　エール〈夕暮れサウスポー〉
朝倉宏景　風が吹いたり、花が散ったり
朝井リョウ　スペードの3
朝井リョウ　世にも奇妙な君物語
有沢ゆう希　末次由紀 原作　〈小説〉ちはやふる　上の句
有沢ゆう希　末次由紀 原作　〈小説〉ちはやふる　下の句
有沢ゆう希　末次由紀 原作　〈小説〉ちはやふる　結び

有沢ゆう希　小説　パーフェクトワールド〈君といる奇跡〉
有沢ゆう希　原作：金田一蓮十郎　脚本：徳永友一　小説　ライアー×ライアー
秋川滝美　幸《こう》腹《ふく》な百貨店
秋川滝美　幸腹な百貨店〈デパ地下おにぎり騒動〉
秋川滝美　幸腹な百貨店〈催事場で蕎麦屋呑み〉
秋川滝美　マチのお気楽料理教室
秋川滝美　ヒソップ亭〈湯けむり食事処〉
秋川滝美　ヒソップ亭2〈湯けむり食事処〉
秋川滝美　ヒソップ亭3〈湯けむり食事処〉
赤神　諒　神遊の城
赤神　諒　大友二階崩れ
赤神　諒　大友落月記
赤神　諒　酔象の流儀　朝倉盛衰記
赤神　諒　空《うつせ》貝《がい》〈村上水軍の神姫《しんき》〉
赤神　諒　立花三将伝
彩瀬まる　やがて海へと届く
浅生　鴨　伴走者
天野純希　有楽斎の戦
天野純希　雑賀《さいか》のいくさ姫《ひめ》

青木祐子　コーチ！〈はげまし屋・立花とりのクライアントファイル〉
秋保《あきう》水菓《すいか》　コンビニなしでは生きられない
相沢沙呼　medium《メディウム》 霊媒探偵城塚《じょうづか》翡翠《ひすい》
相沢沙呼　invert《インヴァート》 城塚翡翠倒叙集
新井見枝香　本屋の新井
碧野圭　凜として弓を引く
碧野圭　凜として弓を引く〈青雲篇〉
碧野圭　凜として弓を引く〈初陣篇〉
赤松利市　東京棄民
赤松利市　風致の島
五木寛之　ソフィアの秋
五木寛之　狼のブルース
五木寛之　海峡物語
五木寛之　風花のひと
五木寛之　鳥の歌(上)(下)
五木寛之　燃える秋
五木寛之　真夜中の望遠鏡〈流されゆく日々'78〉
五木寛之　ナホトカ青春航路〈流されゆく日々'79〉
五木寛之　旅の幻燈
五木寛之　他力
五木寛之　こころの天気図
五木寛之　新装版　恋歌
五木寛之　百寺巡礼　第一巻　奈良
五木寛之　百寺巡礼　第二巻　北陸
五木寛之　百寺巡礼　第三巻　京都Ⅰ
五木寛之　百寺巡礼　第四巻　滋賀・東海
五木寛之　百寺巡礼　第五巻　関東・信州
五木寛之　百寺巡礼　第六巻　関西
五木寛之　百寺巡礼　第七巻　東北
五木寛之　百寺巡礼　第八巻　山陰・山陽
五木寛之　百寺巡礼　第九巻　京都Ⅱ
五木寛之　百寺巡礼　第十巻　四国・九州
五木寛之　海外版　百寺巡礼　インド1
五木寛之　海外版　百寺巡礼　インド2
五木寛之　海外版　百寺巡礼　朝鮮半島
五木寛之　海外版　百寺巡礼　中国
五木寛之　海外版　百寺巡礼　ブータン
五木寛之　海外版　百寺巡礼　日本・アメリカ
五木寛之　青春の門　第七部　挑戦篇
五木寛之　青春の門　第八部　風雲篇
五木寛之　青春の門　第九部　漂流篇
五木寛之　親鸞　青春篇(上)(下)
五木寛之　親鸞　激動篇(上)(下)
五木寛之　親鸞　完結篇(上)(下)
五木寛之　五木寛之の金沢さんぽ
五木寛之　海を見ていたジョニー　新装版
井上ひさし　モッキンポット師の後始末
井上ひさし　ナイン
井上ひさし　四千万歩の男　全五冊
井上ひさし　四千万歩の男　忠敬の生き方
井上ひさし／司馬遼太郎　新装版　国家・宗教・日本人
池波正太郎　私の歳月
池波正太郎　よい匂いのする一夜
池波正太郎　梅安料理ごよみ
池波正太郎　わが家の夕めし
池波正太郎　新装版　緑のオリンピア
池波正太郎　新装版　殺しの四人〈仕掛人・藤枝梅安(一)〉

講談社文庫　目録

池波正太郎　新装版 梅安蟻地獄〈仕掛人・藤枝梅安(二)〉
池波正太郎　新装版 梅安最合傘〈仕掛人・藤枝梅安(三)〉
池波正太郎　新装版 梅安針供養〈仕掛人・藤枝梅安(四)〉
池波正太郎　新装版 梅安乱れ雲〈仕掛人・藤枝梅安(五)〉
池波正太郎　新装版 梅安影法師〈仕掛人・藤枝梅安(六)〉
池波正太郎　新装版 梅安冬時雨〈仕掛人・藤枝梅安(七)〉
池波正太郎　新装版 忍びの女(上)(下)
池波正太郎　新装版 殺しの掟
池波正太郎　新装版 抜討ち半九郎
池波正太郎　新装版 娼婦の眼
池波正太郎　近藤勇白書(上)(下)〈レジェンド歴史時代小説〉
井上靖　楊貴妃伝
石牟礼道子　新装版 苦《く》海《がい》浄《じょう》土《ど》〈わが水俣病〉
いわさきちひろ　ちひろのことば
いわさきちひろ／松本猛　いわさきちひろの絵と心
いわさきちひろ／絵本美術館編　ちひろ・子どもの情景〈文庫ギャラリー〉
いわさきちひろ／絵本美術館編　ちひろ・紫のメッセージ〈文庫ギャラリー〉
いわさきちひろ／絵本美術館編　ちひろの花ことば〈文庫ギャラリー〉
いわさきちひろ／絵本美術館編　ちひろのアンデルセン〈文庫ギャラリー〉
いわさきちひろ／絵本美術館編　ちひろ・平和への願い〈文庫ギャラリー〉
石野径一郎　新装版 ひめゆりの塔
今西錦司　生物の世界
井沢元彦　義経幻殺録
井沢元彦　光と影の武蔵〈切支丹秘録〉
井沢元彦　新装版 猿丸幻視行
伊集院静　乳房
伊集院静　遠い昨日
伊集院静　夢は枯野を〈競輪躁鬱旅行〉
伊集院静　野球で学んだこと ヒデキ君に教わったこと
伊集院静　峠の声
伊集院静　白秋
伊集院静　潮流
伊集院静　冬の蜻蛉《とんぼ》
伊集院静　オルゴール
伊集院静　昨日スケッチ
伊集院静　あづま橋
伊集院静　ぼくのボールが君に届けば
伊集院静　駅までの道をおしえて
伊集院静　受け月
伊集院静　坂の上のμ〈野球小説アンソロジー〉
伊集院静　ねむりねこ
伊集院静　新装版 三年坂
伊集院静　お父やんとオジさん(上)(下)
伊集院静　ノボさん(上)(下)〈小説 正岡子規と夏目漱石〉
伊集院静　機関車先生〈新装版〉
伊集院静　ミチクサ先生(上)(下)
伊集院静　それでも前へ進む
いとうせいこう　我々の恋愛
いとうせいこう　「国境なき医師団」を見に行く
いとうせいこう　「国境なき医師団」をもっと見に行く〈ガザ、西岸地区、アンマン、南スーダン、日本〉
井上夢人　ダレカガナカニイル…
井上夢人　プラスティック
井上夢人　オルファクトグラム(上)(下)
井上夢人　もつれっぱなし
井上夢人　あわせ鏡に飛び込んで
井上夢人　魔法使いの弟子たち(上)(下)
井上夢人　ラバー・ソウル

講談社文庫　目録

池井戸　潤　果つる底なき
池井戸　潤　架空通貨
池井戸　潤　銀行狐
池井戸　潤　仇敵
池井戸　潤　鉄の骨
池井戸　潤　空飛ぶタイヤ(上)(下)
池井戸　潤　新装版 銀行総務特命
池井戸　潤　新装版 不祥事
池井戸　潤　ルーズヴェルト・ゲーム
池井戸　潤　半沢直樹1〈オレたちバブル入行組〉
池井戸　潤　半沢直樹2〈オレたち花のバブル組〉
池井戸　潤　半沢直樹3〈ロスジェネの逆襲〉
池井戸　潤　半沢直樹4〈銀翼のイカロス〉
池井戸　潤　半沢直樹 アルルカンと道化師
池井戸　潤　花咲舞が黙ってない〈新装増補版〉
池井戸　潤　ノーサイド・ゲーム
池井戸　潤　新装版 BT'63(上)(下)
石田衣良　LAST[ラスト]
石田衣良　東京DOLL
石田衣良　てのひらの迷路
石田衣良　40《フォーティ》 翼ふたたび
石田衣良　sex
石田衣良　逆《さか》島《しま》断《たつ》雄《お》〈進駐官養成高校の決闘編1〉
石田衣良　逆島断雄〈進駐官養成高校の決闘編2〉
石田衣良　逆島断雄〈本土最終防衛決戦編1〉
石田衣良　逆島断雄〈本土最終防衛決戦編2〉
石田衣良　初めて彼を買った日
井上荒野　ひどい感じ―父・井上光晴
稲葉　稔　椋鳥の影〈八丁堀手控え帖〉
いしいしんじ　プラネタリウムのふたご
いしいしんじ　げんじものがたり
池永　陽　いちまい酒場
伊坂幸太郎　チルドレン
伊坂幸太郎　サブマリン
伊坂幸太郎　魔王〈新装版〉
伊坂幸太郎　モダンタイムス(上)(下)〈新装版〉
伊坂幸太郎　PK〈新装版〉
絲山秋子　袋小路の男
絲山秋子　御社のチャラ男
石黒　耀　死都日本
石黒　耀　忠臣蔵異聞〈家老 大野九郎兵衛の長い仇討ち〉
犬飼六岐　筋違い半介
犬飼六岐　吉岡清三郎貸腕帳
石川大我　ボクの彼氏はどこにいる?
石松宏章　マジでガチなボランティア
伊東　潤　国を蹴った男
伊東　潤　峠越え
伊東　潤　黎明に起《た》つ
伊東　潤　池田屋乱刃
石飛幸三　「平穏死」のすすめ〈口から食べられなくなったらどうしますか〉
伊藤理佐　女のはしょり道
伊藤理佐　また！ 女のはしょり道
伊藤理佐　みたび！ 女のはしょり道
石黒正数　外《げ》天《てん》楼《ろう》
伊与原　新　ルカの方《はこ》舟《ぶね》
伊与原　新　コンタミ 科学汚染
稲葉圭《よし》昭《あき》　恥さらし〈北海道警 悪徳刑事の告白〉

2024年9月13日現在